水滸伝《すいこでん》

(下) 魔星帰天《ませいきてん》

渡辺仙州＝編訳
佐竹美保＝絵

偕成社

『カバーデザイン』
渋川育由

『本文デザイン』
田中明美

『装画・挿画』
佐竹美保

魔星帰天《ませいきてん》

魔星《ませい》、天《てん》に帰《き》す

李逵《りき》

《目次》

盧俊義《ろしゅんぎ》

李師師《りしし》

宋江《そうこう》

呼延灼《こえんしゃく》

『水滸伝』地図

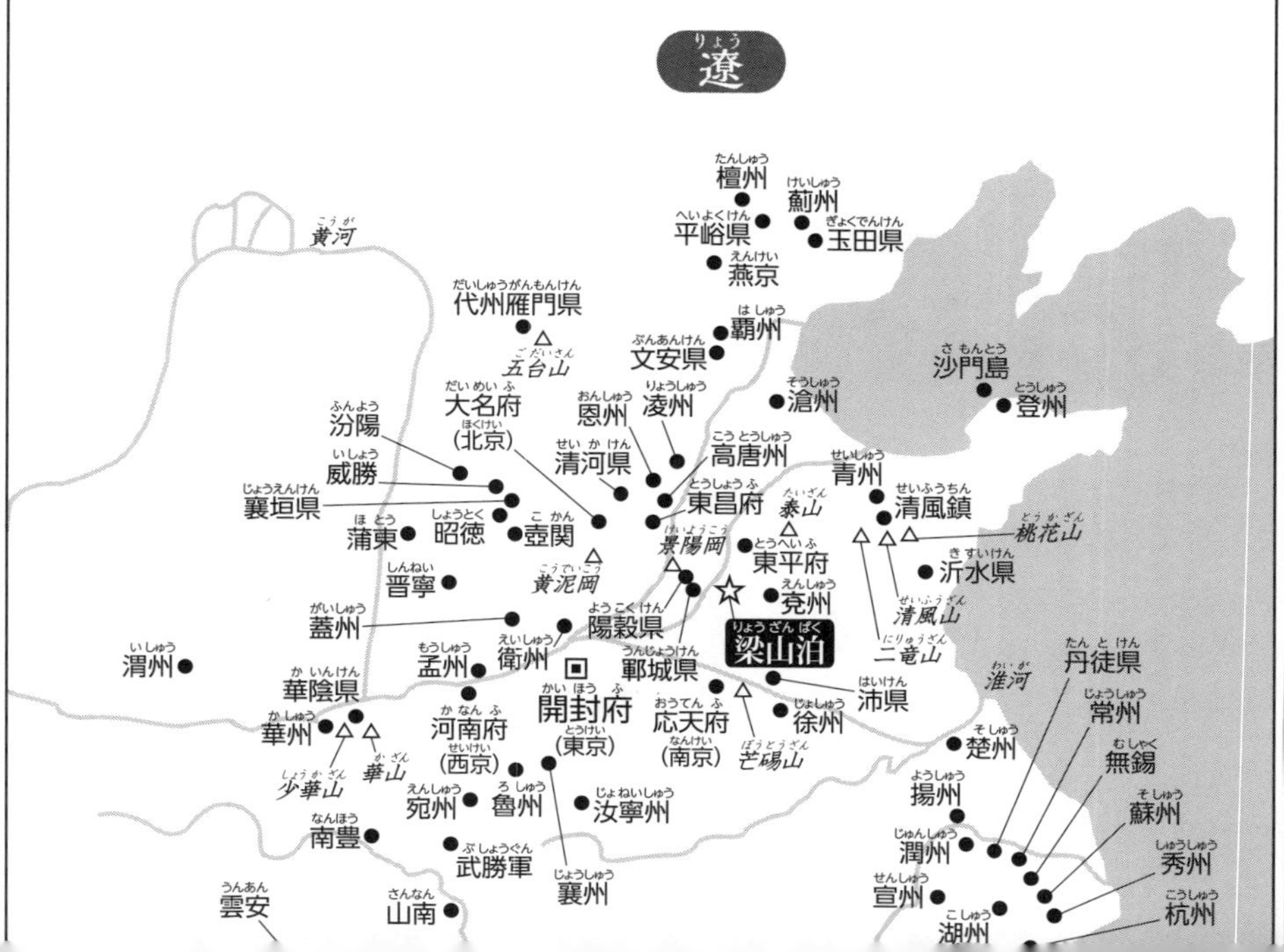

遼《りょう》
檀州《たんしゅう》
薊州《けいしゅう》
平峪県《へいよくけん》
玉田県《ぎょくでんけん》
燕京《えんけい》
黄河《こうが》
代州雁門県《だいしゅうがんもんけん》
覇州《はしゅう》
文安県《ぶんあんけん》
五台山《ごだいさん》
沙門島《さもんとう》
登州《とうしゅう》
大名府《だいめいふ》
(北京《ほくけい》)
恩州《おんしゅう》
凌州《りょうしゅう》
滄州《そうしゅう》
汾陽《ふんよう》
清河県《せいかけん》
高唐州《こうとうしゅう》
威勝《いしょう》
青州《せいしゅう》
襄垣県《じょうえんけん》
東昌府《とうしょうふ》
泰山《たいざん》
清風鎮《せいふうちん》
桃花山《とうかざん》
蒲東《ほとう》
昭徳《しょうとく》
壺関《こかん》
景陽岡《けいようこう》
東平府《とうへいふ》
沂水県《きすいけん》
晋寧《しんねい》
黄泥岡《こうでいこう》
兗州《えんしゅう》
清風山《せいふうざん》
蓋州《がいしゅう》
陽穀県《ようこくけん》
梁山泊《りょうざんぱく》
二竜山《にりゅうざん》
滑州《いしゅう》
衛州《えいしゅう》
孟州《もうしゅう》
鄆城県《うんじょうけん》
淮河《わいが》
丹徒県《たんとけん》
華陰県《かいんけん》
開封府《かいほうふ》
沛県《はいけん》
常州《じょうしゅう》
華州《かしゅう》
河南府《かなんふ》
応天府《おうてんふ》
徐州《じょしゅう》
(東京《とうけい》)
楚州《そしゅう》
(西京《せいけい》)
(南京《なんけい》)
芒碭山《ぼうとうざん》
無錫《むしゃく》
少華山《しょうかざん》
華山《かざん》
揚州《ようしゅう》
宛州《えんしゅう》
魯州《ろしゅう》
汝寧州《じょねいしゅう》
蘇州《そしゅう》
南豊《なんほう》
潤州《じゅんしゅう》
秀州《しゅうしゅう》
武勝軍《ぶしょうぐん》
襄州《じょうしゅう》
宣州《せんしゅう》
雲安《うんあん》
山南《さんなん》
杭州《こうしゅう》
湖州《こしゅう》

長江《ちょうこう》
荊南《けいなん》
無為軍《むいぐん》
江州《こうしゅう》
歙州《きゅうしゅう》
睦州《ぼくしゅう》
清渓県《せいけいけん》
信州《しんしゅう》
竜虎山《りゅうこざん》
珠江《しゅこう》
N
W
E
S

水滸伝《すいこでん》 (下) 魔星帰天《ませいきてん》

おもな登場人物

徽宗《きそう》：宋《そう》の八代目天子。

高俅《こうきゅう》：殿師府太尉《でんすいふたいい》。四人の奸臣《かんしん》の一人。

蔡京《さいけい》：太師《たいし》。四人の奸臣の一人。

宿　元景《しゅくげんけい》：徽宗《きそう》の側近《そっきん》の殿司太尉《でんしたいい》（宮中の長官。太尉の最上位）。梁山泊《りょうざんぱく》の理解者。

童貫《どうかん》：四人の奸臣の一人。宦官《かんがん》。

楊戩《ようせん》：四人の奸臣の一人。宦官。

史進《ししん》：天微星《てんびせい》。あだ名は九紋竜《くもんりゅう》。武術好《ぶじゅつず》きの若者。

朱武《しゅぶ》：地魁星《ちかいせい》。あだ名は神機軍師《しんきぐんし》。

魯智深《ろちしん》（魯達）：天孤星《てんこせい》。もと渭州《いしゅう》の提轄《ていかつ》（警察長）。僧侶《そうりょ》となって、花和尚《かおしょう》とあだ名される。

林冲《りんちゅう》：天雄星《てんゆうせい》。あだ名は豹子頭《ひょうしとう》。もと八十万禁《きん》軍《ぐん》の武術教頭《ぶじゅつきょうとう》。

柴進《さいしん》：天貴星《てんきせい》。あだ名は小旋風《しょうせんぷう》。富豪《ふごう》で顔が広い。

朱貴《しゅき》：地囚星《ちしゅうせい》。あだ名は旱地忽律《かんちこつりつ》。梁山泊《りょうざんぱく》のそばの居酒屋《いざかや》の主人。

呉用《ごよう》：天機星《てんきせい》。あだ名は智多星《ちたせい》。梁山泊の軍師《ぐんし》。

公孫勝《こうそんしょう》：天間星《てんかんせい》。あだ名は入雲竜《にゅううんりゅう》。道術使《どうじゅつつか》い。

楊志《ようし》：天暗星《てんあんせい》。あだ名は青面獣《せいめんじゅう》。顔に青いあざがある。

宋江《そうこう》：天魁星《てんかいせい》。あだ名は及時雨《きゅうじう》。梁山泊の首領《しゅりょう》。

武松《ぶしょう》：天傷星《てんしょうせい》。あだ名は行者《ぎょうじゃ》。虎殺《とらごろ》しで有名。

花栄《かえい》：天英星《てんえいせい》。あだ名は小李広《しょうりこう》。弓の名手。

王英《おうえい》：地微星《ちびせい》。あだ名は矮脚虎《わいきゃくこ》。扈三娘《こさんじょう》の夫。

秦明《しんめい》：天猛星《てんもうせい》。あだ名は霹靂火《へきれきか》。狼牙棒《ろうがぼう》の使い手。

戴宗《たいそう》：天速星《てんそくせい》。あだ名は神行太保《しんこうたいほう》。〈神行法《しんこうほう》〉を

使い、飛ぶように走れる。

李逵《りき》：天殺星《てんさつせい》。あだ名は黒旋風《こくせんぷう》。二挺斧《にちょうふ》の使い手。

時遷《じせん》：地賊星《ちぞくせい》。あだ名は鼓上蚤《こじょうそう》。こそどろ。

扈三娘《こさんじょう》：地急星《ちきゅうせい》。あだ名は一丈青《いちじょうせい》。武術《ぶじゅつ》に長《た》けた女将《じょしょう》。夫は王英《おうえい》。

呼延灼《こえんしゃく》：天威星《てんいせい》。あだ名は双鞭《そうべん》。二本の銅鞭《どうべん》を操《あやつ》る。

盧俊義《ろしゅんぎ》：天罡星《てんこうせい》。あだ名は玉麒麟《ぎょくきりん》。北京《ほくけい》の富豪《ふごう》。

燕青《えんせい》：天巧星《てんこうせい》。あだ名は浪子《ろうし》。盧俊義《ろしゅんぎ》に仕える。

安道全《あんどうぜん》：地霊星《ちれいせい》。あだ名は神医《しんい》。梁山泊《りょうざんぱく》の軍医《ぐんい》。

張清《ちょうせい》：天捷星《てんしょうせい》。あだ名は没羽箭《ぼつうせん》。石つぶての名手。

李師師《りしし》：都の妓女《ぎじょ》。徽宗《きそう》のお気に入り。

九天玄女《きゅうてんげんにょ》：道教《どうきょう》の仙女《せんにょ》。

瓊英《けいえい》：十六歳の少女。石つぶての名手。

洞仙侍郎《どうせんじろう》：檀州《たんしゅう》を守る遼国《りょうこく》の文官《ぶんかん》。

遼国王《りょうこくおう》（耶律輝《やりつき》）：宋の領地を侵《おか》し、梁山泊《りょうざんぱく》軍と対立する。

耶律得重《やりつとくじゅう》：遼国王《りょうこくおう》の弟。

欧陽侍郎《おうようじろう》：遼《りょう》の文官。

田虎《でんこ》：河北《かほく》で反乱《はんらん》を起こし、五州五十六県を支配《しはい》する。

喬道清《きょうどうせい》：幻魔君《げんまくん》とよばれる道術使《どうじゅつつか》い。田虎《でんこ》の軍師《ぐんし》。

鄔梨《うり》：田虎の国舅《こっきゅう》。瓊英《けいえい》の養父《ようふ》。

馬霊《ばれい》：田虎の統軍大将《とうぐんたいしょう》（総司令官）。道術使《どうじゅつつか》い。

王慶《おうけい》：房山《ぼうざん》で山賊《さんぞく》をしたがえて反乱《はんらん》を起こし、八州八十六県を支配《しはい》する。

方臘《ほうろう》：江南《こうなん》で反乱を起こし、八州二十五県を支配《しはい》する。

水滸伝《すいこでん》

下 魔星帰天《ませいきてん》

渡辺仙州＝編訳
佐竹美保＝絵

宋江［そうこう］
天魁星《てんかいせい》。あだ名は及時雨《きゅうじう》。
義《ぎ》を重んじ慈悲《じひ》ぶかい。

十二　玉麒麟《ぎょくきりん》・盧俊義《ろしゅんぎ》、策《さく》によって梁山《りょうざん》の地《ち》にむかう

（初登場の一〇八人の好漢）

天罡星《てんこうせい》　玉麒麟《ぎょくきりん》・盧俊義《ろしゅんぎ》
地平星《ちへいせい》　鉄臂膊《てつぴはく》・蔡福《さいふく》
天空星《てんくうせい》　急先鋒《きゅうせんぽう》・索超《さくちょう》
天勇星《てんゆうせい》　大刀《だいとう》・関勝《かんしょう》
地霊星《ちれいせい》　神医《しんい》・安道全《あんどうぜん》
天巧星《てんこうせい》　浪子《ろうし》・燕青《えんせい》
地損星《ちそんせい》　一枝花《いっしか》・蔡慶《さいけい》
地傑星《ちけつせい》　醜郡馬《しゅうぐんば》・宣賛《せんさん》
地雄星《ちゆうせい》　井木犴《せいぼくかん》・郝思文《かくしぶん》
地劣星《ちれつせい》　活閃婆《かつせんば》・王定六《おうていろく》

一

宋江《そうこう》は、梁山泊《りょうざんぱく》のちかくを行脚《あんぎゃ》していた僧侶《そうりょ》を山寨《さんさい》（山のとりで）にまねき、晁蓋《ちょうがい》の法事《ほうじ》をとりおこなった。僧侶は大円法師《だいえんほうし》といい、天下《てんか》を行脚《あんぎゃ》しているとちゅうだという。

大円法師［だいえんほうし］
天下を行脚《あんぎゃ》する僧侶《そうりょ》。
亡《な》くなった晁蓋《ちょうがい》の法事《ほうじ》をとりおこなう。

法事《ほうじ》がおわると、宋江《そうこう》は精進料理《しょうじんりょうり》を用意し、大円法師《だいえんほうし》を手厚《てあつ》くもてなした。

「お坊《ぼう》さまは天下を行脚《あんぎゃ》なされているとのことですが、これぞといった英傑《えいけつ》にであったことはおありでしょうか？」

「北京《ほくけい》の富豪《ふごう》、玉麒麟《ぎょくきりん》（麒麟《きりん》は霊獣《れいじゅう》。「すぐれた者」という意味）・盧俊義《ろしゅんぎ》どのが、まさに英傑《えいけつ》とよぶにふさわしいお方《かた》です。学《がく》もあり、武《ぶ》にもすぐれ、棒術《ぼうじゅつ》は天下無双《てんかむそう》の腕《うで》まえです。」

この盧俊義《ろしゅんぎ》こそが、一〇八の魔星《ませい》のうちのひとつ、天罡星《てんこうせい》の転生《てんせい》である。

（盧俊義《ろしゅんぎ》という人物は、わたしもきいたことがある。彼《かれ》ならば、梁山泊《りょうざんぱく》の首領《しゅりょう》となり、皆《みな》をみちびいてくれるのではないか。）

大円法師《だいえんほうし》が去ったのち、宋江《そうこう》は、呉用《ごよう》と相談《そうだん》した。

「わたしは盧俊義《ろしゅんぎ》どのを山にまねこうと思う。だが彼《かれ》は富豪《ふごう》の身《み》。われわれの仲間《なかま》になって

盧俊義［ろしゅんぎ］
天罡星《てんこうせい》。あだ名は
玉《ぎょく》　麒麟《きりん》。北京《ほくけい》の富豪《ふごう》。
文武両道《ぶんぶりょうどう》。棒術《ぼうじゅつ》の名手。

李逵［りき］
天殺星《てんさつせい》。
あだ名は黒旋風《こくせんぷう》。
二挺斧《にちょうふ》の使い手。

両［りょう］
重さの単位《たんい》。1両は約37グラム。

くれるだろうか。」

「たやすいことです。わたくしがこれより北京《ほくけい》へおもむき、三寸不爛《ずんふらん》の舌《した》（よくうごく舌）をもって彼《かれ》に説《と》きましょう。ただ、お供《とも》がほしいですな。」

「おれが行きましょう！」

名《な》のりでたのは、黒旋風《こくせんぷう》・李逵《りき》だ。

呉用《ごよう》はすぐさまいった。

「おまえはだめだ。話がこじれる。」

「いいつけはちゃんとまもります。」

「ならば、これからいう三つのことをまもれるか？　一つ、酒をのまないこと。二つ、わたしのいうことにさからわないこと。三つ、ものをいわないこと。」

「おやすいご用です！　すべてしたがいます！」

呉用《ごよう》は李逵《りき》をつれていくことにきめると、身《み》じたくをととのえ、道士《どうし》の姿《すがた》に変装《へんそう》した。彼《かれ》は李逵《りき》に、〈講命談天　卦金一両（うらない　見料《けんりょう》一両《りょう》）〉と書いた旗《はた》をもたせ、ともに梁山《りょうざん》をおりた。

北京《ほくけい》につくと、呉用《ごよう》は街《まち》をねりあるきながら大声でいった。

呉用［ごよう］
天機星《てんきせい》。あだ名は智多星《ちたせい》。
兵法《へいほう》に長《た》けている。

「ぴたりとあたるうらない、見料《けんりょう》はたったの一両《りょう》*ですぞ！」

盧俊義《ろしゅんぎ》は、おもてがさわがしいので、どうしたことかとそばの者にたずねた。そばの者はすぐに門へ走ってしらべてきた。

「外にうらない師《し》がいます。なんでも、ぴたりとあたるうらないだともうしております。」

「おもしろい。ここへつれてまいれ。」

まもなく、呉用《ごよう》が李逵《りき》をともなって屋敷《やしき》にはいってきた。

「お初《はつ》にお目にかかります。わたくし、姓《せい》を張《ちょう》、名を用《よう》、号《ごう》を談天口《だんてんこう》ともうします。うらないをなりわいとし、天下《てんか》をわたりあるいております。」

「ならば、さっそくうらなってもらおうか。」

「それでは、失礼《しつれい》を。」

呉用《ごよう》は客間《きゃくま》の卓《たく》につき、鉄の算盤《そろばん》をとりだした。盧俊義《ろしゅんぎ》の生年月日をききながら、算盤《そろばん》をはじく。

しばらくして、指がとまった。

「……難儀《なんぎ》な相《そう》がでておりますな。おとがめにならなければ、お話しいたしますが。」

燕青 [えんせい]
天巧星《てんこうせい》。あだ名は浪子《ろうし》。盧俊義《ろしゅんぎ》の番頭《ばんとう》。歌や踊《おど》りを好《この》み武芸《ぶげい》にも秀《ひい》でる。

「遠慮《えんりょ》せずに、ありのままをもうせ。」

「あなたは、百日以内《いない》に、剣難《けんなん》にみまわれ、命《いのち》をうしなうことになります。」

盧俊義《ろしゅんぎ》はおどろいた。が、すぐにひざをたたいて笑《わら》った。

「ありえないことだ。わたしはこれまで悪事《あくじ》もはたらいたことがなく、だれからもうらまれたことがない。なにかのまちがいではないか？」

「人間だれしも、よいことばをききたいものです。わたくしはこれまで真実《しんじつ》をいって歓迎《かんげい》されたことなど、一度もありませんでした。——信《しん》じないのであれば、お代《だい》はいただきません。失礼《しつれい》します。」

呉用《ごよう》は席《せき》を立った。

「またれよ！　ならば、その難《なん》をのがれるにはどうすればよいのだ？」

里［り］
長さの単位《たんい》。当時の１里は約553メートル。

李固［りこ］
盧俊義《ろしゅんぎ》の店の番頭《ばんとう》。

「百日間、東南一千里＊《り》の外に身《み》をおけば、難《なん》をさけることができましょう。信《しん》じるか信じないかは、あなた次第《しだい》ですが。」

呉用《ごよう》が去ったのち、盧俊義《ろしゅんぎ》は思いなやんだ。

盧俊義《ろしゅんぎ》は、店の二人の番頭《ばんとう》、李固《りこ》と燕青《えんせい》をよびつけ、うらないのことを話した。

「そのうらない師《し》のいうことは、信《しん》じないほうがよろしいかとぞんじます。屋敷《やしき》にいれば、なんのわざわいがありましょう。」

李固《りこ》がいった。彼《かれ》は数年まえ、親戚《しんせき》をたよって北京《ほくけい》へきたのだが、会うことができず、屋《や》敷《しき》の門前《もんぜん》で凍《こご》え死《じ》にそうになっていたところを、盧俊義《ろしゅんぎ》にひろわれたのである。算盤《そろばん》が得意《とくい》なので、財産《ざいさん》の管理《かんり》をまかされていた。いまでは番頭《ばんとう》たちの一番がしらだ。

「わたくしも李固《りこ》の考えに賛成《さんせい》です。旅にでるほうがよっぽど危険《きけん》です。」

燕青《えんせい》もいった。彼は幼《おさな》いころに両親を亡《な》くし、盧俊義《ろしゅんぎ》の屋敷《やしき》で育てられてきた。歌や踊《おど》りをこのみ、武芸《ぶげい》にもひいでていて、顔つきもうつくしいことから、〈浪子《ろうし》（風流《ふうりゅう》な者）〉のあだ名《な》があった。彼は一〇八の魔星《ませい》のうちのひとつ、天巧星《てんこうせい》の転生《てんせい》である。

二人に反対された盧俊義《ろしゅんぎ》は、かえって旅にでることを決意《けつい》した。

「李固《りこ》よ、すぐに荷物《にもつ》をととのえ、わたしの供《とも》をせよ。旅のついでに商売もしようと思うので、商品もすこし積《つ》んでおけ。燕青《えんせい》は屋敷《やしき》にのこり、皆《みな》をまもってくれ。」

李固《りこ》と燕青《えんせい》は反対しつづけるも、盧俊義《ろしゅんぎ》はききいれない。

李固はしかたなしに、旅のしたくをととのえた。十両《りょう》の荷車《にぐるま》と十人の人夫《にんぷ》、四、五十頭《とう》の馬を準備《じゅんび》する。交易用《こうえきよう》の品《しな》を荷車に積《つ》みこみ、しっかりと縄《なわ》でしばっておちないようにした。

盧俊義《ろしゅんぎ》は李固《りこ》たちとともに北京《ほくけい》を離《はな》れた。彼は道中《どうちゅう》の山や川の景色《けしき》のみごとさに満足《まんぞく》した。

「このような景色《けしき》を拝《おが》むことができただけでも、旅にでた意味はあったというものだ。」

なにごともなく数日がすぎたころ、盧俊義《ろしゅんぎ》は酒屋《さかや》に立《た》ち寄《よ》った。

店の主人がいう。

「ここから二十里《り》ほど行くと、梁山泊《りょうざんぱく》のちかくにさしかかります。とおるのは危険《きけん》です。」

すると李固《りこ》が、盧俊義《ろしゅんぎ》の前でひざまずいた。

「おやめください、旦那《だんな》さま！　わたしも梁山泊《りょうざんぱく》のことはきき知っております。一万の軍隊《ぐんたい》があろうと、勝ち目はございません！」

「このわたしが、山賊《さんぞく》などおそれるものか。」

盧俊義《ろしゅんぎ》は店主《てんしゅ》の反対をおしきり、おじけづく李固《りこ》をおいて梁山泊《りょうざんぱく》めざしてすすんでいった。

しばらくすると、前方《ぜんぽう》から五百人ほどの兵士《へいし》があらわれた。先頭《せんとう》には二挺斧《にちょうふ》をもった大男

魯智深［ろちしん］
天孤星《てんこせい》。あだ名は花和尚《かおしょう》。
もとの名は魯達《ろたつ》。

朴刀［ぼくとう］
長い柄《え》のついた刀《かたな》。旅人が護身用《ごしんよう》に持ちあるくことが多い。

がいる。

「盧《ろ》俊《しゅん》義《ぎ》どの。おれをおぼえているか？」

盧俊義は、はっとした。

「おまえは、うらない師《し》の従者《じゅうしゃ》だな！」

「そのとおり。黒旋風《こくせんぷう》・李逵《りき》だ。おまえは軍師《ぐんし》どのの策《さく》にかかったのだ。おとなしく降参《こうさん》し、梁山泊《りょうざんぱく》にはいるがよい。」

盧《ろ》俊《しゅん》義《ぎ》はそれをきくと、顔をまっかにして怒《いか》り、*朴刀《ぼくとう》を手に、李逵《りき》に打ちかかった。

三合《ごう》ほどたたかったのち、李逵《りき》は背《せ》をむけ、林のなかへと逃《に》げていった。

「まて！」

盧《ろ》俊《しゅん》義《ぎ》は走ってあとを追いかける。

すると松林《まつばやし》の陰《かげ》から、体の大きな僧侶《そうりょ》がとびだしてきた。手には禅杖《ぜんじょう》をもっている。

「花和尚《かおしょう》・魯智深《ろちしん》、ここにあり！　盧《ろ》俊《しゅん》義《ぎ》どの、お手あわせねがおう！」

「どかぬか、くそ坊主《ぼうず》め！」

盧《ろ》俊《しゅん》義《ぎ》は魯智深《ろちしん》と打ちあった。

だが、また三合《ごう》ほどたたかうと、魯智深《ろちしん》は背《せ》をむけて逃《に》げだした。

武松 [ぶしょう]
天傷星《てんしょうせい》。あだ名は行者《ぎょうじゃ》。
虎殺《とらごろ》しで有名。

花栄 [かえい]
天英星《てんえいせい》。あだ名は小李広《しょうりこう》。
弓《ゆみ》の名手《めいしゅ》。

盧《ろ》俊義《しゅんぎ》が追いかけると、こんどは行者《ぎょうじゃ》姿《すがた》の男が二本の戒刀《かいとう》をもってとびだしてきた。

「虎殺《とらごろ》しの武松《ぶしょう》、お相手いたす！」

武松も三合《ごう》ほどたたかって、逃《に》げた。

「愚弄《ぐろう》するのもいいかげんにせよ！」

盧《ろ》俊義《しゅんぎ》は激怒《げきど》し、武松《ぶしょう》を追った。

林をでたところには、山壁《さんぺき》があった。その上には、宋江《そうこう》、呉用《ごよう》、公孫勝《こうそんしょう》の三人がいる。

盧《ろ》俊義《しゅんぎ》は、呉用《ごよう》を指さした。

「きさま、あのときのうらない師《し》か！」

「さようでございます、盧《ろ》俊義《しゅんぎ》どの。あなたを歓迎《かんげい》するための、宴《えん》の準備《じゅんび》がととのっております。山頂《さんちょう》へおこしください。」

「山賊《さんぞく》め！　よくもこのわたしをあざむきおったな！」

盧《ろ》俊義《しゅんぎ》がさけんだとき、宋江《そうこう》のそばに花栄《かえい》があらわれ、弓《ゆみ》をひきしぼった。

「とぶ鳥の目をも射《い》ぬく小李広《しょうりこう》・花栄《かえい》の矢《や》、ごらんにいれましょう。」

放《はな》たれた矢《や》は、盧《ろ》俊義《しゅんぎ》の帽子《ぼうし》の上の赤いふさを、正確《せいかく》に射《い》ぬいた。盧俊義はその腕《うで》まえにおどろいた。彼《かれ》は、この距離《きょり》では弓に勝てないと思い、背《せ》をむけて逃《に》げだした。

李俊［りしゅん］
天寿星《てんじゅせい》。あだ名は混江竜《こんこうりゅう》。
梁山泊水軍《りょうざんぱくすいぐん》の軍長《ぐんちょう》。

張順［ちょうじゅん］
天損星《てんそんせい》。あだ名は
浪裏白跳《ろうりはくちょう》。漁師《りょうし》。

やがてあたりが暗くなった。空には星がかがやく。

盧《ろ》俊《しゅん》義《ぎ》は湖《みずうみ》のほとりまで逃《に》げ、ひざに手をつき、息をきらせる。

「前は湖、後ろは敵兵《てきへい》。もはや、これまでか……。」

途《と》方《ほう》にくれていると、蘆《あし》のしげみのなかから一そうの小舟《こぶね》があらわれた。漁師《りょうし》の姿《すがた》をした男が舟《ふね》を漕《こ》いでいる。盧《ろ》俊《しゅん》義《ぎ》はよろこび、大きく両手をふった。

「おうい！　金《かね》はいくらでもやる！　舟《ふね》にのせてくれ！」

漁師《りょうし》は舟を岸によせ、盧《ろ》俊《しゅん》義《ぎ》をのせて漕《こ》ぎだした。

湖のまんなかまできたときに、漁師は笑《わら》いだした。

「盧《ろ》俊《しゅん》義《ぎ》どの、もう観念《かんねん》しなされ。わたしは梁山泊《りょうざんぱく》の水軍頭目《すいぐんとうもく》、混江竜《こんこうりゅう》・李俊《りしゅん》だ。これから梁山泊へご案内《あんない》いたそう。」

「だれが山賊《さんぞく》などにしたがうか！」

盧《ろ》俊《しゅん》義《ぎ》は朴刀《ぼくとう》をふった。李俊《りしゅん》は湖にとびこんでかわす。

船尾《せんび》のそばの水のなかから、浪裏白跳《ろうりはくちょう》・張順《ちょうじゅん》があらわれた。

「少々《しょうしょう》、手荒《てあら》になりますぞ！」

張順《ちょうじゅん》は舟《ふね》をゆらし、盧《ろ》俊《しゅん》義《ぎ》を湖におとした。そして盧俊義の体をつかむと、岸へと泳い

戴宗［たいそう］
天速星《てんそくせい》。あだ名は神行太保《しんこうたいほう》。「神行法《しんこうほう》」を使い、飛ぶように走れる。

でいき、縄《なわ》でしばりあげた。

そこへ神行太保《しんこうたいほう》・戴宗《たいそう》が、手下《てした》をひきつれ、かけつけてきた。

「ご無礼《ぶれい》をおゆるしください、盧俊義《ろしゅんぎ》どの。これもすべては大義《たいぎ》のためです。」

戴宗《たいそう》は盧俊義《ろしゅんぎ》の縄《なわ》をといた。手下の者に錦《にしき》の着物《きもの》を用意させ、ぬれた着物とかえさせた。

戴宗は盧俊義を山頂《さんちょう》へ案内《あんない》した。そこでは宋江《そうこう》、呉用《ごよう》、公孫勝《こうそんしょう》など、梁山泊《りょうざんぱく》の好漢《こうかん》たちが、勢《せい》ぞろいででむかえていた。

呉用《ごよう》が拱手《きょうしゅ》した。

「もうしわけありません、盧俊義《ろしゅんぎ》どの。こうでもしなければ、あなたを山へおまねきすることができませんでした。あなたの部下《ぶか》たちは、北京《ほくけい》へおかえしします。どうか、ご安心ねがいたい。」

「わたしは山賊《さんぞく》などにかかわりたくはない！　殺《ころ》すのなら殺すがよい！」

「そうおっしゃらずに、話だけでもきいてください。」

呉用《ごよう》は宴席《えんせき》を用意し、盧俊義《ろしゅんぎ》に酒をふるまった。

宋江《そうこう》は盧俊義のさかずきに酒をつぎながらいった。

「いまは天下《てんか》がみだれ、悪徳役人《あくとくやくにん》が幅《はば》をきかせています。首領《しゅりょう》の晁蓋《ちょうがい》どのが亡《な》くなり、われわれはあらたな首領《しゅりょう》をもとめています。どうか山にとどまって、首領になってはいただけませんでしょうか？」

宋江《そうこう》がなんどもたのむが、盧俊義《ろしゅんぎ》は首を縦《たて》にふらない。

宋江は盧俊義を山にとどめ、毎日宴会《えんかい》をひらいた。

盧俊義《ろしゅんぎ》は宴会をかさねるうちに、梁山泊《りょうざんぱく》の者たちが、文武《ぶんぶ》にすぐれ、天下《てんか》のためにたたかおうという志《こころざし》をもっていることを知った。だがそれでも、山寨《さんさい》にとどまることだけは拒否《きょひ》しつづけた。

二か月がすぎて秋も深まったころ、盧俊義《ろしゅんぎ》がどうしても屋敷《やしき》にもどるというので、宋江《そうこう》はこれ以上説得《いじょうせっとく》してもむだだと思い、彼《かれ》を帰すことにした。梁山泊《りょうざんぱく》の頭目《とうもく》たちはわかれを惜《お》しみ、全員で山のふもとまで盧俊義《ろしゅんぎ》を見おくった。

二

盧俊義《ろしゅんぎ》は北京《ほくけい》の*城外《じょうがい》までたどりついた。

城門《じょうもん》の前まできたとき、ぼろぼろの身《み》なりをした男が、泣《な》きながらかけつけてきた。

城外［じょうがい］
中国の都市は、城壁《じょうへき》でまもられており、盧俊義《ろしゅんぎ》の屋敷《やしき》は、城壁内《じょうへきない》（城内）にある。

「旦那《だんな》さま！　よくぞご無事《ぶじ》で！」

「だれだ、おまえは。物乞《ものご》いに知りあいなどおらぬぞ。」

「わたくしです！　燕青《えんせい》です！」

盧俊義《ろしゅんぎ》は、泣《な》いている男の顔をよく見た。黒くよごれているが、たしかに番頭《ばんとう》の燕青《えんせい》だ。

「いったい、そのかっこうはどうしたというのだ？」

「旦那《だんな》さまがいないあいだに、李固《りこ》が奥《おく》さまと通《つう》じ、屋敷《やしき》をのっとってしまったのです。」

「でたらめをもうすな！　妻《つま》が、そのようなことをするはずがない！」

「ほんとうです！　ふた月ほどまえ、李固《りこ》はひとりでもどってきて、奥《おく》さまとともに『旦那《だんな》さまが梁山泊《りょうざんぱく》とつうじている。』と役所《やくしょ》にうったえました。わたくしは旦那《だんな》さまをかばったのですが、それが李固《りこ》たちの怒《いか》りをかい、屋敷《やしき》を追いだされてしまいました。わたくしは行くあてもなく、ここで旦那さまの帰りをおまちしておりました。」

「くだらぬうそをつくでない！　腹立《はらだ》たしいやつめ！　おおかた、おまえがなにか粗相《そそう》をして、屋敷《やしき》を追いだされたのだろう。」

盧俊義《ろしゅんぎ》は燕青《えんせい》の手をふりはらい、城内《じょうない》へはいった。

屋敷《やしき》にもどると、妻《つま》の賈氏《かし》がでむかえてくれた。

貫［かん］
当時の貨幣《かへい》の単位《たんい》。
1貫は銅貨《どうか》1000枚《まい》。

「燕青《えんせい》はどうしたのだ？」

盧俊義《ろしゅんぎ》はわざとそうたずねた。

すると賈氏《かし》は泣《な》きだした。

「あの者のことは、ひとことではもうしあげられませぬ。きけばきっと、あなたはご立腹《りっぷく》なされるでしょう。それよりも、ひさしぶりに屋敷《やしき》にもどられたのです。まずはお休みになられてはいかがですか。」

「そうだな。すぐに食事を用意いたせ。燕青《えんせい》のことは、あとでゆっくりきこう。」

まもなく料理《りょうり》がはこばれてくる。

盧俊義《ろしゅんぎ》が卓《たく》でのみ食《く》いしていると、外がさわがしくなった。

「なにごとだ？」

そういったとき、扉《とびら》が大きくひらき、役人たちがはいってきた。

「盧俊義《ろしゅんぎ》よ！　これより、役所《やくしょ》に出頭《しゅっとう》してもらおう！」

「わたしがなにをしたというのだ！」

「梁山泊《りょうざんぱく》とつうじていたのだろう！　おとなしく縛《ばく》につけ！」

盧俊義《ろしゅんぎ》は問答無用《もんどうむよう》で捕《と》らえられ、役所へつれていかれた。

梁中書［りょうちゅうしょ］
北京《ほくけい》（大名府《だいめいふ》）の長官《ちょうかん》。
太師《たいし》・蔡京《さいけい》の娘婿《むすめむこ》。

北京《ほくけい》の長官《ちょうかん》は、梁中書《りょうちゅうしょ》である。太師《たいし》・蔡京《さいけい》の娘婿《むすめむこ》だ。以前《いぜん》、十万貫《＊かん》の財宝《ざいほう》を晁蓋《ちょうがい》たちにうばわれてしまったので、梁山泊《りょうざんぱく》をうらんでいた。

盧俊義《ろしゅんぎ》は梁中書《りょうちゅうしょ》の前でひざまずかされた。まわりは、棒《ぼう》をもった役人たちがとりかこんでいる。

「盧俊義《ろしゅんぎ》よ！　おまえは北京《ほくけい》の住人でありながら、なにゆえに梁山泊《りょうざんぱく》とつうじているのだ！」

「それは誤《あやま》りです、梁中書《りょうちゅうしょ》どの！　わたくしは梁山泊の者にだまされただけです！」

「そんなうそがここで通用《つうよう》すると思うな！　李固《りこ》の申《もう》し立《た》てによれば、おまえは梁山泊の歓迎《かんげい》をうけていたそうだな！」

「わたくしがのぞんだわけではありませぬ。」

「だまれ！　この男を棒打《ぼうう》ちにし、牢獄《ろうごく》へほうりこめ！」

梁中書《りょうちゅうしょ》の命令《めいれい》で、盧俊義《ろしゅんぎ》は気をうしなうまで棒《ぼう》で打たれた。さらには首枷《くびかせ》をつけられ、牢屋《ろうや》にほうりこまれた。

牢屋の床《ゆか》はかたく、寝《ね》ころぶと、棒《ぼう》で打たれたところがひどく痛《いた》んだ。

（燕青《えんせい》のいったことがただしかったか。あの男はおちぶれても、わたしへの忠義《ちゅうぎ》で城《しろ》の外でまっていてくれたのだな。）

蔡福［さいふく］
地平星《ちへいせい》。あだ名は鉄臂膊《てつひはく》。
首斬《くびき》り役人《やくにん》。

蔡慶［さいけい］
地損星《ちそんせい》。あだ名は一枝花《いっしか》。
蔡福《さいふく》の弟。

「盧《ろ》俊《しゅん》義《ぎ》どの。」

声がした。目をあげると、牢《ろう》の外に大男がいた。首斬《くびき》り役人《やくにん》の蔡福《さいふく》だ。腕《うで》が太く、腕力《わんりょく》があることから、〈鉄臂膊《てつひはく》（鉄腕《てつわん》）〉とあだ名《な》されていた。

そのそばには、似《に》た顔の男がいる。蔡福《さいふく》の弟、蔡慶《さいけい》。鬢《びん》に花をさすことが好《す》きなので、〈一枝花《いっしか》〉のあだ名があった。

「われわれは、盧俊義《ろしゅんぎ》どのが無実《むじつ》だと信《しん》じております。」

蔡《さい》兄弟は盧俊義《ろしゅんぎ》に食事をはこび、不便《ふべん》のないようにとりはからった。

数日がすぎ、盧俊義《ろしゅんぎ》は沙門島《さもんとう》へ流刑《るけい》されることになった。

盧俊義《ろしゅんぎ》を護送《ごそう》するのは、林冲《りんちゅう》が流罪《るざい》になったときにつきそった二人の役人《やくにん》である。彼《かれ》らは、李固《りこ》から五十両《りょう》の金子《きんす》をわたされ、道中《どうちゅう》、盧俊義を殺《ころ》すように命《めい》じられていた。

北京《ほくけい》をでて、二日ほどあるきつづけた朝のこと。役人たちは盧俊義をひとけのない森のなかへつれていき、木にしばりつけた。

「おまえたち、なにをする気だ！」

「李固《りこ》におまえを殺《ころ》すようたのまれたんだ。悪く思うなよ。」

燕青［えんせい］
天巧星《てんこうせい》。あだ名は浪子《ろうし》。
歌や踊《おど》りを好《この》み
武芸《ぶげい》にも秀《ひい》でる。

役人は棒《ぼう》をふりあげた。

そのとき、矢《や》がとんできて、役人の胸《むね》に突《つ》きささった。役人はあおむけにたおれ、絶命《ぜつめい》した。

「何者だ！」

もうひとりの役人がさけんだ。が、また矢《や》がとんできて、のどにささった。その役人もたおれ、うごかなくなった。

「ご無事《ぶじ》ですか、旦那《だんな》さま！」

その声とともに、燕青《えんせい》が木の上からとびおりてきた。手には弩《いしゆみ》をもっている。彼《かれ》は盧俊《ろしゅん》義《ぎ》の縄《なわ》を短刀《たんとう》で切り、首枷《くびかせ》をたたきこわした。

「すまない、燕青《えんせい》。おまえのことばを信用《しんよう》しなかったばかりに、こんなことになってしまった。――だが、役人を殺《ころ》してしまった以上《いじょう》、われわれの罪《つみ》は重くなった。財産《ざいさん》も屋敷《やしき》もうしなったいま、どこへ行けばよいだろう……。」

「梁山泊《りょうざんぱく》へ行きましょう。きっと、たすけてくれるはずです。」

燕青《えんせい》は盧俊義《ろしゅんぎ》をせおい、梁山泊への道をいそいだ。

とちゅう、燕青《えんせい》は村に立《た》ち寄《よ》り、宿《やど》をとった。

「旦那《だんな》さま、ここでおまちください。わたくしが鳥をとってきて、料理《りょうり》いたしましょう。」

燕青《えんせい》は弩《いしゆみ》を手に、村の外へでた。彼《かれ》の弩の腕《うで》まえは天下《てんか》でも一、二をあらそうほど。空をとぶ鳥がつぎつぎと射《い》おとされていく。

燕青《えんせい》は大量《たいりょう》の鳥を腰《こし》にさげ、宿《やど》にもどった。だが部屋《へや》には、盧俊義《ろしゅんぎ》の姿《すがた》はなかった。

「旦那《だんな》さま！　どこへ行かれたのですか！」

すると、外から、無数《むすう》の足音がきこえた。

燕青《えんせい》は窓《まど》から外を見る。大通りでは、縄《なわ》でしばられた盧俊義《ろしゅんぎ》が、おおぜいの役人たちに護送《ごそう》されているではないか。

「旦那《だんな》さま！」

燕青《えんせい》はたすけにいこうとした。が、思いとどまった。いまおそいかかっても多勢《たぜい》に無勢《ぶぜい》だ。

（ここは梁山泊《りょうざんぱく》へむかい、山賊《さんぞく》たちの力を借《か》りるのがいい。）

そう思った燕青《えんせい》は、宿《やど》をあとにし、梁山泊へいそいだ。

だが空腹《くうふく》なうえに路銀《ろぎん》もない。このままでは野《の》たれ死《じ》にしてしまう。

どうすればいいかまよっていたところ、棒《ぼう》をもった男が二人、道の前からあるいてきた。背中《せなか》には包《つつ》みをせおっている。

（あれをいただこう！）

楊雄［ようゆう］
天牢星《てんろうせい》。あだ名は病関索《びょうかんさく》。
もと首斬《くびき》り役人。

「やい！　荷物《にもつ》をおいていけ！」

だが二人の男はおそれるようすもなく、こちらにむかってくる。

「荷物《にもつ》をおいていけというのが、きこえなかったのか！」

燕青《えんせい》は男たちになぐりかかった。

すると男のひとりが、棒《ぼう》で燕青《えんせい》の右太ももを打った。燕青は地面にたおれた。立ちあがろうとしたとき、もうひとりの男に背中《せなか》を踏《ふ》みつけられた。

「われわれ相手に追いはぎをするとは、運《うん》のないやつだな。」

男はそういって、刀《かたな》をぬいた。

「おまちください！　わたくしが死ぬことはかまいませぬ！　ただそのまえに、梁山泊《りょうざんぱく》へ行かなくてはならないのです！」

「梁山泊《りょうざんぱく》に、なんの用だ？」

「盧俊義《ろしゅんぎ》さまが、役人につかまったのです！」

二人の男はそれをきいておどろき、すぐさま燕青《えんせい》を立ちあがらせた。

「そういうことは、はやくいってくだされ。――われわれは梁山泊《りょうざんぱく》の者です。わたしが病関《びょうかん》索《さく》・楊雄《ようゆう》、こちらは義弟《おとうと》の拚命三郎《へんめいさんろう》・石秀《せきしゅう》です。」

石秀［せきしゅう］
天慧星《てんけいせい》。あだ名は拚命三郎《へんめいさんろう》。

燕青《えんせい》はそれをきいてよろこび、

「わたくしは、燕青《えんせい》といいます。盧俊義《ろしゅんぎ》さまは、わたくしが仕《つか》えていた屋敷《やしき》の主人です。」

と、これまでのことを二人に話した。

「燕青《えんせい》どの。あなたは疲《つか》れておいでなので、義兄上《あにうえ》とともにこのまま梁山泊《りょうざんぱく》へむかってください。わたしはひと足さきに北京《ほくけい》へ行き、盧俊義《ろしゅんぎ》どのの安否《あんぴ》をしらべてきます。」

石秀《せきしゅう》はそういって二人とわかれ、北京《ほくけい》へいそいだ。

城内《じょうない》にはいり、酒楼《しゅろう》の二階であたりをうかがっていると、おもての十字路で、銅鑼《どら》や太鼓《たいこ》の音がきこえた。窓《まど》から見おろせば、刀《かたな》をもったおおぜいの役人が盧俊義《ろしゅんぎ》をつれている。

「まて！」

石秀《せきしゅう》は腰《こし》から刀をぬくと、二階の窓《まど》からとびおりた。彼《かれ》はたったひとりで役人たちに斬《き》ってかかった。まさに拚命三郎《へんめいさんろう》のあだ名どおり、命知《いのちし》らずの男である。

だがやはり、相手の数が多すぎる。十数名《すうめい》を斬《き》りころすと、力つき、縄《なわ》でしばられてしまった。

石秀《せきしゅう》は盧俊義《ろしゅんぎ》とともに役所におくられ、死刑囚用《しけいしゅうよう》の牢屋《ろうや》にほうりこまれた。

梁中書［りょうちゅうしょ］
北京《ほくけい》（大名府《だいめいふ》）の長官《ちょうかん》。
太師《たいし》・蔡京《さいけい》の娘婿《むすめむこ》。

索超［さくちょう］
天空星《てんくうせい》。あだ名は急先鋒《きゅうせんぽう》。
梁中書《りょうちゅうしょ》の部下《ぶか》。大斧《たいふ》の使い手。

三

梁山泊《りょうざんぱく》にたどりついた楊雄《ようゆう》と燕青《えんせい》は、盧俊義《ろしゅんぎ》がつかまったことを宋江《そうこう》につたえた。

「盧《ろ》俊義《しゅんぎ》どのがつかまったのは、われわれが彼《かれ》を山にひきとめたからだ。なんとしてもたすけださねばならぬ。」

宋江《そうこう》は大軍《たいぐん》をひきいて出陣《しゅつじん》した。


梁山泊《りょうざんぱく》来襲《らいしゅう》の知らせをきいた梁中書《りょうちゅうしょ》は、おそれおののいた。

「梁山泊には豪傑《ごうけつ》がそろっているという。どうしたものか……。」

「山賊《さんぞく》など、おそれることはありませぬ！」

そういってあゆみでたのは、軍隊長《ぐんたいちょう》の急先鋒《きゅうせんぽう》（「まっさきにとびだす」の意味）・索超《さくちょう》だ。体が大きく、気性《きしょう》のあらい男である。

「わたくしに兵《へい》をあたえてくだされば、かならずや、討《う》ちとってみせましょう。」

「たのんだぞ、索超《さくちょう》！」

宣賛［せんさん］
地傑星《ちけつせい》。あだ名は
醜郡馬《しゅうぐんば》。

索超《さくちょう》は役所《やくしょ》をあとにすると、獅子《しし》の兜《かぶと》をかぶり、頑丈《がんじょう》な鎧《よろい》に身をかため、獣面《じゅうめん》の帯《おび》を腰《こし》にしめた。手に金色の大斧《たいふ》をもち、馬にまたがり、兵《へい》をひきいて城《しろ》をでた。

四十里《り》ほどすすむと、前方《ぜんぽう》に梁山泊《りょうざんぱく》の軍勢《ぐんぜい》が見えた。

「急先鋒《きゅうせんぽう》・索超《さくちょう》、まいる！」

索超は大斧《たいふ》をふりかぶり、敵軍《てきぐん》へとつっこんでいった。

「霹靂火《へきれきか》・秦明《しんめい》を知らぬか！」

梁山泊軍《りょうざんぱくぐん》からは秦明が狼牙棒《ろうがぼう》をふりかざし、索超《さくちょう》にむかっていく。

急先鋒《きゅうせんぽう》と霹靂火《へきれきか》。二人とも血気旺盛《けっきおうせい》な武将《ぶしょう》だ。二十合《ごう》あまりはげしくたたかったが、決着《けっちゃく》がつかない。

そのとき、もと呼延灼《こえんしゃく》の部下《ぶか》、百勝将《ひゃくしょうしょう》・韓滔《かんとう》が矢《や》を放《はな》った。矢は索超《さくちょう》の左ひじに突《つ》きささる。索超は思わず大斧《たいふ》をおとしてしまった。

「くっ！　ここまでか！」

索超《さくちょう》は馬をかえし、兵《へい》とともに城《しろ》へ退却《たいきゃく》した。

都《みやこ》・開封府《かいほうふ》では、太師《たいし》（宰相《さいしょう》）の蔡京《さいけい》が、娘婿《むすめむこ》の梁中書《りょうちゅうしょ》の危機《きき》を知って、文武両官《ぶんぶりょうかん》をよび

関勝［かんしょう］
天勇星《てんゆうせい》。あだ名は大刀《だいとう》。
関羽《かんう》の子孫《しそん》。
青竜偃月刀《せいりゅうえんげつとう》を使う。

郝思文［かくしぶん］
地雄星《ちゆうせい》。あだ名は井木犴《せいぼくかん》。
関勝《かんしょう》の義弟《ぎてい》。

あつめた。

「いま、北京《ほくけい》は梁山泊《りょうざんぱく》の山賊《さんぞく》どもに攻撃《こうげき》されている。だれぞ、たすけにいく者はおらぬか。」

「ここは関勝《かんしょう》の力を借《か》りましょう。」

そういったのは、武将《ぶしょう》の宣賛《せんさん》だ。赤ひげで、顔がみにくいことから、〈醜郡馬《しゅうぐんば》――醜《みにく》い郡《ぐん》馬《ば》。「郡馬」は王（位《くらい》のひとつ。天子《てんし》の下）の娘婿《むすめむこ》のこと〉とあだ名《な》されている。

「関勝《かんしょう》は漢末《かんまつ》の名将《めいしょう》、関羽《かんう》の子孫《しそん》です。長いあごひげをたくわえ、赤兎馬《せきとば》にまたがり、青竜《せいりゅう》偃月刀《えんげつとう》をあつかうことから、〈大刀《だいとう》・関勝《かんしょう》〉ともよばれています。いまは蒲東《ほとう》で、巡検《じゅんけん》（警《けい》察《さつ》）をやっています。」

蔡京《さいけい》はそれをきいてよろこんだ。

「そのような人物ならば、梁山泊軍《りょうざんぱくぐん》をやぶってくれるはずだ。すぐによんでまいれ。」

宣賛《せんさん》はみずから蒲東《ほとう》へおもむき、関勝《かんしょう》をつれてもどってきた。

関勝《かんしょう》の義弟《ぎてい》、郝思文《かくしぶん》もついてきた。母親が井木犴《せいぼくかん》（二十八宿星《しゅくせい》のひとつ、井宿《せいしゅく》のこと）の夢《ゆめ》を見て、彼《かれ》を身《み》ごもったことから、〈井木犴《せいぼくかん》・郝思文《かくしぶん》〉ともよばれている。武術《ぶじゅつ》に精通《せいつう》し、どんな武器《ぶき》でもつかいこなすことができた。

関勝《かんしょう》は蔡京《さいけい》の前にでると、拱手《きょうしゅ》していった。

「太師《たいし》どの。いま梁山泊軍《りょうざんぱくぐん》は大軍《たいぐん》をもって北京《ほくけい》を攻《せ》めています。われわれは北京をまもるよりも、手うすな梁山泊《りょうざんぱく》を攻撃《こうげき》すべきです。そうなれば敵《てき》は帰る場所をうしない、身うごきがとれなくなります。」

蔡京《さいけい》は一万五千の兵《へい》を関勝《かんしょう》にあたえた。

関勝《かんしょう》は郝思文《かくしぶん》と宣賛《せんさん》を副将《ふくしょう》にして、梁山泊《りょうざんぱく》へ兵《へい》をすすめた。

いっぽう、北京《ほくけい》を攻《せ》めていた宋江《そうこう》は、「関勝《かんしょう》の軍《ぐん》が梁山泊《りょうざんぱく》に来襲《らいしゅう》」との知らせをききつけてあせった。

「まずいことになった。梁山泊《りょうざんぱく》にはあまり兵《へい》をのこしていない。」

「ここは、はやくひきかえしたほうがよろしいでしょう。梁山泊をとられてしまっては、元《もと》も子《こ》もありません。」

呉用《ごよう》の意見に、宋江《そうこう》はうなずいた。彼《かれ》は北京《ほくけい》を攻めるのをやめ、急遽《きゅうきょ》、梁山泊へ兵をかえした。

公孫勝［こうそんしょう］
天間星《てんかんせい》。あだ名は入雲竜《にゅううんりゅう》。
道術使《どうじゅつつか》い。

四

「関勝《かんしょう》の軍《ぐん》が梁山泊《りょうざんぱく》のほとりに布陣《ふじん》した。」

との報《ほう》がはいると、梁山泊の留守《るす》をまかされた頭目《とうもく》たちは、聚義庁《しゅうぎちょう》にあつまって、軍議《ぐんぎ》をひらいた。

臨時《りんじ》の首領《しゅりょう》、道士《どうし》の入雲竜《にゅううんりゅう》・公孫勝《こうそんしょう》がいった。

「梁山泊《りょうざんぱく》は天然《てんねん》の要害《ようがい》。そうやすやすとは攻《せ》めおとせぬ。ここは、宋江《そうこう》どのがひきかえしてくるまで、かたくまもるのがよい。けっして打ってでてはならぬぞ。」

頭目《とうもく》たちは公孫勝《こうそんしょう》の命令《めいれい》をきき、それぞれのもち場《ば》についた。

だがそのなかで、水軍《すいぐん》の将《しょう》、船火児《せんかじ》・張横《ちょうおう》は、関勝《かんしょう》を生《い》け捕《ど》りにしようと考えていた。彼《かれ》は、弟の浪裏白跳《ろうりはくちょう》・張順《ちょうじゅん》に相談する。

「われわれは梁山泊《りょうざんぱく》にはいってから、いまだなんの手柄《てがら》もたてていない。ここは夜襲《やしゅう》をかけて関勝《かんしょう》をとらえ、手柄にしようではないか。」

「兄上《あにうえ》、勝手《かって》なことをすべきではありませぬ。もし失敗《しっぱい》すれば、とりかえしのつかないこと

張横［ちょうおう］
天平星《てんぺいせい》。あだ名は船火児《せんかじ》。張順《ちょうじゅん》の兄。

張順［ちょうじゅん］
天損星《てんそんせい》。あだ名は浪裏白跳《ろうりはくちょう》。漁師《りょうし》。

になりますぞ。」

「わたしは、もう決心《けっしん》したのだ。おまえが行かないのなら、わたしだけで行こう。」

夜になると張横《ちょうおう》は、五十そうの舟《ふね》を用意した。それぞれの舟には四、五人の兵士《へいし》をのせる。

彼《かれ》らは、闇《やみ》にまぎれて対岸《たいがん》へむかった。

岸につくと、張横《ちょうおう》は兵士《へいし》たちをひきいて、敵《てき》の陣営《じんえい》にちかづいていく。

明かりのついた幕舎《ばくしゃ》のなかに、関勝《かんしょう》の姿《すがた》が見えた。彼は書物《しょもつ》を読んでいた。

「いくぞ！」

張横《ちょうおう》は槍《やり》をふりあげ、兵士《へいし》たちとともに、関勝《かんしょう》のいる幕舎《ばくしゃ》へ突撃《とつげき》をかけた。

だがそのとき、まわりで銅鑼《どら》が鳴りひびいた。四方八方《しほうはっぽう》から敵《てき》の伏兵《ふくへい》がおしよせてくる。

「しまった！　勘《かん》づかれていたか！」

張横《ちょうおう》は退却命令《たいきゃくめいれい》をだした。

だが、すでにまわりは敵兵《てきへい》だらけだ。張横と二百人ほどの兵士《へいし》たちは、なすすべもなく、生《い》け捕《ど》りにされた。

「おまえたちが奇襲《きしゅう》をかけてくることは、すでにお見とおしだ。梁山泊《りょうざんぱく》をおとしたのちに、都《みやこ》へおくって処刑《しょけい》してくれよう。」

秦明［しんめい］
天猛星《てんもうせい》。あだ名は霹靂火《へきれきか》。
もと青州《せいしゅう》の兵馬統制《へいばとうせい》。
狼牙棒《ろうがぼう》の使い手。

関勝《かんしょう》はそういって笑《わら》い、張横《ちょうおう》たちを檻車《かんしゃ》にとじこめた。

北京《ほくけい》からひきかえしてきた宋江軍《そうこうぐん》は、梁山泊《りょうざんぱく》のほとりで、関勝軍《かんしょうぐん》とむかいあった。

関勝《かんしょう》は赤兎馬《せきとば》という赤い馬にまたがっていた。手にもった青竜偃月刀《せいりゅうえんげつとう》で宋江を指《さ》す。

「逆賊《ぎゃくぞく》ども！　おとなしく降参《こうさん》し、縛《ばく》につくがよい！」

「将軍《しょうぐん》よ。われわれは天《てん》に替《か》わって道《みち》を行《おこな》うために、ここにあつまったのです。天子《てんし》にそむくためではありませぬ。」

「天兵《てんぺい》（天子の兵《へい》）がきたというのに、なおもそのようなことをいうか！　馬をおりて降伏《こうふく》せぬのなら、おまえを斬《き》りふせてくれようぞ！」

「だまれ！　佞臣《ねいしん》に味方《みかた》する者め！」

そうどなったのは、秦明《しんめい》だ。狼牙棒《ろうがぼう》を手に、宋江《そうこう》の陣営《じんえい》からとびだした。

関勝《かんしょう》も青竜偃月刀《せいりゅうえんげつとう》をかまえ、赤兎馬《せきとば》を走らせる。

二人は何十合《なんごう》もたたかったが、勝負《しょうぶ》がつかない。

そこへ林冲《りんちゅう》が蛇矛《だぼう》をふりかざし、関勝《かんしょう》におそいかかった。

「いかん！　すぐに二人を退却《たいきゃく》させろ！」

呼延灼［こえんしゃく］
天威星《てんいせい》。あだ名は双鞭《そうべん》。もと汝寧州《じょねいしゅう》の軍指揮官《しきかん》。二本の銅《どう》鞭《べん》をあやつる。

宋江《そうこう》がさけんだ。そばの者が銅鑼《どら》を鳴らす。

林冲《りんちゅう》と秦明《しんめい》は陣営《じんえい》へひきかえした。関勝《かんしょう》もいったん軍《ぐん》をひき、陣営にとじこもった。

「宋江《そうこう》どの！　なにゆえに退却《たいきゃく》などさせたのです！」

幕舎《ばくしゃ》で林冲《りんちゅう》がいった。

「関勝《かんしょう》は勇猛《ゆうもう》な武将《ぶしょう》だ。あの者を殺《ころ》すよりも梁山泊《りょうざんぱく》にむかえるほうが世《よ》のためにもなる。」

すると呉用《ごよう》が、

「宋江《そうこう》どののおっしゃるとおりです。ここは呼延灼《こえんしゃく》どのの力をお借《か》りし、関勝を生《い》け捕《ど》りましょう。」

といい、呼延灼《こえんしゃく》に計略《けいりゃく》をさずけた。

官軍《かんぐん》の幕舎《ばくしゃ》では関勝《かんしょう》が、宣賛《せんさん》、郝思文《かくしぶん》の二将《しょう》と協議《きょうぎ》していた。

「敵軍《てきぐん》にはおそろしく腕《うで》のたつ将がいる。今日《きょう》、もし退却《たいきゃく》の銅鑼《どら》が鳴らなければ、討《う》ちとられていただろう。」

関勝《かんしょう》がいったとき、見はりの兵士《へいし》がかけつけてきた。

「報告《ほうこく》します！　呼延灼《こえんしゃく》と名のる男が陣営《じんえい》の外へきています！」

黄信［こうしん］
地煞星《ちさつせい》。あだ名は鎮三山《ちんさんざん》。

関勝《かんしょう》は呼延灼《こえんしゃく》の名を知っていたので、すぐにつれてくるよう命《めい》じた。

まもなく呼延灼が幕舎《ばくしゃ》にはいってきた。彼《かれ》は拱手《きょうしゅ》した。

「関勝《かんしょう》どの。わたくしは以前《いぜん》、朝廷《ちょうてい》に仕《つか》えていました。いくさに敗《やぶ》れ、しかたなしに梁山泊《りょうざんぱく》軍《ぐん》に力を貸《か》していたのです。いま関勝どのがこの地にこられたことで、朝廷にもどる機会《きかい》ができました。どうか配下《はいか》にくわえてください。わたくしはこのあたりの地理を熟知《じゅくち》しています。きっとお役《やく》にたてるとぞんじます。」

関勝《かんしょう》はそれをきいてよろこび、翌日《よくじつ》になると、呼延灼《こえんしゃく》とともに出陣《しゅつじん》した。

梁山泊軍《りょうざんぱくぐん》からは、鎮三山《ちんさんざん》・黄信《こうしん》が兵《へい》をひきいてでてくる。

「呼延灼《こえんしゃく》め！　よくもうらぎりおったな！」

「だまれ、賊将《ぞくしょう》！」

十合《ごう》ほど打ちあって、呼延灼《こえんしゃく》が黄信《こうしん》を馬からたたきおとした。じつはこれ、二人の計略《けいりゃく》である。梁山泊《りょうざんぱく》がわからは兵士《へいし》がとびだし、黄信をかついで退却《たいきゃく》した。関勝《かんしょう》はそれを見て満足《まんぞく》し、呼延灼《こえんしゃく》を信用《しんよう》した。

「よし！　全軍《ぜんぐん》、突撃《とつげき》だ！」

「おまちください！　敵《てき》には呉用《ごよう》という、おそろしく頭のきれる男がいます。深追《ふかお》いしては

宣贊［せんさん］
地傑星《ちけつせい》。あだ名は醜郡馬《しゅうぐんば》。

郝思文［かくしぶん］
地雄星《ちゆうせい》。あだ名は井木犴《せいぼくかん》。関勝《かんしょう》の義弟《ぎてい》。

なりませぬ。――それよりも夜になるのをまち、襲撃《しゅうげき》をかけましょう。気づかれずに敵陣《てきじん》にちかづける道を、わたくしは知っております。」

関勝《かんしょう》は呼延灼《こえんしゃく》のことばにしたがい、いったん兵《へい》をひきあげた。

夜になると、関勝《かんしょう》は五百の兵をひきい、呼延灼《こえんしゃく》の案内《あんない》で山道をすすんだ。宣贊《せんさん》、郝思文《かくしぶん》の二将《しょう》も、それぞれ五百の兵をひきいて二手《ふたて》にわかれ、関勝の援護《えんご》にあたる。

やがて前方《ぜんぽう》に、梁山泊軍《りょうざんぱくぐん》の陣営《じんえい》が見えた。

「ここが宋江《そうこう》のいる中軍《ちゅうぐん》の陣営です。ここをおさえてしまえば、連中《れんちゅう》はどうすることもできません。」

「呼延灼《こえんしゃく》どの。おぬしがいてくれてたすかったぞ。――全軍《ぜんぐん》、突撃《とつげき》せよ！」

関勝《かんしょう》は兵士《へいし》たちとともに、陣営《じんえい》になだれこんだ。

だがそこには、だれもいなかった。

「呼延灼《こえんしゃく》どの。これはいったい、どういうことだ？」

関勝《かんしょう》はふりかえった。すると呼延灼の姿《すがた》も消えていた。

「まさか――。」

いいかけたとき、四方《しほう》から太鼓《たいこ》の音がひびき、梁山泊《りょうざんぱく》の兵士《へいし》たちがおしよせてきた。関勝《かんしょう》

関勝［かんしょう］
天勇星《てんゆうせい》。あだ名は大刀《だいとう》。
関羽《かんう》の子孫《しそん》。
青竜偃月刀《せいりゅうえんげつとう》を使う。

軍《ぐん》の兵士《へいし》たちはおどろき、ちりぢりになって逃《に》げだした。

「くそっ！　おぼえておれ！」

関勝《かんしょう》も血路《けつろ》をひらき、ただ一騎《き》で林のなかへ逃《に》げこんだ。

すると左右から、鉤棒《かぎぼう》をもった兵士《へいし》たちがあらわれた。そして関勝《かんしょう》の体を鉤《かぎ》でひっかけ、馬上《ばじょう》からおとし、縄《なわ》でしばりあげた。またそのいっぽうで、べつの部隊《ぶたい》が、関勝に捕《と》らえられていた梁山泊《りょうざんぱく》の仲間《なかま》たちを救出《きゅうしゅつ》した。


関勝《かんしょう》は宋江《そうこう》の前にひきだされた。そこには、縄《なわ》でしばられた宣賛《せんさん》と郝思文《かくしぶん》の姿《すがた》もあった。

宋江はみずから関勝の縄をとき、地に頭をつけて拝《はい》した。

「おたずね者の身《み》でありながら、無礼《ぶれい》なまねをいたしました。どうかおゆるしください。」

関勝《かんしょう》はとまどい、なにをいってよいのかわからなかった。

呼延灼《こえんしゃく》もすすみでて、関勝を拝《はい》する。

「命令《めいれい》によって、やむなくしたことです。将軍《しょうぐん》をあざむいたこと、もうしわけなく思っております。」

関勝《かんしょう》は、宋江《そうこう》たちが義《ぎ》に厚《あつ》い者だと感じた。彼《かれ》は宣賛《せんさん》と郝思文《かくしぶん》のほうをむいた。

「とらわれの身《み》になったいま、どうすればよかろう？」

「関勝《かんしょう》どののご判断《はんだん》にしたがいます。」

宣賛《せんさん》と郝思文《かくしぶん》はこたえた。

関勝《かんしょう》は、宋江《そうこう》にいった。

「負けた以上《いじょう》、都《みやこ》にもどるわけにもいかなくなりました。われわれに情《なさ》けをかけてくださるのであれば、どうか捕虜《ほりょ》などにせず、ただちに処刑《しょけい》してくだされ。」

「なぜ、そのようなことをおっしゃられるのですか。もしわたくしたちをお見すてでないのならば、ともに天《てん》に替《か》わって道《みち》を行《おこな》い、民《たみ》のためにたたかいましょう。もしご承知《しょうち》いただけないのであれば、ひきとめはいたしません。すぐにでもお帰しいたします。」

それをきいた関勝《かんしょう》、宣賛《せんさん》、郝思文《かくしぶん》は、宋江《そうこう》を拝《はい》し、仲間《なかま》になることを誓《ちか》った。彼《かれ》ら三人は、天勇星《てんゆうせい》、地傑星《ちけつせい》、地雄星《ちゆうせい》の転生《てんせい》である。

五

宋江《そうこう》は盧俊義《ろしゅんぎ》と石秀《せきしゅう》をたすけるため、北京《ほくけい》へ出兵《しゅっぺい》した。これには関勝《かんしょう》、宣賛《せんさん》、郝思文《かくしぶん》の三将《しょう》もしたがった。季節《きせつ》は寒い冬になっていた。

梁中書《りょうちゅうしょ》は、関勝《かんしょう》が梁山泊軍《りょうざんぱくぐん》に負けたばかりか、寝《ね》がえってしまったことにおどろいた。

そこへ、急先鋒《きゅうせんぽう》・索超《さくちょう》があらわれた。

「このまえは不意打《ふいう》ちをくらいましたが、こんどは負けはしませぬ。出陣《しゅつじん》させてください。」

「もうおまえにたよるしかない。なんとしても、梁山泊軍《りょうざんぱくぐん》を討《う》ちほろぼしてくれ。」

索超《さくちょう》は兵《へい》をひきい、大斧《たいふ》を手に出陣《しゅつじん》した。北風は強く、空を雪雲《ゆきぐも》がおおっている。

戦鼓《せんこ》が鳴りひびいた。すると前方《ぜんぽう》から関勝《かんしょう》ひきいる先鋒軍《せんぽうぐん》が突撃《とつげき》してきた。

「われこそは大刀《だいとう》・関勝《かんしょう》！　死にたくなくば、道をあけよ！」

「うらぎり者がなにをいうか！」

青竜偃月刀《せいりゅうえんげつとう》と大斧《たいふ》とがぶつかりあい、火花がとびちる。二人は十数合《すうごう》たたかったが、決着《けっちゃく》がつかない。

だが、しだいに索超《さくちょう》がおされてきた。以前《いぜん》うけた矢《や》の傷《きず》が痛《いた》みだしたのである。

「いまだ！」

宋江《そうこう》ひきいる中軍《ちゅうぐん》が、前進した。索超軍《さくちょうぐん》の兵士《へいし》は不意《ふい》をつかれ、斬《き》りころされていく。

索超《さくちょう》は兵をひきあげ、城《しろ》へ逃《に》げこんだ。そして城門《じょうもん》をかたくとじ、でてこなくなった。

李俊［りしゅん］
天寿星《てんじゅせい》。あだ名は混江竜《こんこうりゅう》。
梁山泊水軍《りょうざんぱくすいぐん》の軍長《ぐんちょう》。

張順［ちょうじゅん］
天損星《てんそんせい》。あだ名は
浪裏白跳《ろうりはくちょう》。漁師《りょうし》。

夜になると、雪《ゆき》がはげしくなった。

索超《さくちょう》は城壁《じょうへき》の上から宋江軍《そうこうぐん》を見おろした。予期《よき》せぬ大雪のためか、梁山泊《りょうざんぱく》の兵士《へいし》たちには動揺《どうよう》が見え、陣形《じんけい》がくずれている。

（いま突撃《とつげき》をかければ、宋江《そうこう》を討《う》ちとることができる。）

索超《さくちょう》は三百の兵《へい》をしたがえて出陣《しゅつじん》し、宋江の陣営《じんえい》へむかった。

梁山泊《りょうざんぱく》の兵士《へいし》たちは、宋江とともに逃《に》げだした。

「まて、宋江！」

「宋江《そうこう》どのに手だしはさせぬ！」

混江竜《こんこうりゅう》・李俊《りしゅん》と浪裏白跳《ろうりはくちょう》・張順《ちょうじゅん》が、槍《やり》を手に、索超《さくちょう》のゆくてをさえぎった。

「どかぬか！」

索超《さくちょう》は大斧《たいふ》をふりまわし、李俊《りしゅん》、張順《ちょうじゅん》を同時《どうじ》に相手した。

李俊《りしゅん》たちは数合《すうごう》打ちあうと、逃《に》げだした。索超《さくちょう》は追いかける。

「宋江《そうこう》！　かくご！」

索超《さくちょう》が宋江にむかって馬を走らせた。とたん、がくんところげおちた。雪のなかに落《お》とし

晁蓋［ちょうがい］
梁山泊《りょうざんぱく》の首領《しゅりょう》。義《ぎ》を重んじ、武《ぶ》にも長《た》けた人物。

索超［さくちょう］
天空星《てんくうせい》。あだ名は急先鋒《きゅうせんぽう》。梁中書《りょうちゅうしょ》の部下《ぶか》。大斧《たいふ》の使い手。

穴《あな》がしかけられていたのである。

梁山泊《りょうざんぱく》の兵士《へいし》たちは索超《さくちょう》をしばりあげ、宋江《そうこう》の前につれていった。

宋江はみずから索超《さくちょう》の縄《なわ》をとき、幕舎《ばくしゃ》に宴席《えんせき》をもうけてもてなした。関勝《かんしょう》の説得《せっとく》もあり、ついには索超も梁山泊《りょうざんぱく》にはいることを決意《けつい》した。彼《かれ》は一〇八の魔星《ませい》のひとつ、天空星《てんくうせい》の転生《てんせい》である。


これで北京城《ほくけいじょう》はおちた、と思った矢《や》さき、冬の寒さでか、宋江のぐあいがわるくなった。

宋江《そうこう》が陣営《じんえい》で寝《ね》こんでいると、夢《ゆめ》のなかに晁蓋《ちょうがい》があらわれた。

「宋江どの。おぬしの病《やまい》はずいぶん重いぞ。なにゆえに梁山泊《りょうざんぱく》へもどらぬのだ？」

「盧俊義《ろしゅんぎ》どののもたすけだせず、あなたのかたきもとれませぬゆえ、ここでひきあげるわけにはいきません。」

「いそいで退却《たいきゃく》せよ。ぐずぐずしてはならぬ。」

夢《ゆめ》はそこでさめた。

宋江《そうこう》は呉用《ごよう》をよび、夢の話をした。

「晁蓋《ちょうがい》どのがそうおっしゃるのであれば、したがわねばなりません。いまは冬の寒い時季《じき》。

呉用［ごよう］
天機星《てんきせい》。あだ名は智多星《ちたせい》。
兵法《へいほう》に長《た》けている。

このままここにとどまれば、宋江《そうこう》どのだけでなく、兵士《へいし》たちも病《やまい》にたおれるでしょう。」

「しかし北京城《ほくけいじょう》には、盧俊義《ろしゅんぎ》どのと石秀《せきしゅう》が捕《と》らえられている。もしわれわれがひきあげてしまえば、彼《かれ》らは殺《ころ》されてしまうかもしれん。」

この日、宋江《そうこう》と呉用《ごよう》の意見はまとまらなかった。

翌日《よくじつ》になると、宋江の頭痛《ずつう》が悪化《あっか》し、起きあがることすらできなくなった。呉用《ごよう》が宋江の背中《せなか》を見ると、まるで焼《や》き鍋《なべ》のようにまっかに腫《は》れあがっていた。

「医書《いしょ》によれば、このような病《やまい》には、緑豆《りょくとう》の粉《こな》がきくといいます。緑豆は心臓《しんぞう》をまもり、毒《どく》気《け》がまわるのをふせぎます。さっそく準備《じゅんび》させましょう。」

呉用《ごよう》は部下《ぶか》の者に命《めい》じて緑豆《りょくとう》の粉《こな》をもってこさせた。宋江《そうこう》はのんだが、いっこうによくなる気配《けはい》はない。

呉用がこまりはてていると、張順《ちょうじゅん》がいった。

「以前《いぜん》、わたくしの母が、このような病《やまい》にかかったことがあります。そのときに、〈神医《しんい》〉とあだ名《な》されている安道全《あんどうぜん》という医者をよんで、治《なお》してもらいました。彼《かれ》ならばきっと宋江《そうこう》どのの病も治せるでしょう。」

呉用《ごよう》はそれをきいてよろこび、百両《りょう》の金《きん》の延《の》べ棒《ぼう》を張順《ちょうじゅん》にわたし、安道全《あんどうぜん》をつれてくるよう命《めい》じた。そのいっぽうで、軍《ぐん》をまとめ、梁山泊《りょうざんぱく》へひきあげた。
数日後、張順《ちょうじゅん》は安道全《あんどうぜん》をつれて、梁山泊《りょうざんぱく》にもどってきた。また道中《どうちゅう》、活閃婆《かっせんば》（雷神《らいじん》）・王定六《おうていろく》という泳ぎのうまい男も仲間《なかま》にくわえた。安道全と王定六は、一〇八の魔星《ませい》のうちの二つ、地霊星《ちれいせい》と地劣星《ちれつせい》の転生《てんせい》である。

安道全《あんどうぜん》の治療《ちりょう》によって、宋江《そうこう》は十日ほどでぐあいがよくなった。
宋江《そうこう》は北京《ほくけい》に間者《かんじゃ》（スパイ）をおくり、盧俊義《ろしゅんぎ》と石秀《せきしゅう》の安否《あんぴ》をしらべさせた。「梁中書《りょうちゅうしょ》は、梁山泊《りょうざんぱく》をおそれ、いざというときの人質《ひとじち》として二人を生かしている」とのことである。
年が明《あ》け、春一月*になったころ、宋江《そうこう》は北京《ほくけい》に出兵《しゅっぺい》した。

六

元宵節《げんしょうせつ》（一月十五日の祭り。灯籠《とうろう》を見物《けんぶつ》し、団子《だんご》を食べる）になると、北京城内《ほくけいじょうない》のあちらこちらに灯籠《とうろう》がかざられ、通りはおおぜいの人でにぎわった。

安道全［あんどうぜん］
地霊星《ちれいせい》。あだ名は神医《しんい》。
梁山泊《りょうざんぱく》の軍医《ぐんい》。

春一月
旧暦《きゅうれき》では一〜三月が春。

王定六［おうていろく］
地劣星《ちれつせい》。あだ名は活閃婆《かつせんば》。
泳ぎがうまい。

梁中書［りょうちゅうしょ］
北京《ほくけい》（大名府《だいめいふ》）の長官《ちょうかん》。
太師《たいし》・蔡京《さいけい》の娘婿《むすめむこ》。

呉用《ごよう》は、このにぎわいに乗《じょう》じて、北京城《ほくけいじょう》をとる策略《さくりゃく》を練《ね》った。

「ここは、無理《むり》に攻《せ》めるよりも、変装《へんそう》して城内《じょうない》に侵入《しんにゅう》し、内部《ないぶ》を混乱《こんらん》させるのがよろしいでしょう。」

呉用《ごよう》はそういうと、仲間《なかま》たちをさまざまな職業《しょくぎょう》の者に変装《へんそう》させた。もと猟師《りょうし》の解珍《かいちん》・解《かい》宝《ほう》は猟師、杜遷《とせん》と宋万《そうまん》は米商人《こめしょうにん》、孔明《こうめい》と孔亮《こうりょう》はその従者《じゅうしゃ》、李応《りおう》と史進《ししん》は旅人、武松《ぶしょう》と魯智深《ろちしん》は行脚僧《あんぎゃそう》、鄒淵《すうえん》と鄒潤《すうじゅん》は灯籠売《とうろうう》り、公孫勝《こうそんしょう》は道士《どうし》、柴進《さいしん》と楽和《がくわ》は軍官《ぐんかん》。そして各人《かくじん》に任務《にんむ》をさずけて、城《しろ》へむかわせた。さらには、轟天雷《ごうてんらい》・凌振《りょうしん》に火砲《かほう》を用意させ、北京城《ほくけいじょう》からすこし離《はな》れた場所で待機《たいき》させた。

「軍師《ぐんし》どの。城内《じょうない》を混乱《こんらん》させるのであれば、いい方法《ほうほう》があります。」

そういったのは、こそどろの鼓上蚤《こじょうそう》・時遷《じせん》だ。

「城内《じょうない》には、翠雲楼《すいうんろう》という楼閣《ろうかく》があります。このなかには、何百という店がはいっています。元宵節《げんしょうせつ》の夜にはかならずこみあいますので、ここの屋根《やね》に火をつければ、たちまち町じゅうは大混乱《だいこんらん》になりましょう。」

「わたしもそれを考えていたところだ。たのんだぞ、時遷《じせん》。」

時遷《じせん》は承知《しょうち》し、城内《じょうない》にでかけた。

時遷［じせん］
地賊星《ちぞくせい》。あだ名は鼓上蚤《こじょうそう》。
こそどろ。

丈［じょう］
長さの単位《たんい》。1丈は約3メートル。

夜になると、城内《じょうない》の通りは昼間《ひるま》以上《いじょう》のにぎわいになった。空には明月《めいげつ》がうかび、道にならぶ灯籠《とうろう》はうつくしい光を放《はな》つ。沿道《えんどう》では露店《ろてん》の主人の客をよぶ声がひびく。

翠雲楼《すいうんろう》のなかも、人であふれかえった。楼《ろう》は高さが十丈《*じょう》あり、なかには大小百以上《いじょう》もの部屋《へや》がある。酒屋《さかや》や茶館《ちゃかん》など、さまざまな店がそろっていた。

城内《じょうない》にしのびこんだ時遷《じせん》は、まるで蚤《のみ》のような跳躍力《ちょうやくりょく》で翠雲楼《すいうんろう》の屋根《やね》にとびのり、火を放《はな》った。翠雲楼のなかにいた客は逃《に》げまどい、町じゅうが大混乱《だいこんらん》になった。

梁中書《りょうちゅうしょ》は屋敷《やしき》で酒をのんでいた。外がさわがしくなったので、窓《まど》から見てみれば、翠雲楼《すいうんろう》が燃《も》えているではないか。さらにはおもてから、

「梁山泊《りょうざんぱく》が攻《せ》めてきたぞ！　町なかに侵入《しんにゅう》したぞ！」

との声もあがった。

梁中書《りょうちゅうしょ》はおどろきあわて、すぐさま馬にまたがって屋敷《やしき》をとびだした。そして数十人の兵士《へいし》をひきいて、東門から城外《じょうがい》へ逃《に》げようとした。

だがそこには、林冲《りんちゅう》と李応《りおう》がまちかまえていた。

蔡慶［さいけい］
地損星《ちそんせい》。
あだ名は一枝花《いっしか》。
蔡福《さいふく》の弟。

蔡福［さいふく］
地平星《ちへいせい》。
あだ名は鉄臂膊《てつひはく》。
首斬《くびき》り役人《やくにん》。

柴進［さいしん］
天貴星《てんきせい》。
あだ名は小旋風《しょうせんぷう》。

「ここまでだ、梁中書《りょうちゅうしょ》！　天《てん》にかわって成敗《せいばい》してくれる！」

梁中書《りょうちゅうしょ》はおそれて馬をかえし、南門へむかった。

しかしそこには、武松《ぶしょう》と魯智深《ろちしん》がいた。

「梁中書よ、どこへ逃《に》げる！」

梁中書《りょうちゅうしょ》はまた馬をかえす。

東門へむかうと、砲声《ほうせい》が鳴りひびいた。外で待機《たいき》していた凌振《りょうしん》が、火砲《かほう》を撃《う》ったのである。

梁中書《りょうちゅうしょ》は北門へむかった。そこには、またもや林冲《りんちゅう》があらわれた。東門へ行くと、つぎは穆弘《ぼくこう》、杜興《とこう》、鄭天寿《ていてんじゅ》の三将《しょう》にであう。

梁中書は南門へ行き、必死《ひっし》で血路《けつろ》をひらいて城外《じょうがい》にとびだした。九死《きゅうし》に一生《いっしょう》を得《え》た彼《かれ》は、都《みやこ》・開封府《かいほうふ》へと逃《に》げた。

城内《じょうない》では、軍官《ぐんかん》に化《ば》けた柴進《さいしん》が、首斬《くびき》り役人《やくにん》の蔡福《さいふく》・蔡慶《さいけい》兄弟と会っていた。蔡福《さいふく》たちは柴進《さいしん》たちを牢屋《ろうや》に案内《あんない》し、盧俊義《ろしゅんぎ》と石秀《せきしゅう》をすくいだした。蔡福と蔡慶は、一〇八の魔星《ませい》のうちの二つ、地平星《ちへいせい》と地損星《ちそんせい》の転生《てんせい》である。

いっぽう、盧俊義《ろしゅんぎ》をうらぎった李固《りこ》と賈氏《かし》は、梁山泊《りょうざんぱく》が攻《せ》めてきたときくと、屋敷《やしき》にある

燕青［えんせい］
天巧星《てんこうせい》。あだ名は浪子《ろうし》。歌や踊《おど》りを好《この》み武芸《ぶげい》にも秀でる。

張順［ちょうじゅん］
天損星《てんそんせい》。あだ名は浪裏白跳《ろうりはくちょう》。漁師《りょうし》。

金銀財物《きんぎんざいぶつ》を包《つつ》みにいれられるだけいれて、いそいで屋敷《やしき》から逃《に》げだした。

表門《おもてもん》をでると、梁山泊《りょうざんぱく》の兵士《へいし》がこちらにむかってくるのが見えた。李固《りこ》たちはあわてて屋敷のなかへひきかえし、裏門《うらもん》から外にでる。土手《どて》をおり、川辺《かわべ》を走っていると、一そうの舟《ふね》がとまっているのが目についた。舟には笠《かさ》をかぶった二人の船頭《せんどう》がいる。

「おうい、のせてくれ！　金《かね》ならいくらでもくれてやる！」

李固《りこ》が大声でさけび、賈氏《かし》とともに舟にのりこんだ。

「はやく舟《ふね》をだせ！」

李固《りこ》が命《めい》じたとき、賈氏《かし》の悲鳴《ひめい》があがった。見れば船頭《せんどう》のひとりが、賈氏の腕《うで》をうしろにひねりあげていた。彼は浪裏白跳《ろうりはくちょう》・張順《ちょうじゅん》である。

「観念《かんねん》しろ、李固《りこ》！」

もうひとりの船頭《せんどう》が笠《かさ》をとっていった。燕青《えんせい》だ。

李固《りこ》は、魂《たましい》も消しとばんばかりにおどろいた。

「きさま、まだ生きていたのか！」

「この場《ば》で殺《ころ》してやりたいところだが、おまえの裁《さば》きは旦那《だんな》さまにまかせる。」

燕青《えんせい》は李固《りこ》をつかまえ、縄《なわ》でしばりあげた。

盧俊義［ろしゅんぎ］
天罡星《てんこうせい》。あだ名は玉麒麟《ぎょくきりん》。
文武両道《ぶんぶりょうどう》。棒術《ぼうじゅつ》の名手。

朝になると、梁山泊軍《りょうざんぱくぐん》は城内《じょうない》の火を消してまわった。また、梁中書《りょうちゅうしょ》がためこんだ金銀財物《きんぎんざいぶつ》や食糧《しょくりょう》を民《たみ》にくばった。

それがすむと、宋江《そうこう》は兵《へい》をまとめ、梁山泊へひきかえした。李固《りこ》と賈氏《かし》は檻車《かんしゃ》にいれられ、つれていかれた。

梁山泊《りょうざんぱく》に到着《とうちゃく》した夜、聚義庁《しゅうぎちょう》では、盧俊義《ろしゅんぎ》の入山《にゅうざん》を祝《いわ》って宴会《えんかい》がひらかれた。

宴《えん》もたけなわになったころ、宋江《そうこう》がさかずきをかかげ、「盧俊義《ろしゅんぎ》を梁山泊《りょうざんぱく》の首領《しゅりょう》にする。」といいだした。だが盧俊義《ろしゅんぎ》は拒《こば》んだ。

「入山《にゅうざん》したばかりのわたくしが、どうして首領《しゅりょう》などになれましょうか。宋江《そうこう》どのに命《いのち》をすくわれた身《み》でありますゆえ、一兵卒《いっぺいそつ》としてご恩《おん》にむくいることができれば、それ以上《いじょう》のよろこびはありませぬ。」

宋江《そうこう》は再三《さいさん》たのんだが、盧俊義《ろしゅんぎ》はどうしてもうけいれない。

黒旋風《こくせんぷう》・李逵《りき》がいった。

「首領《しゅりょう》は宋江《そうこう》の兄貴《あにき》のままでいいじゃないですか。いずれ都《みやこ》に攻《せ》めこんで、兄貴が天子《てんし》になり、盧俊義《ろしゅんぎ》どのを宰相《さいしょう》にすれば、それでいいとしましょうや。」

宋江《そうこう》はおおいに怒《いか》り、

「そのようなことを軽《かる》がるしくもうすな！　李逵《りき》を棒《ぼう》たたきにせよ！」

と、兵士《へいし》たちに命《めい》じた。そばにいた呉用《ごよう》はあわててとめた。

「今日《きょう》はめでたい日です。李逵《りき》も好意《こうい》でいったまでのこと。この話はまた日をあらためて相談いたしましょう。」

呉用《ごよう》に説得《せっとく》され、宋江《そうこう》の怒《いか》りはやっとおさまった。

宴会《えんかい》ののち、李固《りこ》と賈氏《かし》は、盧俊義《ろしゅんぎ》みずからの手によって処刑《しょけい》された。

いっぽう、都《みやこ》・開封府《かいほうふ》に逃《に》げこんだ梁中書《りょうちゅうしょ》だが、彼《かれ》は義父《ぎふ》の蔡京《さいけい》とともに、梁山泊《りょうざんぱく》討伐《とうばつ》の策《さく》を練《ね》っていた。

十三　梁山泊《りょうざんぱく》、曽頭市《そうとうし》をおおいにさわがせる

（初登場の一〇八人の好漢）

地奇星《ちきせい》　聖水将《せいすいしょう》・単廷珪《ぜんていけい》　地猛星《ちもうせい》　神火将《しんかしょう》・魏定国《ぎていこく》

地悪星《ちあくせい》　没面目《ぼつめんもく》・焦挺《しょうてい》　地暴星《ちぼうせい》　喪門神《そうもんしん》・鮑旭《ほうきょく》

地健星《ちけんせい》　険道神《けんどうしん》・郁保四《いくほうし》

一

都《みやこ》の大殿《たいでん》（天子《てんし》が政治《せいじ》をおこなう建物《たてもの》）では、太師《たいし》の蔡京《さいけい》が天子《てんし》・徽宗《きそう》に奏上《そうじょう》した。

「梁山泊《りょうざんぱく》は北京城《ほくけいじょう》を荒《あ》らし、好《す》き放題《ほうだい》にふるまっております。いずれ、都《みやこ》へ攻《せ》めのぼってきます。そうなるまえに、陛下《へいか》のご威光《いこう》によって討伐軍《とうばつぐん》をだすべきです。」

「しかし、梁山泊《りょうざんぱく》に対しては、負けいくさがつづいておる。どうすればよかろう。」

単廷珪［ぜんていけい］
地奇星《ちきせい》。あだ名は聖水将《せいすいしょう》。水攻《みずぜ》めがうまい。黒ずくめの武将《ぶしょう》。

魏定国［ぎていこく］
地猛星《ちもうせい》。あだ名は神火将《しんかしょう》。火攻《ひぜ》めがうまい。赤ずくめの武将《ぶしょう》。

「わたくしが知っております、二人の将《しょう》を出陣《しゅつじん》させてはいかがでしょう。二人とも凌州《りょうしゅう》の出身《しゅっしん》で、ひとりは単廷珪《ぜんていけい》。水攻《みずぜ》めがうまいことから〈聖水将《せいすいしょう》〉とあだ名《な》されています。もうひとりは、魏定国《ぎていこく》。火攻《ひぜ》めを得意《とくい》としており、〈神火将《しんかしょう》〉とのあだ名があります。」

徽宗《きそう》はよろこび、さっそく凌州《りょうしゅう》に勅命《ちょくめい》をだして、二将《しょう》を出陣《しゅつじん》させた。

いっぽう、梁山泊《りょうざんぱく》の聚義庁《しゅうぎちょう》では、凌州《りょうしゅう》から出兵《しゅっぺい》があったとの情報《じょうほう》をききつけ、どうすべきか協議《きょうぎ》した。

すると関勝《かんしょう》が、宣賛《せんさん》、郝思文《かくしぶん》の二将《しょう》をしたがえ、宋江《そうこう》の前にでた。

「単廷珪《ぜんていけい》、魏定国《ぎていこく》の二将は、以前《いぜん》、わたくしの部下《ぶか》でもありました。もしわたくしに五千の兵《へい》をあたえてくだされば、かならずや二人を捕《と》らえ、さらには凌州《りょうしゅう》をもおとしてみせましょう。」

宋江《そうこう》は承諾《しょうだく》し、関勝《かんしょう》たちに兵をさずけて出陣《しゅつじん》させた。

だが、呉用《ごよう》は不安《ふあん》だった。

「関勝《かんしょう》はまだ梁山泊《りょうざんぱく》にはいって日が浅《あさ》いため、朝廷《ちょうてい》がわに寝《ね》がえる可能性《かのうせい》はじゅうぶんにあります。ここは林冲《りんちゅう》と楊志《ようし》に兵をひきいさせ、関勝のあとを追わせましょう。」

焦挺［しょうてい］
地悪星《ちあくせい》。あだ名は没面目《ぼつめんもく》。
相撲《すもう》の名手《めいしゅ》。

すると、黒旋風《こくせんぷう》・李逵《りき》があゆみでた。

「宋江《そうこう》の兄貴《あにき》、おれも出陣《しゅつじん》します。なにもしないでいると、病気になっちまいそうです。」

「おまえはひかえておれ。出兵《しゅっぺい》は林冲《りんちゅう》にまかせる。」

宋江《そうこう》はそういい、それ以上《いじょう》李逵《りき》にとりあわなかった。

不満《ふまん》に思った李逵は、

（おれが敵将《てきしょう》を二人とも殺《ころ》し、みんなの鼻をあかしてやろう。）

と考え、夜、二挺斧《にちょうふ》を手に、ひとりで山をくだっていった。

凌州《りょうしゅう》をめざして一日ほどあるきつづけると、街道《かいどう》のむこうがわから、ひとりの大男がやってきた。彼《かれ》はじろじろと李逵《りき》を見た。

「やい！　なんでおれをじろじろと見るんだ！」

「きさまこそ、追いはぎではなかろうな。」

「なんだと！」

李逵《りき》は男にとびかかった。すると男は李逵の顔をなぐって、尻《しり》もちをつかせた。

「なかなかやるな。名前をきこうか。」

「没面目《ぼつめんもく》（無愛想《ぶあいそう》）の焦挺《しょうてい》だ。祖父《そふ》の代《だい》から相撲《すもう》でなりわいを立てている。おまえこそ、だ

鮑旭［ほうきょく］
地暴星《ちぼうせい》。あだ名は喪門神《そうもんしん》。
枯樹山《こじゅざん》の山賊《さんぞく》。

れだ？」

「黒旋風《こくせんぷう》・李逵《りき》だ。」

焦挺《しょうてい》はそれをきいておどろき、ひざまずいた。

「これは無礼《ぶれい》なまねをいたしました！　わたくしはかねがね、梁山泊《りょうざんぱく》へはいりたかったのですが、つてがなく、どうすればよいのかわからずじまいでした。今日《きょう》は、枯樹山《こじゅざん》にこもっている喪門神《そうもんしん》（死神《しにがみ》）・鮑旭《ほうきょく》という山賊《さんぞく》の仲間《なかま》になろうと、ここへきた次第《しだい》です。――よろしければ、これから梁山泊へ案内《あんない》していただけませんか？」

「おれはこれから官軍《かんぐん》の将《しょう》をたおしにいかなければならない。二人で枯樹山《こじゅざん》へ行って鮑旭《ほうきょく》を仲間《なかま》にし、ともに官軍の将を討《う》ちとってから梁山泊《りょうざんぱく》へ行こうではないか。」

「ぜひ、お供《とも》させてください！」

李逵《りき》は、相撲《すもう》とりの焦挺《しょうてい》とともに、枯樹山《こじゅざん》をめざした。焦挺は一〇八の魔星《ませい》のひとつ、地《ち》悪星《あくせい》の転生《てんせい》である。

いっぽう、関勝《かんしょう》は、聖水将《せいすいしょう》・単廷珪《ぜんていけい》、神火将《しんかしょう》・魏定国《ぎていこく》の軍《ぐん》とむかいあっていた。

単廷珪《ぜんていけい》は黒い戦袍《せんぽう》をはおり、黒い槍《やり》をもち、黒い馬にまたがっていた。軍旗《ぐんき》も黒い色、兵《へい》

関勝［かんしょう］
天勇星《てんゆうせい》。あだ名は大刀《だいとう》。
関羽《かんう》の子孫《しそん》。
青竜偃月刀《せいりゅうえんげつとう》を使う。

士《し》たちも黒い鎧《よろい》と、黒ずくめの部隊《ぶたい》である。

魏定国《ぎていこく》のほうは、赤い戦袍《せんぽう》をはおり、赤い大刀《だいとう》をもち、赤い馬にまたがっている。軍旗《ぐんき》も兵士《へいし》たちの鎧《よろい》も赤だ。

赤兎馬《せきとば》の上の関勝《かんしょう》は、二人に声をかけた。

「おふた方《かた》、ひさしぶりだな。」

すると、単廷珪《ぜんていけい》と魏定国《ぎていこく》は笑《わら》いだした。

「天子《てんし》にそむき、山賊《さんぞく》の味方《みかた》をしておきながら、よくはずかしげもなく、われわれの前に顔をだせたものだ。」

「おぬしたちこそ、まちがっている。天子は奸臣《かんしん》にあざむかれ、民《たみ》は圧政《あっせい》に苦しんでいる。首領《しゅりょう》の宋江《そうこう》どのは天《てん》に替《か》わって道《みち》を行《おこな》おうとしているのだ。おぬしたちも天下《てんか》のことを思うのであれば、われわれの仲間《なかま》にはいるべきだ。」

「だまれ！　逆賊《ぎゃくぞく》のことばなどきく耳をもたぬわ！」

単廷珪《ぜんていけい》、魏定国《ぎていこく》の二将《しょう》は、関勝《かんしょう》にむかっていった。

「関勝《かんしょう》どの！　わたくしたちにおまかせあれ！」

そういってとびだしたのは、副将《ふくしょう》の宣賛《せんさん》と郝思文《かくしぶん》だ。

四人は入りみだれてたたかった。しばらくすると、単廷珪《ぜんていけい》、魏定国《ぎていこく》の二将《しょう》が逃《に》げだした。

「まて！　どこへ逃げる！」

宣贊《せんさん》と郝思文《かくしぶん》はあとを追った。

林のなかまで追いかけたとき、左から赤い鎧《よろい》、右から黒い鎧《よろい》を着た兵士《へいし》たちがとびだした。

「しまった！　伏兵《ふくへい》だ！」

宣贊《せんさん》と郝思文《かくしぶん》は逃《に》げようとした。が、退路《たいろ》もべつの兵士《へいし》たちにふさがれた。たちまち二人はかこまれ、捕《と》らえられてしまった。

「いまだ！　全軍《ぜんぐん》、突撃《とつげき》！」

単廷珪《ぜんていけい》と魏定国《ぎていこく》は馬をかえし、関勝《かんしょう》を攻《せ》めたてた。副将《ふくしょう》をうしなった関勝軍はさんざんに打ちやぶられ、退却《たいきゃく》をはじめた。だが、なおも官軍《かんぐん》はあとを追ってくる。

「関勝《かんしょう》どの！　おたすけいたす！」

関勝のあとをつけていた林冲《りんちゅう》と楊志《ようし》が、五千の兵《へい》をひきいてあらわれた。二人は武器《ぶき》をふりまわし、官兵《かんぺい》を斬《き》っていく。敵《てき》が撤退《てったい》をはじめたので、林冲《りんちゅう》たちもひきあげて陣営《じんえい》をかまえた。

単廷珪《ぜんていけい》と魏定国《ぎていこく》は、捕《と》らえた宣贊《せんさん》、郝思文《かくしぶん》の二将《しょう》を檻車《かんしゃ》にいれ、三百の兵《へい》をつけ、都《みやこ》に護《ご》送《そう》させた。

だがその道のとちゅう、銅鑼《どら》が鳴りひびき、一群《いちぐん》の山賊《さんぞく》たちがおそいかかってきた。先頭《せんとう》にいるのは李逵《りき》と焦挺《しょうてい》、それに喪門神《そうもんしん》・鮑旭《ほうきょく》である。

李逵《りき》は枯樹山《こじゅざん》へむかい、鮑旭《ほうきょく》とその手下《てした》の山賊《さんぞく》たちを味方《みかた》につけたのだ。鮑旭は、一〇八の魔星《ませい》のひとつ、地暴星《ちぼうせい》の転生《てんせい》である。

李逵《りき》たちは護送兵《ごそうへい》を討《う》ちやぶり、宣贊《せんさん》たちを救出《きゅうしゅつ》した。

「よし！　このまま凌州《りょうしゅう》をめざすぞ！」

李逵の指揮《しき》により、山賊《さんぞく》たちは凌州城《りょうしゅうじょう》へ進軍《しんぐん》した。

関勝《かんしょう》は林冲《りんちゅう》たちと兵《へい》をあわせてふたたび出陣《しゅつじん》し、凌州城《りょうしゅうじょう》の前まで押《お》しよせた。

凌州城《りょうしゅうじょう》からは、単廷珪《ぜんていけい》が玄甲軍《げんこうぐん》（黒い鎧《よろい》の軍）をひきいてあらわれた。

「国をはずかしめる賊将《ぞくしょう》よ！　さっさと降参《こうさん》せよ！」

五十合《ごう》ほど打ちあうと、関勝《かんしょう》は馬をかえして逃《に》げだした。

「勝負《しょうぶ》はまだおわってないぞ！」

単廷珪《ぜんていけい》は槍《やり》をしごいて追いかけてきた。

十里《り》*ほど走って、まわりに人影《ひとかげ》がなくなったときに、関勝《かんしょう》はとつぜんふりむき、青竜偃月《せいりゅうえんげつ》刀《とう》でみね打ちをくらわせた。単廷珪《ぜんていけい》は馬からおちた。

関勝《かんしょう》は馬をおり、いそいで単廷珪をたすけおこした。

「もうしわけないことをした。これもすべて、あなたがた二将《しょう》を梁山泊《りょうざんぱく》にいれるためにやったこと。どうかご理解《りかい》いただきたい。」

関勝《かんしょう》はそういい、〈天《てん》に替《か》わって道《みち》を行《おこな》う〉という梁山泊の大義《たいぎ》を説《と》いた。長い説得《せっとく》のすえ、単廷珪《ぜんていけい》は関勝の心を理解し、梁山泊軍《りょうざんぱくぐん》にくわわることを承知《しょうち》した。

城内《じょうない》にのこった魏《ぎ》定国《ていこく》は、単廷珪《ぜんていけい》がうらぎったとの報《ほう》がはいると、腹《はら》をたてた。

「あやつめ！　朝廷《ちょうてい》の恩《おん》をうけながら、なにゆえに梁山泊《りょうざんぱく》などにくだったのだ！」

魏定国《ぎていこく》は火兵《かへい》をひきいて出陣《しゅつじん》した。兵士たちは赤い鎧《よろい》に身《み》をつつみ、燃《も》えさかる五十両《りょう》の荷車《にぐるま》をおしている。関勝軍《かんしょうぐん》は火をおそれ、退却《たいきゃく》をはじめた。

だがそのとき、凌州《りょうしゅう》の城内《じょうない》から火の手があがった。魏《ぎ》定国《ていこく》が城《しろ》をでたすきに、李逵《りき》の軍《ぐん》が城内になだれこんだのである。

里［り］
長さの単位《たんい》。当時の1里は約553メートル。

段景住［だんけいじゅう］
地狗星《ちくせい》。あだ名は金毛犬《きんもうけん》。
馬どろぼう。

「しまった！　伏兵《ふくへい》がいたのか！」

魏定国《ぎていこく》はあわてて兵をかえす。とたん、関勝軍《かんしょうぐん》がひきかえしてきて、官軍《かんぐん》の兵士《へいし》たちを背《はい》後《ご》から斬《き》りつけた。兵士たちはちりぢりになって逃《に》げまどい、魏定国も単騎《たんき》でその場《ば》を離《はな》れる。

「またれよ、魏定国《ぎていこく》どの！」

関勝《かんしょう》がさけび、魏定国のあとを追おうとする。単廷珪《ぜんていけい》がひきとめた。

「関勝どの。あの者は、捕《と》らわれるぐらいなら、死をえらびましょう。もし味方《みかた》にしたいのであれば、わたくしがひとりでいって、彼《かれ》を説《と》き伏《ふ》せましょう。」

「わかった。ならば、おまえにまかせるとしよう。」

単廷珪《ぜんていけい》は馬を走らせ、魏定国《ぎていこく》のもとにかけつけた。そして、みごと魏定国を説得《せっとく》し降伏《こうふく》させたのである。単廷珪と魏定国は、一〇八の魔星《ませい》の二つ、地奇星《ちきせい》と地猛星《ちもうせい》の転生《てんせい》であった。

二

林冲《りんちゅう》たちが梁山泊《りょうざんぱく》のちかくにたどりついたとき、北方《ほっぽう》へ軍馬《ぐんば》を買いにいった金毛犬《きんもうけん》・段景《だんけい》住《じゅう》がかけつけてきた。

郁保四［いくほうし］
地健星《ちけんせい》。あだ名は険道神《けんどうしん》。
曽家《そうか》に仕《つか》え、梁山泊《りょうざんぱく》の馬を盗《ぬす》む。

「曽家《そうか》の五虎《ごこ》の連中《れんちゅう》に、買った軍馬《ぐんば》をうばわれてしまいました！」

林冲《りんちゅう》はそれをきくと、いそいで聚義庁《しゅうぎちょう》へおもむき、宋江《そうこう》たちに報告《ほうこく》した。

「以前《いぜん》も、曽家《そうか》の者どもに馬をうばわれたともうしておったな。――晁蓋《ちょうがい》どののかたきも討《う》たねばならぬ。曽頭市《そうとうし》を攻《せ》めるべきときがきたようだ。」

宋江《そうこう》は兵《へい》をととのえ、そのいっぽうで、こそどろの鼓上蚤《こじょうそう》・時遷《じせん》を、曽頭市《そうとうし》へ偵察《ていさつ》におくった。

翌日《よくじつ》、時遷《じせん》がもどってきた。

「二千あまりの兵《へい》が、曽頭市《そうとうし》の正面をまもっています。本陣《ほんじん》は史文恭《しぶんきょう》、北陣《ほくじん》は長男《ちょうなん》の曽塗《そうと》と副師範《ふくしはん》の蘇定《そてい》、南陣《なんじん》は次男《じなん》の曽密《そうみつ》、西陣《せいじん》は三男の曽索《そうさく》、東陣《とうじん》は四男の曽魁《そうかい》、中央の陣は五男の曽昇《そうしょう》と父親の曽弄《そうろう》。また、馬を盗《ぬす》んだのは、郁保四《いくほうし》という体の大きな男で、険道神《けんどうしん》（葬儀《そうぎ》の神）とあだ名《な》されています。彼は曽頭市《そうとうし》のそばの法華寺《ほっけじ》で、軍馬《ぐんば》の管理《かんり》をしています。」

それをきき、盧俊義《ろしゅんぎ》があゆみでた。

「わたくしは宋江《そうこう》どのに一命《いちめい》をすくわれ、この山にはいりました。それにもかかわらず、まだなんのお役にもたてていません。どうかこのいくさ、先鋒《せんぽう》にくわえてください。」

晁蓋《ちょうがい》は遺言《ゆいごん》で、史文恭《しぶんきょう》を討《う》ちとった者を首領《しゅりょう》にするようにといった。宋江《そうこう》は、まえまえか

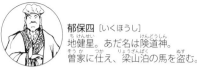

ら盧俊義《ろしゅんぎ》を首領にしたかったので、すぐに承諾《しょうだく》した。

だが、呉用《ごよう》が難色《なんしょく》をしめした。彼《かれ》は宋江《そうこう》を首領《しゅりょう》からおろす気はなかった。

「盧俊義《ろしゅんぎ》どのは、梁山泊《りょうざんぱく》にきてまだ日も浅《あさ》く、いくさの経験《けいけん》もすくないため、先鋒《せんぽう》には適《てき》しておりません。ここは伏兵《ふくへい》になって、うしろにひかえてもらいましょう。」

宋江《そうこう》がいくらいっても、呉用《ごよう》は頑《がん》としてきかない。彼は盧俊義《ろしゅんぎ》の副将《ふくしょう》に燕青《えんせい》をつけ、五百の兵をあたえて伏兵《ふくへい》とした。

それから五つの軍《ぐん》を編制《へんせい》し、曽頭市《そうとうし》の東・西・南・北・中央の五か所《しょ》の陣《じん》を同時《どうじ》に攻《せ》めることにした。

南陣《なんじん》へむかうのは、秦明《しんめい》、花栄《かえい》、馬麟《ばりん》、鄧飛《とうひ》。

東陣《とうじん》は、魯智深《ろちしん》、武松《ぶしょう》、孔明《こうめい》、孔亮《こうりょう》。

北陣《ほくじん》は、楊志《ようし》、史進《ししん》、楊春《ようしゅん》、陳達《ちんたつ》。

西陣《せいじん》は、朱仝《しゅどう》、雷横《らいおう》、鄒淵《すうえん》、鄒潤《すうじゅん》。

各軍《かくぐん》に、三千の兵《へい》があたえられた。

また中央の陣《じん》には、宋江《そうこう》、呉用《ごよう》、公孫勝《こうそんしょう》、呂方《りょほう》、郭盛《かくせい》、解珍《かいちん》、解宝《かいほう》、戴宗《たいそう》、時遷《じせん》。

後詰《ごづ》め（控《ひか》えの軍《ぐん》）には、李逵《りき》、樊瑞《はんずい》、項充《こうじゅう》、李袞《りこん》。

史文恭［しぶんきょう］
曽家《そうか》の五虎《ごこ》の武術《ぶじゅつ》教頭《きょうとう》。

蘇定［そてい］
曽家《そうか》の武術《ぶじゅつ》副教頭《ふくきょうとう》。

この二軍《ぐん》にはそれぞれ五千の兵《へい》があたえられた。

のこりの者は、梁山泊《りょうざんぱく》の守備《しゅび》をまかされた。

梁山泊《りょうざんぱく》来襲《らいしゅう》の報《ほう》をきいた曽弄《そうろう》は、五人の息子《むすこ》と史文恭《しぶんきょう》、蘇定《そてい》を屋敷《やしき》によびあつめ、軍議《ぐんぎ》をひらいた。

史文恭《しぶんきょう》はいった。

「梁山泊軍《りょうざんぱくぐん》がくるまえに、村の周囲《しゅうい》に落《お》とし穴《あな》をほっておきましょう。それがいちばんよい策《さく》だと思います。」

曽弄《そうろう》はうなずいた。彼は村人《むらびと》たちをかりだし、村の周囲《しゅうい》に数《すう》十個《こ》もの落とし穴をほらせた。

だがこのことは、偵察《ていさつ》にむかわせた時遷《じせん》によって、梁山泊軍《りょうざんぱくぐん》にはつつぬけだった。

「敵《てき》は、落《お》とし穴《あな》にさそいこむため、挑発《ちょうはつ》してくるでしょう。けっして誘《さそ》いにのってはなりません。村の外で待機《たいき》しましょう。」

呉用《ごよう》はそういうと、村の東西南北に軍《ぐん》を配置《はいち》させた。そのいっぽうで、時遷《じせん》に命《めい》じて、落《お》とし穴《あな》の位置《いち》にしるしをつけさせた。

にらみあいは三日にもおよんだ。

曽頭市《そうとうし》では、しびれをきらせた曽家《そうか》の五兄弟が、「出陣《しゅつじん》する」といいだした。

史文恭《しぶんきょう》はいった。

「いまうごけば、落《お》とし穴《あな》をほった意味がなくなる。ここはがまんのしどころだ。」

夜になると、報告《ほうこく》がはいった。

「東陣《とうじん》に、魯智深《ろちしん》と武松《ぶしょう》の軍《ぐん》が攻《せ》めてきました！」

「やつらめ、落《お》とし穴《あな》をかわしたのか？」

史文恭《しぶんきょう》は兵《へい》をひきい、東門の加勢《かせい》にむかった。

また報告《ほうこく》がはいった。

「西陣《せいじん》に、朱仝《しゅどう》と雷横《らいおう》の軍《ぐん》！」

「北陣《ほくじん》に、楊志《ようし》と史進《ししん》の軍！」

「くそっ！　なんとしても陣営《じんえい》をまもれ！」

史文恭《しぶんきょう》は自分の兵《へい》をわけ、それぞれ西陣《せいじん》と北陣《ほくじん》へむかわせた。

しかしそのとき、南陣《なんじん》にまわりこんでいた宋江《そうこう》の軍《ぐん》が、何十台もの火のついた荷車《にぐるま》をおし、突撃《とつげき》をかけた。荷車が陣営《じんえい》の柵《さく》にぶつかると、火が燃《も》えうつった。公孫勝《こうそんしょう》は宝剣《ほうけん》をふりかざし、道術《どうじゅつ》で風《かざ》むきをかえ、柵を焼きはらっていく。曽軍《そうぐん》の兵士《へいし》たちは混乱《こんらん》におちいった。

「うろたえるな！　まもりをかため、消火《しょうか》にあたれ！」

史文恭《しぶんきょう》が南陣《なんじん》にかけつけ、大声で命《めい》じた。梁山泊軍《りょうざんぱくぐん》は攻撃《こうげき》をつづけるも、史文恭のまもりはかたく、なかなか攻《せ》めおとすことができない。

呉用《ごよう》は、いったん兵士《へいし》たちを退却《たいきゃく》させた。

三

翌朝《よくあさ》になると、史文恭《しぶんきょう》は、焼きはらわれた南陣《なんじん》の柵《さく》を兵士《へいし》たちに修復《しゅうふく》させた。

昨夜《さくや》の梁山泊《りょうざんぱく》襲撃《しゅうげき》によって、陣営《じんえい》の士気《しき》はおちていた。兵士たちの表情《ひょうじょう》も暗い。

長男《ちょうなん》の曽塗《そうと》はこの事態《じたい》を重く見て、史文恭《しぶんきょう》にいった。

「師匠《ししょう》。兵《へい》の士気《しき》をあげるには、いちど、梁山泊軍《りょうざんぱくぐん》を討《う》ちやぶる必要《ひつよう》があります。わたくしが出陣《しゅつじん》し、敵《てき》を追いはらってみせましょう。」

「梁山泊軍《りょうざんぱくぐん》は猛将《もうしょう》がそろっており、策謀《さくぼう》も多い。むやみに攻《せ》めてはならぬ。いまはまもりに徹《てっ》せよ。」

「いまのままだと、兵士《へいし》たちの士気《しき》がおちるいっぽうです！　わたくしは出陣《しゅつじん》いたします！」

呂方［りょほう］
地佐星《ちさせい》。あだ名は小温侯《しょうおんこう》。

郭盛［かくせい］
地祐星《ちゆうせい》。あだ名は賽仁貴《さいじんき》。呂方《りょほう》の相方《あいかた》。

曽塗《そうと》は槍《やり》を手に、史文恭《しぶんきょう》がとめるのもきかず、兵《へい》をひきいて陣をでた。

「賊将《ぞくしょう》！　その首、もらいうける！」

「晁蓋《ちょうがい》どののかたき、とらせてもらうぞ！」

宋江《そうこう》の軍《ぐん》からは、小温侯《しょうおんこう》・呂方《りょほう》が方天画戟《ほうてんがげき》を手にとびだした。彼《かれ》は後漢《ごかん》時代の猛将《もうしょう》・呂布《りょふ》にあこがれ、おなじような冠《かんむり》や鎧《よろい》を身につけていた。だが、まだ年は若《わか》く、腕《うで》は呂布にとおくおよばない。打ちあいが三十合《ごう》をこえると、うけとめるだけで精一杯《せいいっぱい》になった。

「呂方《りょほう》！　加勢《かせい》する！」

呂方の相棒《あいぼう》、賽仁貴《さいじんき》・郭盛《かくせい》が、方天画戟《ほうてんがげき》をかまえ、曽塗《そうと》にむかっていく。曽塗は、二対《たい》一になりながらも、互角《ごかく》にたたかいつづける。

しばらく打ちあうと、三人の槍《やり》さきについた赤いふさが、からまりあった。彼《かれ》らはそれぞれ武器《ぶき》をひっぱりあうが、なかなかとれない。

いちばんさきに武器《ぶき》をひきぬいたのは、曽塗《そうと》だった。呂方《りょほう》と郭盛《かくせい》の武器は、からまりあったままである。

「もらった！」

曽塗《そうと》は、呂方《りょほう》にむかって、突《つ》きを放《はな》とうとした。

花栄［かえい］
天英星《てんえいせい》。あだ名は小李広《しょうりこう》。
弓《ゆみ》の名手《めいしゅ》。

「いかん！」

宋江軍《そうこうぐん》にいた小李広《しょうりこう》・花栄《かえい》が、矢《や》を放《はな》った。曽塗《そうと》の左腕《ひだりうで》に命中《めいちゅう》する。曽塗はさけび声をあげ、馬からおちた。

「いまだ！」

呂方《りょほう》と郭盛《かくせい》は、からまりあったままの方天画戟《ほうてんがげき》で曽塗《そうと》を馬上から突《つ》きさし、絶命《ぜつめい》させた。


曽塗《そうと》戦死《せんし》の報《ほう》は、すぐに曽頭市《そうとうし》につたわった。

末弟《まってい》の曽昇《そうしょう》はおおいに怒《いか》り、出陣《しゅつじん》するといった。

だが、史文恭《しぶんきょう》がとめた。

「いまは梁山泊《りょうざんぱく》とたたかうよりも、朝廷《ちょうてい》からの援軍《えんぐん》をまつべきだ。」

「師匠《ししょう》はなぜ、そのように臆病《おくびょう》なのですか！」

「そうではない。われわれが敗《やぶ》れるということは、この村が梁山泊《りょうざんぱく》の手におちるということ。慎重《しんちょう》にたたかわねばならぬ。」

「わたくしは兄を殺《ころ》されたのです！　かたきを討《う》たねばなりません！」

曽昇《そうしょう》はそうはなつと馬にのり、刀《かたな》を手に、兵《へい》をひきいて出陣《しゅつじん》した。

項充［こうじゅう］
地飛星《ちひせい》。あだ名は八臂那吒《はっぴなた》。
飛刀使《ひとうつか》い。樊瑞《はんずい》の部下《ぶか》。

李袞［りこん］
地走星《ちそうせい》。あだ名は
飛天大聖《ひてんたいせい》。標鎗使《ひょうそうつか》い。
項充《こうじゅう》の相方《あいかた》。

梁山泊軍《りょうざんぱくぐん》からは、黒旋風《こくせんぷう》・李逵《りき》がでてきた。彼は鎧《よろい》を着るのがきらいなので、いつも上半《じょうはん》身《しん》はだかで出陣《しゅつじん》している。

李逵《りき》は二挺斧《にちょうふ》をふりかざし、ひとりで走って曽昇《そうしょう》へむかっていった。

「鎧《よろい》も着ずに出陣《しゅつじん》するとは、おろか者め！」

曽昇《そうしょう》は、弓《ゆみ》をひきしぼって矢《や》を放《はな》った。矢は太ももに命中《めいちゅう》し、李逵は地面をころげた。

「あの男を捕《と》らえよ！」

曽昇《そうしょう》が命《めい》じた。騎馬部隊《きばぶたい》が李逵のもとへ殺到《さっとう》する。

「李逵《りき》どの！」

飛刀《ひとう》と標鎗《ひょうそう》（投《な》げ槍《やり》）の名手《めいしゅ》、八臂那吒《はっぴなた》・項充《こうじゅう》と飛天大聖《ひてんたいせい》・李袞《りこん》が、団牌《だんはい》（まるい盾《たて》）を手にとびだした。彼《かれ》らは飛刀と標鎗をなげ、おそいくる騎馬部隊《きばぶたい》をけちらす。そのあいだに、花栄《かえい》と秦明《しんめい》が李逵《りき》をすくいだした。

「退《ひ》け！」

宋江《そうこう》の命令《めいれい》で、梁山泊軍《りょうざんぱくぐん》は退却《たいきゃく》した。

翌日《よくじつ》になると、また曽頭市《そうとうし》の前に、梁山泊軍《りょうざんぱくぐん》がおしよせてきた。

「こんどこそ、宋江《そうこう》を討《う》ちとってくれる！」

曽昇《そうしょう》が出陣《しゅつじん》しようとした。

史文恭《しぶんきょう》がいう。

「昨日《きのう》の勝利《しょうり》で、陣営《じんえい》の士気《しき》はあがった。いまは、まもりをかためるとき。朝廷《ちょうてい》からの援軍《えんぐん》がくるまで、もちこたえなければならない。」

「まもりたければ、あなたが勝手《かって》にまもればよい！　わたくしは兄のかたきを討《う》たねばならないのです！」

曽昇《そうしょう》は、どうしても出陣《しゅつじん》するといってきかない。

史文恭《しぶんきょう》は嘆息《たんそく》した。

「ならば、わたしが出陣しよう。おまえは怒《いか》りでまわりが見えていない。なにかあってはこまるからな。」

史文恭《しぶんきょう》は鎧《よろい》で身をかためると、槍《やり》を手に、馬にまたがって出陣《しゅつじん》した。

「わが名は史文恭！　だれぞ、相手をする者はいないか！」

梁山泊軍《りょうざんぱくぐん》はざわめいた。晁蓋《ちょうがい》を殺《ころ》した張本人《ちょうほんにん》が、出陣《しゅつじん》してきたのである。

「ここはわたくしにおまかせを！」

秦明［しんめい］
天猛星《てんもうせい》。あだ名は霹靂火《へきれきか》。
狼牙棒《ろうがぼう》の使い手。

霹靂火《へきれきか》・秦明《しんめい》が、狼牙棒《ろうがぼう》をふりあげ、史文恭《しぶんきょう》にむかった。だが史文恭の槍《やり》さばきはまさに神業《かみわざ》。秦明は二十合《ごう》も打ちあわないうちに、防戦《ぼうせん》いっぽうになった。

「どうした！　そのていどか！」

史文恭《しぶんきょう》の突《つ》きが、秦明《しんめい》の太ももに刺《さ》さった。秦明は声をあげ、馬上《ばじょう》からころがりおちた。

「秦明《しんめい》どの！」

梁山泊軍《りょうざんぱくぐん》からは、呂方《りょほう》、郭盛《かくせい》、馬麟《ばりん》、鄧飛《とうひ》の四将《しょう》がとびだした。彼《かれ》らは、四人がかりで史《し》文恭《ぶんきょう》に打ちかかった。が、槍《やり》のひとふりで、はじきかえされてしまった。

「たたかうな！　秦明《しんめい》どのをたすけるのがさきだ！」

呂方《りょほう》はいい、四人がかりで秦明をまもりながら、陣営《じんえい》にひきかえした。

「全軍《ぜんぐん》、突撃《とつげき》をかけろ！」

史文恭《しぶんきょう》はさけび、馬を走らせた。槍《やり》を右に左にふりまわし、鬼神《きじん》のような奮闘《ふんとう》ぶりで梁山《りょうざん》泊軍《ぱくぐん》の兵士《へいし》をつぎつぎと刺《さ》しころしていく。だれも史文恭をとめることができない。

「退却《たいきゃく》だ！」

宋江《そうこう》は命《めい》じ、十里《り》ほど逃走《とうそう》をつづけた。兵をかぞえてみれば、大半《たいはん》を討《う》ちとられていた。

「なんということだ。史文恭《しぶんきょう》という男が、あれほどまでに強かったとは……。だが、なんと

呉用［ごよう］
天機星《てんきせい》。あだ名は智多星《ちたせい》。
兵法《へいほう》に長《た》けている。

しても晁蓋《ちょうがい》どののかたきをとらねば。」

宋江《そうこう》は、負傷《ふしょう》した秦明《しんめい》を梁山泊《りょうざんぱく》へかえし、かわりに、関勝《かんしょう》、徐寧《じょねい》、単廷珪《ぜんていけい》、魏定国《ぎていこく》の四将《しょう》をよびよせた。

呉用《ごよう》はいった。

「勝ちいくさのいきおいにのって、敵《てき》は夜襲《やしゅう》をかけてくるかと思われます。準備《じゅんび》をしておいたほうがよろしいでしょう。」

宋江《そうこう》はうなずき、陣《じん》のまわりに伏兵《ふくへい》を配置《はいち》した。


陣営《じんえい》にもどった史文恭《しぶんきょう》は、曽家《そうか》の兄弟にむかえられた。

「さすがは師匠《ししょう》！　このいきおいに乗《じょう》じ、夜襲《やしゅう》をかけ、敵《てき》を殲滅《せんめつ》しましょう！」

だが史文恭《しぶんきょう》は、首を横にふった。

「いや、敵《てき》も警戒《けいかい》しているはずだ。いまはまもりをかためよう。」

「また、そのおことばですか。慎重《しんちょう》すぎるのも考えものです。そんなことをいっていては、好機《こうき》をのがすことになります。」

ほかの兄弟たちも、出陣《しゅつじん》したほうがいいといいだした。

解宝［かいほう］
天哭星《てんこくせい》。あだ名は双尾蝎《そうびかつ》。
解珍《かいちん》の弟。

解珍［かいちん］
天暴星《てんぼうせい》。あだ名は両頭蛇《りょうとうだ》。
もと登州《とうしゅう》に住む猟師《りょうし》。

「……わかった。ならば今夜、敵陣《てきじん》を襲撃《しゅうげき》する。」
史文恭《しぶんきょう》は夜になると、蘇定《そてい》、曽昇《そうしょう》、曽密《そうみつ》、曽索《そうさく》をひきいて、大軍《たいぐん》をもって梁山泊軍《りょうざんぱくぐん》の陣営《じんえい》に殺到《さっとう》した。

だが、そこは、もぬけのからだった。

「罠《わな》だ！　すぐに退《ひ》け！」
史文恭《しぶんきょう》が命《めい》じたとき、まわりから無数《むすう》の矢《や》がとんできた。梁山泊軍《りょうざんぱくぐん》がなだれこんでくる。

「お命《いのち》、ちょうだいいたす！」
もと猟師《りょうし》の解珍《かいちん》、解宝《かいほう》の二人が、刺叉《さすまた》を手に、三男《さんなん》の曽索《そうさく》のほうへむかってきた。曽索は反撃《はんげき》する間《ま》もなく、二人に突《つ》きころされて絶命《ぜつめい》した。

史文恭《しぶんきょう》は槍《やり》をふりまわして血路《けつろ》をひらく。曽軍《そうぐん》は村にはいると、まもりをかためてでてこなくなった。兵力《へいりょく》はもうほとんどのこっていなかった。

四

五虎《ごこ》の父親、曽弄《そうろう》は、長男《ちょうなん》の曽塗《そうと》につづいて、三男《さんなん》の曽索《そうさく》までもが亡《な》くなったことを悲しんだ。

「このままだと、われわれは全滅《ぜんめつ》する。もうこれ以上《いじょう》、たたかうべきではない。梁山泊《りょうざんぱく》と講和《こうわ》をしよう。」

「父上《ちちうえ》！　われわれは、まだたたかえます！　そんな弱気《よわき》でどうするのですか！」

曽密《そうみつ》、曽魁《そうかい》、曽昇《そうしょう》の三人がいった。

だが曽弄《そうろう》は首を横にふった。

「むだ死《じ》にをしても、どうにもならぬ。もとはといえば、われわれが馬をうばったことが原因《げんいん》だ。——史文恭《しぶんきょう》よ。講和《こうわ》の書《しょ》をしたためてくれ。」

史文恭《しぶんきょう》はうなずいた。彼《かれ》は文書《ぶんしょ》をしたため、使いの者にもたせて梁山泊《りょうざんぱく》の陣営《じんえい》へおくった。

宋江《そうこう》は幕舎《ばくしゃ》のなかで文書を読んだ。馬をかえし、金銀《きんぎん》をおくる、との内容《ないよう》だった。

宋江は激怒《げきど》し、文書をひきさいて、使いの者になげつけた。

「晁蓋《ちょうがい》どのを殺《ころ》しておきながら、たかが馬と金銀をひきわたすだけですまそうというのか！　曽家《そうか》を滅《ほろ》ぼさぬかぎり、わたしの気は晴れぬ！」

使いの者はただふるえ、地面にひたいをつけるばかりであった。

呉用《ごよう》はいった。

宋江［そうこう］
天魁星《てんかいせい》。あだ名は及時雨《きゅうじう》。
義《ぎ》を重《おも》んじ慈悲《じひ》ぶかい。

「おまちください、宋江《そうこう》どの。このようないがみあいは、きりがありませぬ。むこうから講《こう》和《わ》をもうしでたのであれば、ここはうけたほうがよろしいでしょう。そのかわり、こちらも条件《じょうけん》をつけるのです。一時《いっとき》の怒《いか》りで大局《たいきょく》をうしなってはなりませぬぞ。」

宋江《そうこう》は怒《いか》りがおさまらないものの、呉用《ごよう》にしたがうことにした。

呉用《ごよう》は使いの者に返書《へんしょ》をわたし、曽頭市《そうとうし》に帰らせた。

曽弄《そうろう》と史文恭《しぶんきょう》は、返書を読んだ。そこには、おたがいの領土《りょうど》を攻《せ》めないこと、馬を盗《ぬす》んだ険道神《けんどうしん》・郁保四《いくほうし》を人質《ひとじち》としてさしだすこと、梁山泊《りょうざんぱく》の将兵《しょうへい》に慰労金《いろうきん》をさしだすこと、などが書かれていた。

史文恭《しぶんきょう》がいった。

「すこし要求《ようきゅう》が多いですな。それに、人質《ひとじち》や慰労金《いろうきん》をひきわたしたあと、梁山泊軍《りょうざんぱくぐん》が攻《せ》めてこないという保証《ほしょう》もありません。ここは梁山泊軍が退却《たいきゃく》するまで、むこうからも人質《ひとじち》をあずかるのがよろしいでしょう。」

曽弄《そうろう》はうなずき、史文恭《しぶんきょう》に返信《へんしん》をしたためさせた。

返信をうけとった宋江《そうこう》は、またもや激怒《げきど》した。

「非《ひ》はむこうにあるというのに、人質交換《ひとじちこうかん》とはなにごとだ！　講和《こうわ》はうけられぬ！」

李逵［りき］
天殺星《てんさつせい》。
あだ名は黒旋風《こくせんぷう》。
二《に》挺《ちょう》斧《ふ》の使い手。

「おさえてください、宋江《そうこう》どの。むこうはこちらをおそれています。ここは人質《ひとじち》をおくり、友好的《ゆうこうてき》な態度《たいど》をとったほうがよろしいでしょう。」

呉用《ごよう》はそういって宋江《そうこう》をなだめるいっぽう、人質《ひとじち》として、時遷《じせん》、李逵《りき》、樊瑞《はんずい》、項充《こうじゅう》、李袞《りこん》の五人をえらんだ。また時遷《じせん》には、いざというときのために策《さく》をさずけておいた。

時遷《じせん》は四人をひきい、曽弄《そうろう》のもとへむかった。そして、いった。

「講和《こうわ》の人質《ひとじち》として、われわれ五人がえらばれました。そちらからも人質をさしだしていただきたい。」

すると史文恭《しぶんきょう》が、

「五人も人質《ひとじち》におくってくるとは、なにかたくらみがあるとしか思えませぬ。梁山泊《りょうざんぱく》の呉用《ごよう》は、よくよく頭のきれる男です。ご用心《ようじん》なされ。」

それをきいた李逵《りき》は、かっとなった。

「やい！　おれたちが下手《したて》にでれば、いい気になりやがって！」

李逵《りき》は史文恭《しぶんきょう》の胸《むな》ぐらをつかまえ、なぐりつけようとした。曽弄《そうろう》があわててとめる。

「おやめください！　われわれはあなたがたを信用《しんよう》します！　人質《ひとじち》も賠償金《ばいしょうきん》もさしだします！」

段景住［だんけいじゅう］
地狗星《ちくせい》。あだ名は金毛犬《きんもうけん》。
馬どろぼう。

時遷《じせん》はいう。

「この李逵《りき》という男は、乱暴者《らんぼうもの》ですが、宋江《そうこう》どのの腹心《ふくしん》でもあります。それを人質《ひとじち》におくった意味を、よくよく理解《りかい》していただきたい。」

「わかっております。――酒と料理《りょうり》を用意いたしましたので、どうぞあちらの部屋《へや》へ。」

曽弄《そうろう》は手下《てした》の者《もの》に命《めい》じ、時遷《じせん》たちを客間《きゃくま》に案内《あんない》させた。また、宋江《そうこう》の要求《ようきゅう》した金銀財物《きんぎんざいぶつ》や馬をととのえ、人質《ひとじち》の郁保四《いくほうし》とともに、梁山泊軍《りょうざんぱくぐん》の陣営《じんえい》におくった。輸送任務《ゆそうにんむ》は末弟《まってい》の曽昇《そうしょう》がひきうけた。

宋江《そうこう》は幕舎《ばくしゃ》の外で、おくられてきた荷物《にもつ》をあらためた。

「この馬のなかには、照夜玉獅子馬《しょうやぎょくししば》がいませんな。」

段景住《だんけいじゅう》がいった。照夜玉獅子馬は、以前《いぜん》、彼《かれ》が宋江に献上《けんじょう》しようとした馬だ。

「あの馬は、わが師《し》、史文恭《しぶんきょう》がつかっています。」

曽昇《そうしょう》がこたえた。宋江《そうこう》は怒《おこ》っていう。

「ならば、それもここへつれてきてもらおう。このような誠意《せいい》のない対応《たいおう》をするのが曽家《そうか》の本意《ほんい》ではなかろう。」

「もうしわけありません、宋江《そうこう》どの。すぐにとどけさせます。」

宋江［そうこう］
天魁星《てんかいせい》。あだ名は及時雨《きゅうじう》。
義《ぎ》を重んじ慈悲《じひ》ぶかい。

曽昇《そうしょう》は書簡《しょかん》をしたため、従者《じゅうしゃ》にもたせて曽頭市《そうとうし》におくりとどけさせた。

だが、史文恭《しぶんきょう》はことわった。

「ほかの馬ならよいが、この馬はだめだ。もしどうしてもほしいのならば、いますぐ軍《ぐん》をひきあげろ。」

従者《じゅうしゃ》は宋江《そうこう》のもとにひきかえし、報告《ほうこく》する。宋江は怒《いか》り、どうしてもさしだせという。このようなやりとりがつづくなかで、とつぜん、青州《せいしゅう》と凌州《りょうしゅう》から朝廷《ちょうてい》の援軍《えんぐん》がきたとの報《ほう》がはいった。

呉用《ごよう》がいった。

「どうやら、時間かせぎをされたようですな。」

「史文恭《しぶんきょう》め！　かならずや、決着《けっちゃく》をつけてくれよう！」

宋江《そうこう》は、関勝《かんしょう》、単廷珪《ぜんていけい》、魏定国《ぎていこく》を青州軍《せいしゅうぐん》に、花栄《かえい》、馬麟《ばりん》、鄧飛《とうひ》を凌州軍《りょうしゅうぐん》にあたらせた。

また人質《ひとじち》の郁保四《いくほうし》をよびつけた。

「われわれに協力《きょうりょく》してくれれば、梁山泊《りょうざんぱく》の頭目《とうもく》にくわえてやろう。馬をうばったうらみもわすれてやる。」

宋江《そうこう》は、矢《や》を折《お》って誓《ちか》いをたてた。郁保四《いくほうし》はそれを見て、梁山泊《りょうざんぱく》にくわわることを承知《しょうち》し

郁保四 ［いくほうし］
地健星《ちけんせい》。あだ名は険道神《けんどうしん》。
曽家《そうか》に仕《つか》えていた。

た。彼《かれ》は一〇八の魔星《ませい》のひとつ、地健星《ちけんせい》の転生《てんせい》である。

郁保四《いくほうし》は呉用《ごよう》から計略《けいりゃく》をさずかると、いそいで曽頭市《そうとうし》へむかい、曽弄《そうろう》に会った。

「梁山泊軍《りょうざんぱくぐん》は、青州《せいしゅう》、凌州《りょうしゅう》から兵《へい》がきたことで、おおいにあわてております。おそうなら、いまのうちです。」

だが、曽弄《そうろう》はなやんでいた。

「いま息子《むすこ》の曽昇《そうしょう》が宋江《そうこう》のもとにいる。へたに梁山泊軍《りょうざんぱくぐん》を攻《せ》めれば、殺《ころ》されてしまうかもしれん。」

すると史文恭《しぶんきょう》は、

「敵《てき》の本陣《ほんじん》をいっきに破《やぶ》りさえすれば、曽昇《そうしょう》をたすけることはできます。ここはうごくべきときです。」

「……わかった。ならば、おまえにまかせよう。」

史文恭《しぶんきょう》は、蘇定《そてい》、曽密《そうみつ》、曽魁《そうかい》とともに兵《へい》をととのえた。

いっぽう郁保四《いくほうし》は、法華寺《ほっけじ》にとじこめられた時遷《じせん》たちに会い、呉用《ごよう》からさずかった計略《けいりゃく》をつたえた。

朱仝［しゅどう］
天満星《てんまんせい》。あだ名は美髯公《びぜんこう》。もと都頭《ととう》。雷横《らいおう》の相棒《あいぼう》。

夜が深まったころ、史文恭《しぶんきょう》は蘇定《そてい》、曽密《そうみつ》、曽魁《そうかい》とともに、兵《へい》をひきいて、梁山泊軍《りょうざんぱくぐん》の本陣《ほんじん》に突入《とつにゅう》した。

だがそこには、だれもいなかった。伏兵《ふくへい》がおそってくるようすもない。

「これはいったい、どういうことだ？」

史文恭《しぶんきょう》がふしぎに思っていると、曽頭市《そうとうし》のほうから鐘《かね》の音《ね》がきこえた。時遷《じせん》が法華寺《ほっけじ》の鐘楼《しょうろう》にしのびこみ、鐘を鳴らしたのである。それと同時《どうじ》に、曽頭市《そうとうし》のまわりにひそんでいた梁山泊軍《りょうざんぱくぐん》が、四方《しほう》から村に押《お》しよせた。史文恭《しぶんきょう》たちが出陣《しゅつじん》したことで、村には兵《へい》がほとんどいない。

「はかられた！　いそいで村にもどれ！」

史文恭《しぶんきょう》はさけび、率先《そっせん》して馬を走らせた。彼《かれ》らは兵《へい》をわけて梁山泊軍にあたる。

だが梁山泊軍《りょうざんぱくぐん》は、これをまちかまえていた。

曽家《そうか》の次男《じなん》、曽密《そうみつ》は西陣《せいじん》へむかった。だがとちゅう、美髯公《びぜんこう》・朱仝《しゅどう》の朴刀《ぼくとう》に突《つ》きころされた。四男の曽魁《そうかい》も東陣《とうじん》での乱戦《らんせん》のなかで命《いのち》をおとした。蘇定《そてい》も北門で無数《むすう》の矢《や》を浴《あ》び、絶命《ぜつめい》する。

「もはや、これまでか……。」

曽頭市内《そうとうしない》でこのありさまを見ていた曽弄《そうろう》は、みずから首をくくって死んだ。

史文恭《しぶんきょう》は槍《やり》をふるってたたかいつづけた。だが、どうにもならないとさとると、敵陣《てきじん》をきりぬけて、二十里《り》ほど敗走《はいそう》をつづけた。

林のなかに逃《に》げこんだとき、まわりから銅鑼《どら》の音が鳴った。後方《こうほう》にひかえていた盧俊義《ろしゅんぎ》の伏兵《ふくへい》である。

「敵将《てきしょう》、どこへ逃げる！」

林からとびだした盧俊義《ろしゅんぎ》が、朴刀《ぼくとう》で史文恭《しぶんきょう》の太ももを斬《き》りつけた。馬からおちたところを、燕青《えんせい》がしばりあげ、生《い》け捕《ど》りにした。

五

青州《せいしゅう》、凌州《りょうしゅう》の援軍《えんぐん》とたたかっていた関勝《かんしょう》たちも、勝利《しょうり》をおさめて陣営《じんえい》にひきかえした。

宋江《そうこう》は、人質《ひとじち》にしていた曽昇《そうしょう》を殺《ころ》したのち、史文恭《しぶんきょう》を檻車《かんしゃ》にいれて梁山泊《りょうざんぱく》へはこんだ。

一同《いちどう》は晁蓋《ちょうがい》の位牌《いはい》の前にあつまって拝《はい》し、史文恭を殺《ころ》してささげものとした。それがおわると、宋江《そうこう》は皆《みな》にいった。

盧俊義［ろしゅんぎ］
天罡星《てんこうせい》。あだ名は玉麒麟《ぎょくきりん》。
文武両道《ぶんぶりょうどう》。棒術《ぼうじゅつ》の名手。

「晁蓋《ちょうがい》どのは死のまぎわに、『史文恭《しぶんきょう》を討《う》ちとった者を首領《しゅりょう》とするように。』といわれた。史文恭を討ちとったのは、はからずも盧俊義《ろしゅんぎ》どのであった。ならば遺言《ゆいごん》どおり、彼《かれ》が首領になるべきであろう。」

だが、呉用《ごよう》をはじめとする頭目《とうもく》たちが反対した。

「いま宋江《そうこう》どのが首領《しゅりょう》をおりられますと、わが山《やま》の人心《じんしん》はみだれてしまいます。ここは宋江どのを首領、盧俊義《ろしゅんぎ》どのを副首領《ふくしゅりょう》とするのが最善《さいぜん》です。」

盧俊義《ろしゅんぎ》も、

「わたくしは徳《とく》が薄《うす》く、才《さい》も浅《あさ》く、首領《しゅりょう》などにはなれませぬ。梁山泊《りょうざんぱく》にいれてくださっただけでも、身にあまるぐらいです。」

だが宋江《そうこう》は、頑《がん》としてきかない。

「晁蓋《ちょうがい》どのの遺言《ゆいごん》をまもることが、わたしの役目《やくめ》だ。それにわたしには盧俊義《ろしゅんぎ》どのにおよばない点が三つある。

一つは、わたしは色が黒く、背《せ》がひくく、容貌《ようぼう》もわるく、才能《さいのう》もない。盧俊義《ろしゅんぎ》どのは堂々《どうどう》たる体軀《たいく》をもち、貴人《きじん》の相《そう》をそなえている。

二つは、わたしは小役人《こやくにん》であり、人を殺《ころ》して逃《に》げまわっている身《み》だ。盧俊義どのは家柄《いえがら》も

武松［ぶしょう］
天傷星《てんしょうせい》。あだ名は行者《ぎょうじゃ》。
虎殺《とらごろ》しで有名。

よく、なんの悪事《あくじ》も犯《おか》していない。

三つは、わたしには国を安《やす》んずる学《がく》もなく、手には鶏《にわとり》をしばる力もなく、身《み》にはなんの手柄《てがら》もない。盧俊義《ろしゅんぎ》どのは、武《ぶ》にも文《ぶん》にもすぐれたお方《かた》だ。このような才《さい》のある方こそ、山《さん》寨《さい》の主《あるじ》になるべきではないか。

もし後日《ごじつ》、奸臣《かんしん》をたおして朝廷《ちょうてい》にまねかれたとき、盧俊義どのが首領《しゅりょう》であれば、われわれも鼻が高いというもの。どうか、おひきうけねがいたい。」

「そのおことばは、まちがっておられます。わたくしは死しても、首領《しゅりょう》になることだけは、おうけいたしかねます。」

「宋江《そうこう》どのを首領とし、盧俊義《ろしゅんぎ》どのを副《ふく》首領にすることが、皆《みな》のねがうところでしょう。」

呉用《ごよう》がいうと、李逵《りき》も、

「おれは宋江《そうこう》の兄貴《あにき》が首領だからこそ、命《いのち》をかけてたたかってきたのです。もしこれ以上《いじょう》いうのだったら、おれは山をおります。」

宋江《そうこう》の義弟《ぎてい》、武松《ぶしょう》もいう。

「この山には、無頼漢《ぶらいかん》ばかりでなく、もと朝廷《ちょうてい》の軍官《ぐんかん》もすくなくありません。出身《しゅっしん》も身分《みぶん》もばらばらの者たちが、義兄上《あにうえ》を慕《した》って一致団結《いっちだんけつ》しているのです。ほかの者では、こうはうま

くいきません。」

魯智深《ろちしん》も大声でいった。

「宋江《そうこう》どの。ほかの者にゆずるというのなら、われわれはこの場《ば》で解散《かいさん》いたしますぞ！」

ほかの者も口ぐちに、宋江《そうこう》が首領《しゅりょう》をやめることに反対した。

「おちつけ、皆《みな》の者《もの》。ならば、この件《けん》、天意《てんい》（天《てん》の意思《いし》）にまかせてはどうだろうか。以前《いぜん》より、梁山泊《りょうざんぱく》の北、東平府《とうへいふ》と東昌府《とうしょうふ》の二城《じょう》は、梁山泊《りょうざんぱく》を討《う》つために兵《へい》をたくわえている、ときく。盧俊義《ろしゅんぎ》どのとわたしとでこの二城をおそい、さきにおとしたほうを首領《しゅりょう》にするのはいかがだろうか。」

「そこまでおっしゃるのであれば、しかたありますまい。天意《てんい》にしたがいましょう。」

呉用《ごよう》はそういい、くじを用意させた。宋江《そうこう》と盧俊義《ろしゅんぎ》は香《こう》をたいて天《てん》に祈《いの》ったのちに、くじをひいた。宋江は東平府《とうへいふ》を、盧俊義は東昌府《とうしょうふ》を攻《せ》めることになった。

里［り］
長さの単位《たんい》。当時の1里は約553メートル。

十四 一〇八の魔星《ませい》、梁山泊《りょうざんぱく》につどう

（初登場の一〇八人の好漢）
天立星《てんりつせい》　双鎗将《そうそうしょう》・董平《とうへい》天捷星《てんしょうせい》　没羽箭《ぼつうせん》・張清《ちょうせい》
地捷星《ちしょうせい》　花項虎《かこうこ》・龔旺《きょうおう》地速星《ちそくせい》　中箭虎《ちゅうせんこ》・丁得孫《ていとくそん》
地獣星《ちじゅうせい》　紫髯伯《しぜんはく》・皇甫端《こうほたん》

一

宋江《そうこう》と盧俊義《ろしゅんぎ》はそれぞれの兵《へい》をひきい、梁山泊《りょうざんぱく》をあとにした。春三月のことである。暖《あたた》かい風が吹《ふ》き、青あおとした野《の》の草《くさ》をゆらす。出陣《しゅつじん》には絶好《ぜっこう》の日和《ひより》だ。

宋江《そうこう》は、東平府《とうへいふ》から四十里《*り》ほど離《はな》れた場所で、陣《じん》をかまえた。

東平府《とうへいふ》の太守《たいしゅ》は、程万里《ていばんり》という。貪欲《どんよく》で臆病《おくびょう》な男で、弱きをいじめ、強きにしたがうと

程万里［ていばんり］
東平府《とうへいふ》の太守《たいしゅ》。貪欲《どんよく》で臆病《おくびょう》。

いった性格《せいかく》だ。程万里《ていばんり》は「梁山泊軍《りょうざんぱくぐん》がきた」との知らせをうけ、ふるえあがった。

「わたしはもとより、あやつらとたたかおうなどという気はないのだ。やつらが金《かね》をほしがるのなら、くれてやって追いかえすのがよい。」

「なにを弱気《よわき》なことを！」

そういったのは、軍指揮官《ぐんしきかん》の董平《とうへい》だ。二本の槍《やり》の使い手で〈双鎗将《そうそうしょう》〉とあだ名《な》されていた。

「われわれは、天子《てんし》より兵《へい》をたまわっているのです！　賊《ぞく》を討《う》つことを放棄《ほうき》されてはなりませぬぞ！」

そこへ、兵士《へいし》がかけつけてきた。

「梁山泊軍《りょうざんぱくぐん》から、二人の使者《ししゃ》がまいりました！」

「すぐにとおせ。丁重《ていちょう》にあつかうのだぞ。」

活閃婆《かつせんば》・王定六《おうていろく》と険道神《けんどうしん》・郁保四《いくほうし》が、兵士《へいし》につれられて、はいってきた。二人は拱手《きょうしゅ》し、宋江《そうこう》からあずかった書簡《しょかん》を程万里《ていばんり》にわたした。

程万里《ていばんり》は書簡をひらいた。董平《とうへい》もそばでのぞき見る。書簡には、「東平府《とうへいふ》の銭糧《せんりょう》（銭《ぜに》と兵《ひょう》糧《ろう》）を借《か》りたい。」と書いてあった。

「なぜ、山賊《さんぞく》どもに銭糧《せんりょう》を貸《か》さねばならぬのだ！　すぐに使者《ししゃ》を斬《き》りすてよ！」

董平［とうへい］
天立星《てんりつせい》。あだ名は双鎗将《そうそうしょう》。
東平府《とうへいふ》の武将《ぶしょう》。
二本の槍《やり》の使い手。

董平《とうへい》がどなった。程万里《ていばんり》はあわてて、

「まて、それはいかん！　たとえ敵《てき》であろうと、使《し》者《しゃ》を斬るのは礼《れい》に反《はん》しておる！」

「こんな要求《ようきゅう》を一度のめば、やつらは今後《こんご》もたかってきます！　うけてはなりませぬ！」

「ならば、棒《ぼう》たたきにして、追いかえすだけにせよ。殺《ころ》すのだけはならぬ。」

董平《とうへい》は不満《ふまん》に思いながらも、王定六《おうていろく》たちを棒たたきにして城《しろ》から追いだした。

宋江《そうこう》は、王定六《おうていろく》たちがひどく打たれてもどってきたのを見て怒《いか》り、軍《ぐん》をひきいて城《しろ》の前に殺到《さっとう》した。

程万里《ていばんり》は城壁《じょうへき》の上から梁山泊軍《りょうざんぱくぐん》を見おろし、おそれおののいた。

「それ見たことか、董平《とうへい》！　梁山泊を本気《ほんき》で怒《おこ》らせてしまったではないか！」

「攻《せ》めてくるのであれば、討《う》ちほろぼせばよいだけのこと。わたくしが宋江《そうこう》の首をとってみせましょう。」

董平《とうへい》はそういうと、銀色の鎧《よろい》に身をかため、二本の槍《やり》をもって出陣《しゅつじん》した。槍は、両はしに穂先《ほさき》がついたもので、片手《かたて》に一本ずつもっている。

「賊将《ぞくしょう》、宋江《そうこう》！　その首、もらいうけにきた！」

「きさまの相手は、このわたしだ！」

韓滔［かんとう］
地威星《ちいせい》。あだ名は百勝将《ひゃくしょうしょう》。

宋江軍《そうこうぐん》からは、もと呼延灼《こえんしゃく》の部下《ぶか》だった百勝将《ひゃくしょうしょう》・韓滔《かんとう》が、棗木槊《そうぼくさく》を手に突撃《とつげき》をかけた。

韓滔《かんとう》は董平《とうへい》と打ちあう。左右からくりだされる二本の槍《やり》に、韓滔がおされてきた。

宋江《そうこう》は、韓滔《かんとう》にもしものことがあってはならないと思い、兵士《へいし》に命《めい》じて銅鑼《どら》を鳴らさせた。

韓滔《かんとう》はそれを合図《あいず》に退却《たいきゃく》する。かわりに徐寧《じょねい》が鉤鎌鎗《こうれんそう》を手にとびだした。董平《とうへい》は応戦《おうせん》する。

五十合《ごう》ほど打ちあったが、なかなか勝負《しょうぶ》がつかない。

宋江《そうこう》はまた銅鑼《どら》を鳴らし、徐寧《じょねい》をひきあげさせた。さらには、自分も退却《たいきゃく》をはじめた。

「まて！　どこへ行く！」

董平《とうへい》は馬を走らせ、宋江《そうこう》を追う。宋江は丘《おか》の上にあがった。

「そこをうごくな！」

董平《とうへい》が丘をあがろうとした。すると左右から伏兵《ふくへい》がおそいかかってきて、まわりをとりかこんだ。

「深追《ふかお》いしすぎたか。」

董平《とうへい》は二本の槍《やり》をふりまわして敵《てき》をなぎはらい、城《しろ》へひきあげた。

夜になると、宋江《そうこう》はまたもや城《しろ》の前に陣《じん》をかまえた。

董平《とうへい》も兵《へい》をひきいて出陣《しゅつじん》した。宋江軍《そうこうぐん》とむかいあう。

宋江《そうこう》はいった。

「董平《とうへい》よ。古人《こじん》のことばに、〈大廈《たいか》（大きな家）のまさに傾《かたむ》かんとするに、一木《いちぼく》（一本の木）では支《ささ》えられず〉とある。わが梁山泊《りょうざんぱく》には雄兵《ゆうへい》十万、猛将《もうしょう》千人がおり、天《てん》に替《か》わって道《みち》を行《おこな》い、天下《てんか》の弱き者をたすけているのだ。おまえたちの城《しろ》は、もはやおちたも同然《どうぜん》。さっさと降伏《こうふく》し、われわれの仲間《なかま》になって天下のためにつくすがよい。」

「妾殺《めかけごろ》しのならず者が、よくも大口《おおぐち》をたたけたものだ！」

董平《とうへい》は二本の槍《やり》をかまえ、宋江《そうこう》めがけて馬を走らせた。すると宋江の左から林冲《りんちゅう》、右から花栄《かえい》がとびだし、董平におそいかかった。

「じゃまだ！」

董平《とうへい》は林冲《りんちゅう》たちを同時《どうじ》に相手してたたかう。数合《すうごう》打ちあうと、林冲たちは逃《に》げだした。宋《そう》江《こう》も軍《ぐん》をひきあげる。

（宋江を討《う》ちとれば、このいくさは勝ちだ！　伏兵《ふくへい》がいようと、すべてけちらしてくれる！）

董平《とうへい》は、馬をとばして宋江《そうこう》を追いかけた。

やがて村にはいった。沿道《えんどう》には藁《わら》ぶき屋根《やね》の民家《みんか》がならんでいる。

蔡京［さいけい］
太師《たいし》。
四人の奸臣《かんしん》のひとり。

高俅［こうきゅう］
殿帥府太尉《でんすいふたいい》。
四人の奸臣《かんしん》のひとり。

十字路にさしかかったときに、銅鑼《どら》が鳴りひびいた。すると民家《みんか》の扉《とびら》がいっせいにあき、縄《なわ》をもった兵士《へいし》たちがとびだしてきた。

「じゃまだ！　どけ！」

董平《とうへい》は二本の槍《やり》を右に左にふりまわして、おしよせる兵を斬《き》りすてていく。

「董平、かくごせよ！」

董平《とうへい》の左から、矮脚虎《わいきゃくこ》・王英《おうえい》、一丈青《いちじょうせい》・扈三娘《こさんじょう》の夫婦《ふうふ》がとびだしてきた。右からは菜園《さいえん》子《し》・張青《ちょうせい》と母夜叉《ぼやしゃ》・孫二娘《そんじじょう》の夫婦だ。四人は董平にとびかかり、地面におさえこんだ。

「はなせ！」

董平《とうへい》はあばれた。そこへ梁山泊《りょうざんぱく》の兵士《へいし》たちがおそいかかってくる。彼《かれ》らは董平から槍《やり》や兜《かぶと》、鎧《よろい》をとりあげ、しばりあげた。

王英《おうえい》は董平をつれて陣営《じんえい》へむかい、馬にまたがった宋江《そうこう》の前へひきたてた。

「賊将《ぞくしょう》め！　殺《ころ》すならさっさと殺せ！」

董平《とうへい》は大声でどなった。すると宋江はいそいで馬をおり、みずからの手で董平の縄《なわ》をといた。そして、董平を拝《はい》していった。

「ご無礼《ぶれい》、おゆるしください。しかしこれもすべて、大義《たいぎ》のためです。——程万里《ていばんり》という男

楊戩［ようせん］
四人の奸臣《かんしん》のひとり。太尉《たいい》。宦官《かんがん》。

童貫［どうかん］
四人の奸臣《かんしん》のひとり。宦官《かんがん》。

は以前《いぜん》、四人の奸臣《かんしん》のひとり、童貫《どうかん》の家庭教師《かていきょうし》だったようで、それによっていまの地位《ちい》を得《え》、民《たみ》を苦しめています。あなたのような将《しょう》が、そのような小物《こもの》の下ではたらき、民を苦しめるようなことがあってはなりませぬ。」

四人の奸臣《かんしん》とは、すなわち高俅《こうきゅう》、蔡京《さいけい》、それに太尉《たいい》（武官《ぶかん》の最高位《さいこうい》）で宦官《かんがん》の楊戩《ようせん》、おなじく宦官の童貫《どうかん》の四人である。

董平《とうへい》は宋江《そうこう》に説得《せっとく》され、梁山泊《りょうざんぱく》に帰順《きじゅん》することを誓《ちか》った。彼《かれ》は一〇八の魔星《ませい》のひとつ、天立星《りっせい》の転生《てんせい》である。

梁山泊軍《りょうざんぱくぐん》は董平《とうへい》を先頭《せんとう》に、東平府《とうへいふ》の城内《じょうない》に殺到《さっとう》した。そして役所《やくしょ》にいた程万里《ていばんり》を殺《ころ》したのち、金庫《きんこ》と米倉《こめぐら》をあけ、役人たちが不当《ふとう》にたくわえてきた金銀や米を民《たみ》にくばる。民は梁山《りょうざん》泊《ぱく》の好漢《こうかん》たちをほめたたえた。

二

東平城《とうへいじょう》は陥落《かんらく》した。宋江《そうこう》は兵《へい》をまとめ、梁山泊《りょうざんぱく》へひきあげようとした。

張清［ちょうせい］
天捷星《てんしょうせい》。あだ名は没羽箭《ぼつうせん》。
石つぶての使い手。

だがそこへ、白日鼠《はくじつそ》・白勝《はくしょう》がかけつけてきた。

「宋江《そうこう》どの！　盧俊義《ろしゅんぎ》どのの軍《ぐん》が苦戦《くせん》しております！　二度にわたって東昌府《とうしょうふ》を攻《せ》め、二度とも敗《やぶ》れました。敵《てき》にはおそろしい猛将《もうしょう》がいます。すでに、郝思文《かくしぶん》、項充《こうじゅう》が負傷《ふしょう》しました。」

「なんと。盧俊義《ろしゅんぎ》どのも運《うん》がない。——いそいでたすけにむかうぞ！」

宋江《そうこう》は一路《いちろ》、東昌府《とうしょうふ》へいそいだ。宋江をでむかえた盧俊義は、

「まったくもって、面目《めんぼく》ありません。敵《てき》には、没羽箭《ぼつうせん》（羽《はね》のない矢《や》。石つぶてのこと）・張清《ちょうせい》というおそろしく強い将《しょう》がいます。やつは、石つぶてをなげる技《わざ》をつかいます。それに、張清の副将《ふくしょう》に、龔旺《きょうおう》、丁得孫《ていとくそん》の二将がいて、これもまた強いのです。」

「どのような武将《ぶしょう》だ？」

「龔旺《きょうおう》は、全身に虎模様《とらもよう》の刺青《いれずみ》をしていることから、花項虎《かこうこ》（虎模様《とらもよう》の刺青《いれずみ》）とのあだ名《な》があります。飛槍《ひそう》（投《な》げ槍《やり》）の名手《めいしゅ》です。

丁得孫《ていとくそん》は、顔にあばたがあり、虎《とら》が矢《や》をくらったような姿《すがた》なので、中箭虎《ちゅうせんこ》（矢《や》にあたった虎《とら》）とあだ名されています。得意《とくい》の武器《ぶき》は飛叉《ひしゃ》（投げ刺叉《さすまた》）です。」

「ふむ。とりあえず出陣《しゅつじん》し、相手のようすをうかがおう。」

龔旺［きょうおう］
地捷星《ちしょうせい》。あだ名は花項虎《かこうこ》。
張清《ちょうせい》の部下。飛槍使《ひそうつか》い。

丁得孫［ていとくそん］
地速星《ちそくせい》。あだ名は中箭虎《ちゅうせんこ》。
張清《ちょうせい》の部下。飛叉使《ひしゃつか》い。

宋江《そうこう》は、東昌府《とうしょうふ》の城《しろ》の前に布陣《ふじん》した。

城《しろ》からは、張清《ちょうせい》が兵《へい》をひきいてあらわれた。頭に黒い頭巾《ずきん》をかぶっており、両腕《りょううで》は猿《さる》のように長い。手には槍《やり》をもち、腰《こし》には石つぶてのはいった袋《ふくろ》をさげている。

「水たまりのぬすっとめ！　ここへなにをしにきた！」

「だれぞ、張清《ちょうせい》とたたかう者はいないか。」

宋江《そうこう》がいうと、「わたしがまいりましょう！」と、徐寧《じょねい》が鉤鎌鎗《こうれんそう》を手に馬を走らせた。

五合《ごう》ほど打ちあって、張清《ちょうせい》は逃《に》げだした。

「まて！　そのていどか！」

徐寧《じょねい》は追いかける。すると張清《ちょうせい》は、右手を腰《こし》の袋《ふくろ》にいれて石つぶてをとり、ふりむきざまに、徐寧になげつけた。徐寧は石つぶてを眉間《みけん》にくらい、馬上からころげおちた。

「いまだ！　捕《と》らえよ！」

「させるか！」

呂方《りょほう》、郭盛《かくせい》の二将《しょう》がとびだす。彼《かれ》らは徐寧《じょねい》をたすけて、自陣《じじん》にひきかえした。

宋江《そうこう》は、徐寧が負けたことにおおいにおどろき、「ほかにたたかう者はいないか？」と、きいた。

呼延灼［こえんしゃく］
天威星《てんいせい》。あだ名は双鞭《そうべん》。
汝寧州《じょねいしゅう》の軍指揮官《しきかん》。
二本の銅鞭《どうべん》を操《あやつ》る。

「ならば、わたしが！」

もと清風山《せいふうざん》の首領《しゅりょう》、錦毛虎《きんもうこ》・燕順《えんじゅん》が、大刀《だいとう》を手にとびだす。

「むだだ！」

張清《ちょうせい》は石つぶてをなげた。燕順《えんじゅん》の、鎧《よろい》の胸《むね》の部分にあたる。これ以上《いじょう》ちかづけないと思った燕順は、自陣《じじん》にもどった。

「たったひとりに、なにをてこずっているのだ！」

百勝将《ひゃくしょうしょう》・韓滔《かんとう》がそうどなり、棗木槊《そうぼくさく》を手にとびだした。だが彼《かれ》も鼻《はな》がしらに石つぶてをくらい、血をながして陣営《じんえい》にひきかえす。つづけざまにとびだした天目将《てんもくしょう》・彭玘《ほうき》、醜郡馬《しゅうぐんば》・宣賛《せんさん》の二将《しょう》も、石つぶてを顔にうけ、退却《たいきゃく》をよぎなくされた。

「どうした！　梁山泊《りょうざんぱく》とはこのていどなのか？」

張清《ちょうせい》は石つぶてでお手玉《てだま》をしながら笑《わら》った。

「もうがまんできぬ！」

激怒《げきど》した呼延灼《こえんしゃく》は、愛馬《あいば》の踢雪烏騅《てきせつうすい》をとばし、二本の銅鞭《どうべん》をふって張清《ちょうせい》におそいかかった。

「国をはずかしめた敗将《はいしょう》め！」

張清《ちょうせい》は石つぶてをなげた。呼延灼《こえんしゃく》は銅鞭《どうべん》ではじきかえそうとした。が、石つぶてのほうが

劉唐［りゅうとう］
天異星《てんいせい》。あだ名は赤髪鬼《せきはつき》。

関勝［かんしょう］
天勇星《てんゆうせい》。あだ名は大刀《だいとう》。関羽《かんう》の子孫《しそん》。青竜偃月刀《せいりゅうえんげつとう》を使う。

速《はや》い。腕《うで》にぶつかり、銅鞭《どうべん》をおとしてしまった。痛《いた》みで腕《うで》がふれなくなった呼延灼《こえんしゃく》は、くやしいながらも自陣《じじん》へもどっていった。

「おれにまかせろ！」

赤髪鬼《せきはつき》・劉唐《りゅうとう》がとびだした。が、顔に石つぶてをくらって、あっさりと地面にたおれた。張清《ちょうせい》の兵士《へいし》たちが劉唐のもとにかけより、ひきずって自陣《じじん》につれていく。

「劉唐《りゅうとう》をすくえ！」

宋江《そうこう》がさけんだ。青面獣《せいめんじゅう》・楊志《ようし》、美髯公《びぜんこう》・朱仝《しゅどう》、挿翅虎《そうしこ》・雷横《らいおう》の三将《しょう》がとびだした。しかし、顔に石つぶてをくらい、血をながして自陣《じじん》にひきかえす。

「わたしが行こう！」

関勝《かんしょう》が青竜偃月刀《せいりゅうえんげつとう》をかまえ、赤兎馬《せきとば》でむかっていく。張清《ちょうせい》は石つぶてをなげた。関勝は刀《とう》身《しん》でうける。火花がとびちった。

（とんでくる石が速すぎる。これ以上《いじょう》ちかづけば、うけきれない。）

そう思った関勝《かんしょう》は、馬をかえして撤退《てったい》した。

「ほかにいないのか？　いくらでも相手になるぞ！」

張清《ちょうせい》は大声で笑《わら》った。梁山泊軍《りょうざんぱくぐん》は、ぐうの音《ね》もでないありさまだった。

董平［とうへい］
天立星《てんりつせい》。あだ名は双鎗将《そうそうしょう》。
二本の槍《やり》の使い手。

宋江《そうこう》はあぜんとする。

「なんということだ……。これでは、ちかづくこともできぬ。」

「宋江どの！　ここはわたくしにおまかせください！」

梁山泊《りょうざんぱく》にはいったばかりの、双鎗将《そうそうしょう》・董平《とうへい》が、二本の槍《やり》を手に、前にでた。

張清《ちょうせい》はそれを見て、眉《まゆ》をうごかした。

「董平《とうへい》か！　東昌府《とうしょうふ》と東平府《とうへいふ》は歯とくちびるの間柄《あいだがら》だというのに、なにゆえにうらぎって梁《りょう》山泊《ざんぱく》などについたのだ！　恥《はじ》を知れ！」

「わたしは大義《たいぎ》にしたがったまでのこと！　おまえこそ、早《そう》そうに降参《こうさん》せよ！」

董平《とうへい》は、張清《ちょうせい》にむかっていった。七合《ごう》打ちあったとき、張清は馬をかえして逃《に》げだした。

董平はあとを追う。張清はふりかえって、石つぶてをなげた。

「むだだ！」

董平《とうへい》は右手の槍《やり》で、石つぶてをはらいのけた。

「なっ!?」

張清《ちょうせい》はおどろき、さらにもう一つなげた。董平《とうへい》は頭を横にそらし、またもやかわした。

「ばかな！　わたしの石つぶてをよけるとは！」

「ほかの者は知らぬが、わたしにその技《わざ》は通用《つうよう》しない！」

董平《とうへい》は二本の槍《やり》で、張清《ちょうせい》を突《つ》きにいった。張清は身をひねってかわす。自分の槍をすて、両手で二本の槍をつかんだ。

二人は槍《やり》をひっぱりあう。腕力《わんりょく》は互角《ごかく》。おたがい、ぴくりともうごかない。

「董平《とうへい》どの！　加勢《かせい》いたす！」

急先鋒《きゅうせんぽう》・索超《さくちょう》が、大斧《たいふ》をふりかざしてむかってきた。

「させるか！」

襲旺《きょうおう》、丁得孫《ていとくそん》の二将《しょう》がとびでた。二人は索超《さくちょう》と打ちあう。そこへ、林冲《りんちゅう》、花栄《かえい》、呂方《りょほう》、郭《かく》盛《せい》の四将がとびだした。

「この勝負《しょうぶ》、あずけておくぞ！」

張清《ちょうせい》は槍《やり》から手をはなし、馬をかえして逃《に》げだした。

「まて！」

董平《とうへい》はいそいで追いかけた。張清《ちょうせい》はふりかえり、石つぶてをなげた。董平《とうへい》は、とっさにかわす。石つぶては耳をかすった。そこへ、索超《さくちょう》が、襲旺《きょうおう》たちとのたたかいをすて、張清《ちょうせい》のほうへむかってきた。

林冲［りんちゅう］
天雄星《てんゆうせい》。あだ名は豹子頭《ひょうしとう》。

花栄［かえい］
天英星《てんえいせい》。あだ名は小李広《しょうりこう》。弓《ゆみ》の名手《めいしゅ》。

「張清《ちょうせい》、かくごせよ！」

大斧《たいふ》をふりあげたとき、石つぶてがとんできた。索超《さくちょう》は顔にくらい、血をながしながら自《じ》陣《じん》へ逃《に》げかえった。そのすきに張清《ちょうせい》も城《しろ》へひきあげた。

いっぽう、林冲《りんちゅう》と花栄《かえい》は龔旺《きょうおう》と、呂方《りょほう》と郭盛《かくせい》は丁得孫《ていとくそん》と、たたかっていた。

龔旺《きょうおう》は飛槍《ひそう》をなげた。林冲《りんちゅう》はかわして龔旺の腰帯《こしおび》をつかみ、生《い》け捕《ど》りにして自陣《じじん》にもどった。また丁得孫《ていとくそん》のほうも、出陣《しゅつじん》した燕青《えんせい》の弩《いしゆみ》によって馬を射《い》ぬかれ、地面におちたところを呂方《りょほう》に生《い》け捕《ど》られた。

宋江《そうこう》は全軍《ぜんぐん》をひきあげさせた。盧俊義《ろしゅんぎ》とともに幕舎《ばくしゃ》で軍議《ぐんぎ》をひらく。

「まさか、たった一人を相手に、こちらの将《しょう》が十人以上《いじょう》もやられるとは……。それに劉唐《りゅうとう》も捕《と》らえられてしまった。」

まわりにいる将《しょう》たちは、だまりこんだ。

呉用《ごよう》があゆみでた。

「ご安心なされよ、宋江《そうこう》どの。こちらも、龔旺《きょうおう》、丁得孫《ていとくそん》を捕《と》らえました。――まずは負傷《ふしょう》した将《しょう》を梁山泊《りょうざんぱく》におくりかえし、かわりに魯智深《ろちしん》、武松《ぶしょう》をよびましょう。」

「魯智深《ろちしん》たちなら、張清《ちょうせい》に勝てるのか？」

「いえ、たたかわせるのではありません。彼《かれ》らに、陸路《りくろ》と水路《すいろ》から、兵糧《ひょうろう》を輸送《ゆそう》してもらいます。」

「兵糧《ひょうろう》はまだたりておるぞ。」

「必要《ひつよう》なのは、兵糧ではありません。これは張清《ちょうせい》をおびきだすための策《さく》です。」

三

いっぽう張清《ちょうせい》は、梁山泊軍《りょうざんぱくぐん》とどうたたかうかを、太守《たいしゅ》と協議《きょうぎ》していた。

そこへ偵察《ていさつ》の者がかけつけてきた。

「報告《ほうこく》します。兵糧《ひょうろう》を積《つ》んだ百両《りょう》あまりの荷車《にぐるま》が、敵陣《てきじん》にむかっています。また、河《かわ》からも、大小五百隻《せき》あまりの糧秣船《りょうまつせん》がちかづいています。」

「これをのがすわけにはいかぬ。すべてうばってくれよう。」

夜になると、張清《ちょうせい》は一千の兵《へい》をひきいて出陣《しゅつじん》した。十里《り》と行かないうちに、一群《いちぐん》の荷車が見えた。そのうちのひとつには、〈水滸寨忠義糧〉とするした旗《はた》が立ててある。魯智深《ろちしん》、武《ぶ》松《しょう》の二将《しょう》が、先頭《せんとう》で輸送部隊《ゆそうぶたい》を指揮《しき》していた。

張清［ちょうせい］
天捷星《てんしょうせい》。あだ名は没羽箭《ぼつうせん》。
石つぶての使い手。

（こちらに気づいていないようだな。）

張清《ちょうせい》は石つぶてをなげた。魯智深《ろちしん》はひたいにくらい、あおむけにたおれた。

「いまだ！　兵糧《ひょうろう》をうばえ！」

張清《ちょうせい》は全軍《ぜんぐん》をひきい、輸送部隊《ゆそうぶたい》におそいかかった。武松《ぶしょう》は、負傷《ふしょう》した魯智深《ろちしん》をまもりながら退却《たいきゃく》する。張清は魯智深たちを追わず、手にいれた兵糧《ひょうろう》を城内《じょうない》にはこびこんだ。太守《たいしゅ》はそれを見てよろこんだ。

「さすがは、将軍《しょうぐん》だ！」

「敵《てき》は水路《すいろ》からも兵糧《ひょうろう》を輸送《ゆそう》しています。こんどはそれをうばってきましょう。」

張清《ちょうせい》は意気揚々《いきようよう》と城《しろ》の南門から出陣《しゅつじん》し、大軍《たいぐん》をもって河《かわ》へむかった。おびただしい数の糧秣船《りょうまつせん》が、河にうかんでいるのが見えた。

「行くぞ！」

張清《ちょうせい》は兵士《へいし》たちとともに、河岸《かわぎし》へ殺到《さっとう》した。だがそのとき、あたりいちめんに黒い霧《きり》が立ちこめた。兵士たちは、たがいの顔が見えなくなる。公孫勝《こうそんしょう》が道術《どうじゅつ》をつかったのだ。

張清がとまどっていると、四方《しほう》から鬨《とき》の声《こえ》があがった。全身を鎧《よろい》で武装《ぶそう》した〈連環馬《れんかんば》〉の軍隊《ぐんたい》が、馬蹄《ばてい》をひびかせ、こちらにむかってくるではないか。

阮小二［げんしょうじ］
天剣星《てんけんせい》。あだ名は
立地太歳《りっちたいさい》。
阮《げん》三兄弟の長男《ちょうなん》。

阮小五［げんしょうご］
天罪星《てんざいせい》。あだ名は
短命二郎《たんめいじろう》。
阮《げん》三兄弟の次男《じなん》。

張清《ちょうせい》は石つぶてをなげた。が、連環馬《れんかんば》の頑丈《がんじょう》な鎧《よろい》にはじきかえされてしまう。

「くそっ！　石つぶてがきかぬか！」

張清《ちょうせい》は背《せ》をむけて逃《に》げだす。とたん、体が水のなかに沈《しず》んだ。河《かわ》にとびこんでしまったのである。

河《かわ》では、李俊《りしゅん》、張横《ちょうおう》、張順《ちょうじゅん》、阮《げん》三兄弟、童威《どうい》、童猛《どうもう》の、水軍《すいぐん》の頭目《とうもく》たちがまちかまえていた。

「ここまでだ、張清《ちょうせい》！」

阮《げん》三兄弟は張清をつかまえ、水中《すいちゅう》でしばりあげた。

いっぽう、兵《へい》のほとんどいなくなった城《しろ》には、梁山泊軍《りょうざんぱくぐん》がなだれこんだ。宋江《そうこう》は倉庫《そうこ》をあけ、役人《やくにん》が不法《ふほう》にためこんだ金銭《きんせん》や食糧《しょくりょう》を、城《しろ》の住民《じゅうみん》たちにくばった。

東昌城《とうしょうじょう》はおちた。張清《ちょうせい》は宋江《そうこう》の前にひきだされた。

諸将《しょしょう》は口ぐちに、張清を殺《ころ》すようにいった。が、宋江はとどめていった。

「張清《ちょうせい》どのは当代《とうだい》の名将《めいしょう》。殺すことはまかりならん。もしわが義兄弟《きょうだい》がそれでも殺すというのであれば、わたしは天《てん》のたすけをうしない、かならずや刀《かたな》の下に果《は》てることとなろう。」

皇甫端［こうほたん］
地獣星《ちじゅうせい》。あだ名は紫髯伯《しぜんはく》。梁山泊《りょうざんぱく》の獣医《じゅうい》。

阮小七［げんしょうしち］
天敗星《てんはいせい》。あだ名は活閻羅《かつえんら》。阮《げん》三兄弟の三男《さんなん》。

宋江《そうこう》は地に酒をそそぎ、矢《や》を折《お》って、張清《ちょうせい》に手をださないことを誓《ちか》った。張清はそれを見て宋江の義侠心《ぎきょうしん》に感じいり、梁山泊《りょうざんぱく》に投降《とうこう》した。また、龔旺《きょうおう》、丁得孫《ていとくそん》の二将《しょう》も、梁山泊にくわわった。張清《ちょうせい》は一〇八の魔星《ませい》のひとつ、天捷星《てんしょうせい》の転生《てんせい》。龔旺と丁得孫は地捷星《ちしょうせい》と地速星《ちそくせい》の転生《てんせい》である。

宋江《そうこう》が兵《へい》をまとめて梁山泊《りょうざんぱく》に帰ろうとしたとき、張清《ちょうせい》が進言《しんげん》した。

「わたくしの知りあいに、皇甫端《こうほたん》という者がおります。その者は、よい馬を見ぬく力にすぐれ、家畜《かちく》の病《やまい》を治《なお》すことができます。目が青く、髯《ひげ》が赤く、容貌《ようぼう》が蕃人《ばんじん》（外国人）のようですので、紫髯伯《しぜんはく》とあだ名《な》されています。彼《かれ》を仲間《なかま》にくわえてはいかがでしょうか。」

「わが軍《ぐん》には多数の馬がいる。獣医《じゅうい》が必要《ひつよう》だと思っていたのだ。すぐによんでまいれ。」

こうして獣医の皇甫端《こうほたん》も、梁山泊《りょうざんぱく》にくわわった。彼《かれ》は一〇八の魔星《ませい》のひとつ、地獣星《ちじゅうせい》の転《てん》生《せい》である。

梁山泊《りょうざんぱく》にもどった宋江《そうこう》たちは、聚義庁《しゅうぎちょう》で宴会《えんかい》をひらいた。宋江が頭目《とうもく》の人数をかぞえてみると、一〇八人だった。

「われわれ義兄弟《きょうだい》がこうしてあつまったのは、すべては天《てん》のご加護《かご》によるものだ。――敵味《てきみ》

公孫勝［こうそんしょう］
天間星《てんかんせい》。あだ名は入雲竜《にゅううんりゅう》。
道術使《どうじゅつつか》い。

方《かた》あわせ、これまでのいくさで多くの命《いのち》がうしなわれた。わたしは命をうしなったすべての者を供養《くよう》をし、霊《れい》を安《やす》んじたいと思うのだが、いかがだろうか。」

頭目《とうもく》たちは皆《みな》、賛成《さんせい》した。

そこで、公孫勝《こうそんしょう》を中心に、四十八人の道士《どうし》たちを山によび、四月十五日から七日七夜、霊《れい》を鎮《しず》める儀式《ぎしき》がおこなわれた。

七日目の夜、とつぜん天から轟音《ごうおん》がきこえた。一塊《いっかい》の火の玉がとんできて、儀式《ぎしき》をおこなっている場所の、南の地中へもぐりこんだ。

宋江《そうこう》は兵士《へいし》たちに、地面をほるよう命《めい》じた。

地中からは、碑《ひ》がでてきた。表面には文字がしるしてあるが、古代文字《こだいもじ》なので、宋江たちには読めない。四十八人の道士《どうし》に問《と》うと、そのなかに読める者がひとりいた。

「この碑《ひ》には、みなさんの名が刻《きざ》まれております。碑《ひ》の片《かた》がわには〈替天行道《たいてんこうどう》〉、もういっぽうには〈忠義双全《ちゅうぎそうぜん》〉の文字があります。さしつかえなければ、すべてお読みいたしましょう。」

「上天《じょうてん》（天の上）のことばかと思われますので、一字《いちじ》一句《いっく》、心《こころ》してまちがえぬよう読んでください。」

蕭譲［しょうじょう］
地文星《ちぶんせい》。あだ名は聖手書生《せいしゅしょせい》。
文字を真似《まね》るのがうまい。

宋江《そうこう》はそういうと、文字を真似《まね》るのが特技《とくぎ》の聖手書生《せいしゅしょせい》・蕭《しょう》譲《じょう》をよび、道士《どうし》の読んだ内容《ないよう》を書きとらせた。

道士《どうし》は読みはじめた。

碑《ひ》の表にしるされた天罡星《てんこうせい》三十六人は、

天魁星《てんかいせい》　呼保義《こほうぎ》　宋江《そうこう》
天罡星《てんこうせい》　玉麒麟《ぎょくきりん》　盧俊義《ろしゅんぎ》
天機星《てんきせい》　智多星《ちたせい》　呉用《ごよう》
天間星《てんかんせい》　入雲竜《にゅううんりゅう》　公孫勝《こうそんしょう》
天勇星《てんゆうせい》　大刀《だいとう》　関勝《かんしょう》
天雄星《てんゆうせい》　豹子頭《ひょうしとう》　林冲《りんちゅう》
天猛星《てんもうせい》　霹靂火《へきれきか》　秦明《しんめい》
天威星《てんいせい》　双鞭《そうべん》　呼延灼《こえんしゃく》
天英星《てんえいせい》　小李広《しょうりこう》　花栄《かえい》

天貴星《てんきせい》　小旋風《しょうせんぷう》　柴進《さいしん》
天富星《てんふうせい》　撲天鵰《はくてんちょう》　李応《りおう》
天満星《てんまんせい》　美髯公《びぜんこう》　朱仝《しゅどう》
天孤星《てんこせい》　花和尚《かおしょう》　魯智深《ろちしん》
天傷星《てんしょうせい》　行者《ぎょうじゃ》　武松《ぶしょう》
天立星《てんりつせい》　双鎗将《そうそうしょう》　董平《とうへい》
天捷星《てんしょうせい》　没羽箭《ぼつうせん》　張清《ちょうせい》
天暗星《てんあんせい》　青面獣《せいめんじゅう》　楊志《ようし》
天祐星《てんゆうせい》　金鎗手《きんそうしゅ》　徐寧《じょねい》
天空星《てんくうせい》　急先鋒《きゅうせんぽう》　索超《さくちょう》
天速星《てんそくせい》　神行太保《しんこうたいほう》　戴宗《たいそう》
天異星《てんいせい》　赤髪鬼《せきはつき》　劉唐《りゅうとう》
天殺星《てんさつせい》　黒旋風《こくせんぷう》　李逵《りき》
天微星《てんびせい》　九紋竜《くもんりゅう》　史進《ししん》
天究星《てんきゅうせい》　没遮攔《ぼつしゃらん》　穆弘《ぼくこう》

天退星《てんたいせい》　挿翅《そうし》虎《こ》　雷横《らいおう》
天寿星《てんじゅせい》　混江竜《こんこうりゅう》　李俊《りしゅん》
天剣星《てんけんせい》　立地《りっち》太歳《たいさい》　阮小二《げんしょうじ》
天平星《てんぺいせい》　船火《せんか》児《じ》　張横《ちょうおう》
天罪星《てんざいせい》　短命二《たんめいじ》郎《ろう》　阮小五《げんしょうご》
天損星《てんそんせい》　浪裏白跳《ろうりはくちょう》　張《ちょう》 順《じゅん》
天敗星《てんはいせい》　活閻羅《かつえんら》　阮小七《げんしょうしち》
天牢星《てんろうせい》　病関索《びょうかんさく》　楊雄《ようゆう》
天慧星《てんけいせい》　拚命三郎《へんめいさんろう》　石秀《せきしゅう》
天暴星《てんぼうせい》　両頭蛇《りょうとうだ》　解珍《かいちん》
天哭星《てんこくせい》　双尾《そうび》蝎《かつ》　解宝《かいほう》
天巧星《てんこうせい》　浪子《ろうし》　燕青《えんせい》

碑《ひ》の裏《うら》にしるされた地煞星《ちさつせい》七十二人は、

地魁星《ちかいせい》　神機軍師《しんきぐんし》　朱武《しゅぶ》
地煞星《ちさつせい》　鎮三山《ちんさんざん》　黄信《こうしん》
地勇星《ちゆうせい》　病尉遅《びょううつち》　孫立《そんりつ》
地傑星《ちけつせい》　醜郡馬《しゅうぐんば》　宣賛《せんさん》
地雄星《ちゆうせい》　井木犴《せいぼくかん》　郝思文《かくしぶん》
地威星《ちいせい》　百勝将《ひゃくしょうしょう》　韓滔《かんとう》
地英星《ちえいせい》　天目将《てんもくしょう》　彭玘《ほうき》
地奇星《ちきせい》　聖水将《せいすいしょう》　単廷珪《ぜんていけい》
地猛星《ちもうせい》　神火将《しんかしょう》　魏定国《ぎていこく》
地文星《ちぶんせい》　聖手書生《せいしゅしょせい》　蕭譲《しょうじょう》
地正星《ちせいせい》　鉄面孔目《てつめんこうもく》　裴宣《はいせん》
地闊星《ちかつせい》　摩雲金翅《まうんきんし》　欧鵬《おうほう》
地闘星《ちとうせい》　火眼狻猊《かがんしゅんげい》　鄧飛《とうひ》
地強星《ちきょうせい》　錦毛虎《きんもうこ》　燕順《えんじゅん》
地暗星《ちあんせい》　錦豹子《きんひょうし》　楊林《ようりん》

地軸星《ちじくせい》　轟天雷《ごうてんらい》　凌振《りょうしん》
地会星《ちかいせい》　神算子《しんさんし》　蔣敬《しょうけい》
地佐星《ちさせい》　小温侯《しょうおんこう》　呂方《りょほう》
地祐星《ちゆうせい》　賽仁貴《さいじんき》　郭盛《かくせい》
地霊星《ちれいせい》　神医《しんい》　安道全《あんどうぜん》
地獣星《ちじゅうせい》　紫髯伯《しぜんはく》　皇甫端《こうほたん》
地微星《ちびせい》　矮脚虎《わいきゃくこ》　王英《おうえい》
地急星《ちきゅうせい》　一丈青《いちじょうせい》　扈三娘《こさんじょう》
地暴星《ちぼうせい》　喪門神《そうもんしん》　鮑旭《ほうきょく》
地然星《ちぜんせい》　混世魔王《こんせいまおう》　樊瑞《はんずい》
地好星《ちこうせい》　毛頭星《もうとうせい》　孔明《こうめい》
地狂星《ちきょうせい》　独火星《どくかせい》　孔亮《こうりょう》
地飛星《ちひせい》　八臂那吒《はっぴなた》　項充《こうじゅう》
地走星《ちそうせい》　飛天大聖《ひてんたいせい》　李袞《りこん》
地巧星《ちこうせい》　玉臂匠《ぎょくひしょう》　金大堅《きんたいけん》

地明星《ちめいせい》　鉄笛仙《てってきせん》　馬麟《ばりん》
地進星《ちしんせい》　出洞蛟《しゅつどうこう》　童威《どうい》
地退星《ちたいせい》　翻江蜃《はんこうしん》　童猛《どうもう》
地満星《ちまんせい》　玉幡竿《ぎょくはんかん》　孟康《もうこう》
地遂星《ちすいせい》　通臂猿《つうひえん》　侯健《こうけん》
地周星《ちしゅうせい》　跳澗虎《ちょうかんこ》　陳達《ちんたつ》
地隠星《ちいんせい》　白花蛇《はくかだ》　楊春《ようしゅん》
地異星《ちいせい》　白面郎君《はくめんろうくん》　鄭天寿《ていてんじゅ》
地理星《ちりせい》　九尾亀《きゅうびき》　陶宗旺《とうそうおう》
地俊星《ちしゅんせい》　鉄扇子《てっせんし》　宋清《そうせい》
地楽星《ちがくせい》　鉄叫子《てっきょうし》　楽和《がくわ》
地捷星《ちしょうせい》　花項虎《かこうこ》　龔旺《きょうおう》
地速星《ちそくせい》　中箭虎《ちゅうせんこ》　丁得孫《ていとくそん》
地鎮星《ちちんせい》　小遮攔《しょうしゃらん》　穆春《ぼくしゅん》
地稽星《ちけいせい》　操刀鬼《そうとうき》　曹正《そうせい》

地魔星《ちませい》　雲裏金剛《うんりこんごう》　宋万《そうまん》
地妖星《ちようせい》　摸着天《もちゃくてん》　杜遷《とせん》
地幽星《ちゆうせい》　病大虫《びょうたいちゅう》　薛永《せつえい》
地伏星《ちふくせい》　金眼彪《きんがんひょう》　施恩《しおん》
地僻星《ちへきせい》　打虎将《だこしょう》　李忠《りちゅう》
地空星《ちくうせい》　小覇王《しょうはおう》　周通《しゅうとう》
地孤星《ちこせい》　金銭豹子《きんせんひょうし》　湯隆《とうりゅう》
地全星《ちぜんせい》　鬼臉児《きれんじ》　杜興《とこう》
地短星《ちたんせい》　出林竜《しゅつりんりゅう》　鄒淵《すうえん》
地角星《ちかくせい》　独角竜《どくかくりゅう》　鄒潤《すうじゅん》
地囚星《ちしゅうせい》　旱地忽律《かんちこつりつ》　朱貴《しゅき》
地蔵星《ちぞうせい》　笑面虎《しょうめんこ》　朱富《しゅふう》
地平星《ちへいせい》　鉄臂膊《てつひはく》　蔡福《さいふく》
地損星《ちそんせい》　一枝花《いっしか》　蔡慶《さいけい》
地奴星《ちどせい》　催命判官《さいめいはんがん》　李立《りりつ》

地察星《ちさっせい》　青眼虎《せいがんこ》　李雲《りうん》
地悪星《ちあくせい》　没面目《ぼつめんもく》　焦挺《しょうてい》
地醜星《ちしゅうせい》　石将軍《せきしょうぐん》　石勇《せきゆう》
地数星《ちすうせい》　小尉遅《しょううつち》　孫新《そんしん》
地陰星《ちいんせい》　母大虫《ぼたいちゅう》　顧大嫂《こだいそう》
地刑星《ちけいせい》　菜園子《さいえんし》　張青《ちょうせい》
地壮星《ちそうせい》　母夜叉《ぼやしゃ》　孫二娘《そんじじょう》
地劣星《ちれっせい》　活閃婆《かっせんば》　王定六《おうていろく》
地健星《ちけんせい》　険道神《けんどうしん》　郁保四《いくほうし》
地耗星《ちこうせい》　白日鼠《はくじつそ》　白勝《はくしょう》
地賊星《ちぞくせい》　鼓上皂《こじょうそう》　時遷《じせん》
地狗星《ちくせい》　金毛犬《きんもうけん》　段景住《だんけいじゅう》

「われわれがつどうことは、天命《てんめい》だったようだ。」

道士《どうし》が碑《ひ》を読みおえたときに、宋江《そうこう》がいった。碑にしるされた彼《かれ》のあだ名《な》〈呼保義《こほうぎ》〉とは、のちに彼《かれ》が〈保義郎《ほうぎろう》〉の官職《かんしょく》につくことからきている。

宋江《そうこう》は、祈祷《きとう》をおえた道士《どうし》たちをねぎらって下山《げざん》させたのち、聚義庁《しゅうぎちょう》に〈忠義堂〉と書いた額《がく》をかけた。また忠義堂《ちゅうぎどう》のうしろに鴈台《がんだい》（お堂《どう》）をつくり、晁蓋《ちょうがい》の位牌《いはい》をまつった。

宋江《そうこう》は皆《みな》の職分《しょくぶん》をさだめた。それは、つぎのとおりである。

梁山泊《りょうざんぱくしゅりょう》首領（二名）
呼保義《こほうぎ》　宋江《そうこう》
玉麒麟《ぎょくきりん》　盧俊義《ろしゅんぎ》

軍師《ぐんし》（二名）
智多星《ちたせい》　呉用《ごよう》
入雲竜《にゅううんりゅう》　公孫勝《こうそんしょう》

参謀《さんぼう》（一名）
神機軍師《しんきぐんし》　朱武《しゅぶ》

金銭兵糧管理《きんせんひょうろうかんり》（二名）
小旋風《しょうせんぷう》　柴進《さいしん》
撲天鵰《はくてんちょう》　李応《りおう》

騎《き》兵軍《へいぐん》五虎将《ごこしょう》（五名）
大刀《だいとう》　関勝《かんしょう》
豹子頭《ひょうしとう》　林冲《りんちゅう》
霹靂火《へきれきか》　秦明《しんめい》
双鞭《そうべん》　呼延灼《こえんしゃく》
双鎗将《そうそうしょう》　董平《とうへい》

騎《き》兵軍《へいぐん》八驃騎《ひょうき》（五虎将《ごしょう》の下の位《くらい》）・先鋒使《せんぽうし》（先陣《せんじん》）（八名）
小李広《しょうりこう》　花栄《かえい》
金鎗手《きんそうしゅ》　徐寧《じょねい》

青面獣《せいめんじゅう》　楊志《ようし》
急先鋒《きゅうせんぽう》　索超《さくちょう》
没羽箭《ぼつうせん》　張清《ちょうせい》
美髯公《びぜんこう》　朱仝《しゅどう》
九紋竜《くもんりゅう》　史進《ししん》
没遮攔《ぼっしゃらん》　穆弘《ぼくこう》

騎《き》兵軍小彪将《へいぐんしょうひょうしょう》（八驃騎《ひょうき》の下の位《くらい》）・斥候《せっこう》（遊撃隊《ゆうげきたい》）（十六名）

鎮三山《ちんさんざん》　黄信《こうしん》
病尉遅《びょううつち》　孫立《そんりつ》
醜郡馬《しゅうぐんば》　宣賛《せんさん》
井木犴《せいぼくかん》　郝思文《かくしぶん》
百勝将《ひゃくしょうしょう》　韓滔《かんとう》
天目将《てんもくしょう》　彭玘《ほうき》
聖水将《せいすいしょう》　単廷珪《ぜんていけい》

神火将《しんかしょう》　魏定国《ぎていこく》
摩雲金翅《まうんきんし》　欧鵬《おうほう》
火眼狻猊《かがんしゅんげい》　鄧飛《とうひ》
錦毛虎《きんもうこ》　燕順《えんじゅん》
鉄笛仙《てってきせん》　馬麟《ばりん》
跳澗虎《ちょうかんこ》　陳達《ちんたつ》
白花蛇《はくかだ》　楊春《ようしゅん》
錦豹子《きんひょうし》　楊林《ようりん》
小覇王《しょうはおう》　周通《しゅうとう》

歩兵頭目《ほへいとうもく》（十名）
花和尚《かおしょう》　魯智深《ろちしん》
行者《ぎょうじゃ》　武松《ぶしょう》
赤髪鬼《せきはつき》　劉唐《りゅうとう》
挿翅虎《そうしこ》　雷横《らいおう》

黒旋風《こくせんぷう》　李逵《りき》
浪子《ろうし》　燕青《えんせい》
病関索《びょうかんさく》　楊雄《ようゆう》
拚命三郎《へんめいさんろう》　石秀《せきしゅう》
両頭蛇《りょうとうだ》　解珍《かいちん》
双尾蝎《そうびかつ》　解宝《かいほう》

歩兵将校《ほへいしょうこう》（歩兵頭目《ほへいとうもく》の下の位《くらい》）（十七名）

混世魔王《こんせいまおう》　樊瑞《はんずい》
喪門神《そうもんしん》　鮑旭《ほうきょく》
八臂那吒《はっぴなた》　項充《こうじゅう》
飛天大聖《ひてんたいせい》　李袞《りこん》
病大虫《びょうたいちゅう》　薛永《せつえい》
金眼彪《きんがんひょう》　施恩《しおん》
小遮攔《しょうしゃらん》　穆春《ぼくしゅん》

打虎将《だこしょう》　李忠《りちゅう》
白面郎君《はくめんろうくん》　鄭天寿《ていてんじゅ》
雲裏《うんり》金剛《こんごう》　宋万《そうまん》
摸着天《もちゃくてん》　杜遷《とせん》
出林竜《しゅつりんりゅう》　鄒淵《すうえん》
独角竜《どくかくりゅう》　鄒潤《すうじゅん》
花《か》項虎《こうこ》　龔旺《きょうおう》
中箭虎《ちゅうせんこ》　丁得孫《ていとくそん》
没面目《ぼつめんもく》　焦挺《しょうてい》
石将軍《せきしょうぐん》　石勇《せきゆう》

水軍頭目《すいぐんとうもく》（八名）
混江竜《こんこうりゅう》　李俊《りしゅん》
船火児《せんかじ》　張横《ちょうおう》
浪裏白跳《ろうりはくちょう》　張順《ちょうじゅん》

立地太歳《りっちたいさい》　阮小二《げんしょうじ》
短命二郎《たんめいじろう》　阮小五《げんしょうご》
活閻羅《かつえんら》　阮小七《げんしょうしち》
出洞蛟《しゅつどうこう》　童威《どうい》
翻江蜃《はんこうしん》　童猛《どうもう》

梁山泊《りょうざんぱく》のふもとの酒屋《さかや》経営《けいえい》・情報《じょうほう》収集《しゅうしゅう》（八名）

東山酒店（二名）小尉遅《しょううつち》　孫新《そんしん》
母大虫《ぼたいちゅう》　顧大嫂《こだいそう》
西山酒店（二名）菜園子《さいえんし》　張青《ちょうせい》
母夜叉《ぼやしゃ》　孫二娘《そんじじょう》
南山酒店（二名）旱地忽律《かんちこつりつ》　朱貴《しゅき》
鬼臉児《きれんじ》　杜興《とこう》
北山酒店（二名）催命判官《さいめいはんがん》　李立《りりつ》
活閃婆《かつせんば》　王定六《おうていろく》

情報探索《じょうほうたんさく》（一名）

神行太保《しんこうたいほう》　戴宗《たいそう》

軍中機密伝令歩兵頭目《ぐんちゅうきみつでんれいほへいとうもく》（使者《ししゃ》）（四名）

鉄叫子《てっきょうし》　楽和《がくわ》

鼓上皂《こじょうそう》　時遷《じせん》

金毛犬《きんもうけん》　段景住《だんけいじゅう》

白日鼠《はくじつそ》　白勝《はくしょう》

中軍護衛騎兵頭目《ちゅうぐんごえいきへいとうもく》（首領《しゅりょう》の近衛騎兵《このえきへい》）（二名）

小温侯《しょうおんこう》　呂方《りょほう》

賽仁貴《さいじんき》　郭盛《かくせい》

中軍護衛歩兵頭目《ごえいほへいとうもく》（首領《しゅりょう》の近衛歩兵《このえほへい》）（二名）

毛頭星《もうとうせい》　孔明《こうめい》

独火星《どくかせい》　孔亮《こうりょう》

死刑執行管理《しけいしっこうかんり》（二名）

鉄臂膊《てつひはく》　蔡福《さいふく》

一枝花《いっしか》　蔡慶《さいけい》

三軍（全軍《ぜんぐん》）内政管理騎兵頭目《ないせいかんりきへいとうもく》（二名）

矮脚虎《わいきゃくこ》　王英《おうえい》

一丈青《いちじょうせい》　扈三娘《こさんじょう》

製造事務管理《せいぞうじむかんり》（十六名）

文章作成管理（一名）　聖手書生《せいしゅしょせい》　蕭譲《しょうじょう》

賞罰査定管理《しょうばつさていかんり》（一名）　鉄面孔目《てつめんこうもく》　裴宣《はいせん》

金銭糧秣会計《きんせんりょうまつかいけい》 管理（一名） 神算子《しんさんし》 蔣敬《しょうけい》

軍船建造《ぐんせんけんぞう》管理（一名） 玉幡竿《ぎょくはんかん》 孟康《もうこう》

兵符《へいふ》（命令書《めいれいしょ》） 印章《いんしょう》 作成《さくせい》管理（一名） 玉臂匠《ぎょくひしょう》 金大堅《きんたいけん》

旗《はた》・衣服《いふく》作製《さくせい》管理（一名） 通臂猿《つうひえん》 侯健《こうけん》

獣医《じゅうい》（一名） 紫髯伯《しぜんはく》 皇甫端《こうほたん》

医師《いし》（一名） 神医《しんい》 安道全《あんどうぜん》

武器《ぶき》甲冑《かっちゅう》 作製《さくせい》管理（一名） 金銭豹子《きんせんひょうし》 湯隆《とうりゅう》

火砲《かほう》作製《さくせい》管理（一名） 轟天雷《ごうてんらい》 凌振《りょうしん》

建築《けんちく》修理《しゅうり》管理（一名） 青眼虎《せいがんこ》 李雲《りうん》

家畜《かちく》屠殺《とさつ》管理（一名） 操刀鬼《そうとうき》 曹正《そうせい》

宴会準備《えんかいじゅんび》管理（一名） 鉄扇子《てつせんし》 宋清《そうせい》

酒製造《さけせいぞう》管理（一名） 笑面虎《しょうめんこ》 朱富《しゅふ》

城壁建築《じょうへきけんちく》 管理（一名） 九尾亀《きゅうびき》 陶宗旺《とうそうおう》

旗《はた》の管理（一名） 険道神《けんどうしん》 郁保四《いくほうし》

それぞれのわりあてがきまると、宋江《そうこう》たちは鴈台《がんだい》へおもむき、香《こう》をたいて晁蓋《ちょうがい》の位牌《いはい》を拝《はい》した。

宋江《そうこう》はいった。

「わたくしは小役人《こやくにん》で、無学無才《むがくむさい》の身《み》ですが、天地の恩恵《おんけい》をうけ、こうして一〇七人の仲間《なかま》とともに、梁山泊《りょうざんぱく》につどうことができました。もしわれわれが不仁《ふじん》をし、大義《たいぎ》をそこなうようなことがありましたら、天地は誅罰《ちゅうばつ》をくだし、神人《しんじん》は殺戮《さつりく》をくわえ、万世《ばんせい》まで人として生まれかわることがないよう、おはからいください。忠義《ちゅうぎ》の心をもち、国をまもり、天《てん》に替《か》わって道《みち》を行《おこな》い、民《たみ》を安《やす》んずることこそが、われわれの成《な》すべきことでございます。」

祈祷《きとう》がおわると、宋江《そうこう》たちは宴会《えんかい》をひらき、おおいにのんだ。彼《かれ》らは〈替天行道〉の旗《はた》のもと、民《たみ》と天下のためにつくすことを誓《ちか》いあった。

十五

李逵《りき》、都《みやこ》をさわがす

一

梁山泊《りょうざんぱく》の好漢《こうかん》たちは、旅の商人にでくわせばそのままやりすごし、金銀《きんぎん》をはこぶ役人《やくにん》を見つけるとすべてをうばった。

また不当《ふとう》に財《ざい》をためこんだ大戸《たいこ》（富豪《ふごう》）がいるときけば、たとえ何百《なん》*里《り》離《はな》れていようと手《て》下《した》をつれておしかけ、倉庫《そうこ》をこわして民《たみ》にくばった。これらのできごとは、大小あわせると千以上《いじょう》にものぼった。

いまや天下《てんか》において、梁山泊《りょうざんぱく》の三文字をきけば、悪徳役人《あくとくやくにん》はふるえあがり、百姓《ひゃくせい》（民《たみ》）は喝采《かっさい》した。

里［り］
長さの単位《たんい》。当時の1里は約553メートル。

宋江［そうこう］
天魁星《てんかいせい》。あだ名は及時雨《きゅうじう》。
義《ぎ》を重んじ慈悲《じひ》ぶかい。

季節《きせつ》は秋になり、重陽節《ちょうようせつ》（九月九日。菊《きく》の節句《せっく》）がやってきた。

宋江《そうこう》は頭目《とうもく》たちをあつめ、菊《きく》の花を観賞《かんしょう》することにした。忠義堂《ちゅうぎどう》にたくさんの菊の花をかざり、酒や料理《りょうり》を用意して頭目たちをむかえいれた。

頭目《とうもく》たちは楽しくのみ食《く》いし、楽器《がっき》のできる者は演奏《えんそう》し、歌のうたえる者は一曲披露《ひろう》した。

宋江《そうこう》もおおいに酔《よ》い、みんなにいった。

「今日《きょう》は楽しい日だ。皆《みな》がこうして国のためにはたらいているのならば、いずれは招安《しょうあん》（反逆者《はんぎゃくしゃ》が天子《てんし》にゆるされること）され、天下を堂々《どうどう》とあるけるようになるだろう。」

すると李逵《りき》が、卓《たく》をけって大声でいった。

「兄貴《あにき》はいつも招安《しょうあん》のことばかりをいう。今日《きょう》も招安、明日《あす》も招安だ。朝廷《ちょうてい》のくそ野郎《やろう》どもにゆるされて、なにがうれしいんだ。おれたちはこの梁山泊《りょうざんぱく》で、自由に生きていればいいんだ。まったくおもしろくねえ！」

「李逵《りき》よ、場所をわきまえよ！」

「兄貴、朝廷《ちょうてい》の役人《やくにん》はろくでもないやつらばかりで、その首領《しゅりょう》が天子《てんし》さまだ。そんなやつに招安《しょうあん》されてどうしようってんだ。」

「もうがまんならん！　者《もの》ども、こいつをしばりあげ、斬《き》りすててしまえ！」

李逵［りき］
天殺星《てんさつせい》。
あだ名は黒旋風《こくせんぷう》。
二《に》挺《ちょう》斧《ふ》の使い手。

おこった宋江《そうこう》に、頭目《とうもく》たちはひざまずき、命乞《いのちご》いをした。

「李逵《りき》は酔《よ》っぱらっていっているだけです。どうかおゆるしください。」

「ならばひとまず、この男を牢《ろう》にぶちこんでおけ。」

「牢《ろう》にはいれってんなら、おとなしくはいってやらァ。兄貴《あにき》がおれを殺《ころ》そうっていっても、おれはうらみはしないさ。」

李逵《りき》はひとりでさっさと牢獄《ろうごく》まであるいていって、牢のなかで眠《ねむ》ってしまった。

宴会《えんかい》がおわって、酔《よ》いがさめた宋江《そうこう》は、きゅうにふさぎこんだ。

「どうかなされましたか?」

呉用《ごよう》がたずねると、宋江《そうこう》は涙《なみだ》ながらにいった。

「わたしは江州《こうしゅう》で酒に酔《よ》い、反逆《はんぎゃく》の詩《し》を書いて、役人に捕《と》らえられた。それを命《いのち》がけでたすけてくれたのは李逵《りき》だというのに、今日《きょう》、酒に酔《よ》ったいきおいで、あの者を処刑《しょけい》してしまうところだった。皆《みな》がいさめてくれたからよかったものの、そのことを思うと悲しくなってしまった。」

「気に病《や》むことはありません。李逵《りき》も本気《ほんき》だとは思ってないでしょう。明日《あす》にでも釈放《しゃくほう》してやれば、それでよろしいでしょう。」

戴宗［たいそう］
天速星《てんそくせい》。あだ名は神行太保《しんこうたいほう》。
「神行法《しんこうほう》」を使い、
飛ぶように走れる。

柴進［さいしん］
天貴星《てんきせい》。あだ名は
小旋風《しょうせんぷう》。

宋江《そうこう》はうなずいた。

やがて冬がすぎ、元宵節《げんしょうせつ》（一月十五日）がちかづいてきた。

宋江《そうこう》は都《みやこ》の灯籠祭《とうろうまつ》りを見たことがなかったので、いちど見物《けんぶつ》したいと思い、山をおりることにきめた。彼《かれ》は従者《じゅうしゃ》に柴進《さいしん》と戴宗《たいそう》をつれていくことにした。またほかの頭目《とうもく》も数人つれていくことにした。

李逵《りき》は、宋江《そうこう》にせがんだ。

「都《みやこ》の灯籠祭《とうろうまつ》りはりっぱだときく。おれも見たことないから、ぜひともついていきたい。」

「おまえはだめだ。またさわぎを起こすにきまっている。」

宋江《そうこう》はことわったが、李逵《りき》はどうしてもついていくという。そこで宋江は、浪子《ろうし》・燕青《えんせい》もいっしょにつれていき、李逵を見はらせることにした。燕青《えんせい》はやせ型《がた》の美男子《びだんし》で、一見《いっけん》よわそうに見えるが、じつは相撲《すもう》の名手《めいしゅ》であり、怪力《かいりき》の李逵《りき》ですら彼《かれ》には勝てない。

宋江《そうこう》たちは山をおり、一月十一日には都《みやこ》・開封府《かいほうふ》の城外《じょうがい》についた。彼《かれ》らは城外の宿《やど》に部屋《へや》をとり、そこで元宵節《げんしょうせつ》をまつことにした。

十四日の夜になると宋江《そうこう》は、柴進《さいしん》、戴宗《たいそう》、燕青《えんせい》の三人をつれて、仮装行列《かそうぎょうれつ》の混雑《こんざつ》にまぎれて城内《じょうない》にはいった。いっぽう、李逵《りき》は宿《やど》で留守番《るすばん》するよういいつけられた。

城内の沿道《えんどう》の家いえでは灯籠《とうろう》をつるしており、まるで昼間のような明るさである。

宋江《そうこう》はしばらく城内を見物《けんぶつ》したのちに、茶屋《ちゃや》にはいって休んだ。むかいに屋敷《やしき》があり、

歌舞神仙女
風流花月魁

と書かれた牌《はい》がかざってある。妓女《ぎじょ》の屋敷《やしき》であろう。

宋江《そうこう》は給仕《きゅうじ》にきいた。

「むかいの家の妓女《ぎじょ》は、なんというのかね。」

「この都《みやこ》でいちばんの妓女で、李師師《りしし》といいます。」

宋江《そうこう》は燕青《えんせい》にいった。

李師師［りしし］
都《みやこ》の妓女《ぎじょ》。徽宗《きそう》のお気に入り。

「李師師《りしし》といえば、天子《てんし》が彼女《かのじょ》のもとをこっそりおたずねになられているとのうわさをきいたことがある。李師師《りしし》をつうじて天子とお会いし、梁山泊《りょうざんぱく》のことを話す機会《きかい》がつくれるかもしれぬ。おまえは李師師《りしし》に会って、天子とひきあわせてもらえるようたのん

でみてくれ。」

燕青《えんせい》はさっそく衣服《いふく》と髪《かみ》をととのえてから、李師師《りしし》の屋敷《やしき》へむかった。

門をたたくと、李《り》という姓《せい》の老婆《ろうば》がでてきた。

「なんの用かね。」

「おれのことをおわすれですか？　張乙《ちょういつ》の息子《むすこ》の張間《ちょうかん》ですよ。ちいさいころに都《みやこ》をでて、いまもどってきたのです。」

もとより張《ちょう》や李《り》の姓《せい》は巷《ちまた》にあふれかえっており、李老婆《りろうば》は知りあいが多すぎてだれだか思いだせない。

「きいてください、おばさん。いま山東《さんとう》からきたお客さんのお世話《せわ》をしているのですが、この方《かた》がすごいお金持ちなのです。李姐《りねえ》さんにいっぺん会ってみたいというものですから、こうしてたずねてきました。いっしょに一杯《ぱい》やれれば、それでじゅうぶんだとのことです。それで千両《*りょう》でも二千両でもだすというのですから、ひきうけてくれませんか？　できれば、おれにもすこし分《わ》け前《まえ》をくれるとありがたいのですが。」

李老婆《りろうば》は欲《よく》ぶかい性格《せいかく》だったので、かんたんに大金《たいきん》が手にはいるときくや、すぐに李師師《りしし》をよんで燕青《えんせい》に会わせた。都《みやこ》でいちばんというだけあって、かがやかしいばかりの美しさで

両［りょう］
重さの単位《たんい》。１両は約 37 グラム。

燕青［えんせい］
天巧星《てんこうせい》。あだ名は浪子《ろうし》。
歌や踊《おど》りを好《この》み
武芸《ぶげい》にも秀でる。

ある。

燕青《えんせい》は李師師《りしし》を拝《はい》し、さきほど李老婆《りろうば》にいったことをもういちどつたえた。

李師師がいった。

「ならば、こちらにご案内《あんない》ください。お茶をご用意いたしましょう。」

燕青《えんせい》はいそいで茶屋《ちゃや》にもどり、宋江《そうこう》、柴進《さいしん》、戴宗《たいそう》の三人をつれてきた。李師師《りしし》は彼《かれ》らを客《きゃく》間《ま》に案内《あんない》し、席《せき》につかせて茶をついだ。

しばらく話をしていると、李老婆《りろうば》がやってきて、李師師《りしし》に耳打ちをした。

「天子《てんし》さまがおみえになられたよ。」

宋江《そうこう》はそれをききのがさなかった。

李師師《りしし》は席《せき》を立ち、頭をさげた。

「もうしわけありませんが、今日《きょう》はおひきとりください。また明日《あす》、おこしいただければ、さいわいです。」

宋江《そうこう》は李師師《りしし》に礼をいい、その場《ば》はおとなしくひきさがった。

(天子と李師師のうわさは、事実のようだな。さて、どうしたものか。)

宋江《そうこう》は柴進《さいしん》たちと城《しろ》をでて、宿《やど》にもどった。

宿《やど》では、留守番《るすばん》をしていた李逵《りき》が腹立《はらだ》たしそうにいった。

「兄貴《あにき》！　宿《やど》で留守番なんて、あんまりじゃないか！　兄貴はさぞ楽しんできただろうな。」

「わかった、わかった。明日《あす》は元宵節《げんしょうせつ》だから、人も多いし、めだつことはない。おまえもつれていってやろう。ただし、祭りがおわったら、すぐ梁山泊《りょうざんぱく》へもどるんだぞ。」

翌晩《よくばん》、宋江《そうこう》は柴進《さいしん》、戴宗《たいそう》、燕青《えんせい》、李逵《りき》をつれ、城内《じょうない》にはいった。城内は昨日《きのう》よりもこみあっており、にぎやかなようすである。

宋江《そうこう》は昨夜《さくや》とおなじ茶屋《ちゃや》に席《せき》をとり、燕青《えんせい》を李師師《りしし》の屋敷《やしき》へおくった。

李老婆《りろうば》は大よろこびで燕青《えんせい》をむかえた。

「昨夜《さくや》は追いだしてすまんかった。どうかおまえの主人によく謝《あやま》っといてくれ。」

「あの方《かた》は気のいい方ですから、李姐《りねえ》さんに会えたことを感謝《かんしゃ》していますよ。山東《さんとう》の田舎《いなか》からきたので、とりたてめずらしい土産《みやげ》もないからと、せめてもの土産《みやげ》がわりということで、金子百両《きんすりょう》をあずかってきました。」

燕青《えんせい》は包《つつ》みにはいった金子を、李老婆《りろうば》にわたした。

李老婆はさらによろこんでいう。

「おまえの主人を、ここへよんではくれんかね。一席《せき》用意してまってるよ。」

燕青《えんせい》はすぐに茶屋《ちゃや》にもどり、宋江《そうこう》をよんできた。さすがに李逵《りき》をつれていくわけにはいかないので、屋敷《やしき》の外でまたせることにした。そして戴宗《たいそう》に、李逵を見はるようたのんだ。

宋江《そうこう》が客間《きゃくま》に案内《あんない》されると、李師師《りしし》がでむかえた。客間の卓《たく》には、きれいな器《うつわ》にもられた料理《りょうり》や、めずらしい点心《てんしん》（お菓子《かし》）などがたくさんならべられた。さすがに都《みやこ》だけあって、食べものの種類《しゅるい》は豊富《ほうふ》である。

宋江《そうこう》は、食事をしながらいった。

「わたしは多少《たしょう》の財産《ざいさん》をもっていますが、なにしろ田舎者《いなかもの》で、これほど多彩《たさい》な料理を見るのははじめてです。天下《てんか》に知れわたる美貌《びぼう》のあなたに会えただけでなく、このような美酒美食《びしゅびしょく》をいただけるとは、うれしいかぎりです。」

「たいそうなおことばをくださり、いたみいります。」

李師師《りしし》は、宋江《そうこう》たちに酒をすすめる。燕青《えんせい》が会話《かいわ》で場《ば》をもりあげた。

宴《えん》もたけなわになったころ、李老婆《りろうば》が李師師《りしし》のそばへやってきて、天子《てんし》がおこしになられたとつたえた。

宋江《そうこう》たちはおいとました。彼《かれ》らは屋敷《やしき》の暗《くら》がりにかくれ、天子《てんし》がくるのをまった。

しばらくすると、絹《きぬ》の頭巾《ずきん》をかぶり、飛竜《ひりゅう》の紋様《もんよう》のある上着《うわぎ》を着た男が、客間《きゃくま》にはいってきた。彼《かれ》はのみ食《く》いしながら李師師《りしし》と話をする。

「これはまたとない機会《きかい》だ。ここで天子に梁山泊《りょうざんぱく》の大義《たいぎ》をつたえ、恩赦《おんしゃ》をだしてもらおう。」

宋江《そうこう》はいい、暗《くら》がりからでていこうとした。柴進《さいしん》はひきとめる。

「おまちください。冷静《れいせい》に考えてみますと、やはり天子《てんし》に会うのは危険《きけん》です。ここは都《みやこ》です。われわれは捕《と》らえられてしまうでしょう。」

宋江《そうこう》と柴進《さいしん》はいくら話しあっても、なかなかきまらない。

いっぽう、茶屋《ちゃや》の前でまたされている李逵《りき》は、ひどく腹《はら》をたてていた。

「兄貴《あにき》はおれたちをこんなところでまたせて、自分は美女《びじょ》と酒をのんで楽しんでやがる。わざわざ梁山泊《りょうざんぱく》からきたってのに、このあつかいはなんだ。これなら山寨《さんさい》（山のとりで）でまってていたほうがましだ。」

戴宗《たいそう》はいう。

「おまえがどうしてもというから、つれてきたのだろう？　あまり文句《もんく》ばかりいうな。」

そのとき、李逵《りき》のそばをとおった役人《やくにん》が、

「おい、そこの下賤《げせん》の者！　通行《つうこう》のじゃまだ！　さっさとどかぬか！」

と、どなりつけ、李逵《りき》をけった。怒《いか》りのやり場《ば》がなかった李逵は、このことで堪忍袋《かんにんぶくろ》の緒《お》が切れてしまい、茶屋《ちゃや》の椅子《いす》をつかむやいなや、役人をなぐりつけた。役人が地面にたおれても、李逵《りき》はさらになんども椅子でなぐる。

「やめろ、李逵！　ばかなまねはよせ！」

戴宗《たいそう》がとめる。が、もはやどうにもならない。あたりでは悲鳴《ひめい》があがり、役所《やくしょ》へ走る者もいる。

さわぎをききつけた宋江《そうこう》たちは、屋敷《やしき》からとびだした。見れば李逵《りき》が、椅子《いす》をふりまわしてあばれているではないか。

とめにはいった給仕《きゅうじ》をもなぐりつけ、店をめちゃくちゃにする。さらには店のろうそくをあちこちになげたので、たちまち火がつき、柱や卓《たく》が燃《も》えだした。客が、給仕が、さけび声をあげて逃《に》げだす。

燕青《えんせい》が燃える茶屋《ちゃや》を見ながら、宋江《そうこう》にいう。

「はやく城外《じょうがい》へお逃《に》げください。ここにいれば役人につかまります。」

「しかし、李逵《りき》をおいていくわけにもいかん。」

李逵［りき］
天殺星《てんさつせい》。
あだ名は黒旋風《こくせんぷう》。
二挺斧《にちょうふ》の使い手。

「あやつはわたくしが責任《せきにん》をもってつれだします。――さあ、いそいで。」

宋江《そうこう》は、柴進《さいしん》、戴宗《たいそう》とともに、ひと足さきに城外《じょうがい》へ逃《に》げた。

茶屋《ちゃや》を焼《や》いた火はあたりに燃《も》えうつり、李師師《りしし》の屋敷《やしき》にまで飛《と》び火《ひ》した。近所《きんじょ》の者たちは協力《きょうりょく》して火消しにあたる。

相撲《すもう》のうまい燕青《えんせい》は、あばれる李逵《りき》にちかづき、腰帯《こしおび》をつかんでその巨体《きょたい》をかんたんになげとばしてしまった。李逵《りき》は背中《せなか》から地面にたたきつけられる。

「もうじゅうぶんだろ。いくぞ、李逵。」

燕青《えんせい》がいったとき、無数《むすう》の足音がした。兵士《へいし》たちがこちらにむかってくる。

「ぐずぐずするな！　いくぞ！」

燕青《えんせい》が走りだした。李逵《りき》も正気《しょうき》をとりもどしたようで、あわてて地面から立ちあがると、燕青のあとを追った。

二

茶屋《ちゃや》に火を放《はな》ったのが梁山泊《りょうざんぱく》の者だということは、徽宗《きそう》の知るところとなった。

徽宗［きそう］
宋《そう》の八代目天子《てんし》。

朝議《ちょうぎ》のときに、大臣《だいじん》のひとりがいった。

「梁山泊《りょうざんぱく》は、いまや天下を大混乱《だいこんらん》におとしいれております。江州《こうしゅう》では乱《らん》を起こして反逆者《はんぎゃくしゃ》・宋江《そうこう》をたすけだし、高唐州《こうとうしゅう》では高廉《こうれん》を殺《ころ》して金品《きんぴん》をうばい、そしてこのたびはおそれおおくもこの都《みやこ》で火を放《はな》ちました。その悪行《あくぎょう》は枚挙《まいきょ》にいとまがありません。彼《かれ》らをはやく討《う》たねば、わが大宋《たいそう》の災《わざわ》いとなりましょう。」

「おまちくだされ。」

そういって、べつの大臣《だいじん》があゆみでた。

「きくところによれば、梁山泊《りょうざんぱく》は〈替天行道《たいてんこうどう》〉の四文字をかかげ、地方の不浄役人《ふじょうやくにん》を誅《ちゅう》し、民《たみ》の支持《しじ》を得《え》ております。これに対して兵《へい》をおくるのは、民《たみ》の反感《はんかん》をかうことにもなります。もとより梁山泊《りょうざんぱく》の者たちは、罪《つみ》を犯《おか》し、しかたなしに山賊《さんぞく》に身《み》をおとした者がほとんどです。ここは梁山泊に勅書《ちょくしょ》をおくり、彼《かれ》らの罪《つみ》をゆるし、官軍《かんぐん》として内外《ないがい》の敵《てき》とたたかわせるのがよろしいかとぞんじます。このところ、遼《りょう》（北方異民族《ほっぽういみんぞく》の国）がわが国境《こっきょう》を侵《おか》しており、ふせぎきれておりませぬ。これに梁山泊をあたらせましょう。」

「妙案《みょうあん》！　その策《さく》をつかおう！」

徽宗《きそう》はさっそく勅書《ちょくしょ》をしたため、使者《ししゃ》を梁山泊《りょうざんぱく》にむかわせた。だが、使者の態度《たいど》があまり

高俅［こうきゅう］
殿帥府太尉《でんすいふたいい》。
四人の奸臣《かんしん》のひとり。

に傲慢《ごうまん》だったために梁山泊頭目《りょうざんぱくとうもく》たちの反感《はんかん》をかい、宋江《そうこう》がとめる間《ま》もなく、怒《おこ》った李逵《りき》によって勅書《ちょくしょ》が破《やぶ》りすてられてしまったのである。

これをきいた徽宗《きそう》は激怒《げきど》し、十万の大軍《たいぐん》を高俅《こうきゅう》に指揮《しき》させ、梁山泊を攻《せ》めさせた。

だが梁山泊《りょうざんぱく》のまもりはかたく、高俅《こうきゅう》は生《い》け捕《ど》りにされてしまった。

頭目《とうもく》たちは高俅《こうきゅう》を殺《ころ》すようにいったが、宋江《そうこう》はとめる。

「高俅《こうきゅう》は奸臣《かんしん》であるが、天子《てんし》のつかわした者だ。生かしてかえすことで、われわれの大義《たいぎ》を天子に知らしめよう。」

宋江《そうこう》は高俅《こうきゅう》をじゅうぶんにもてなし、さらには路銀《ろぎん》として多くの金銀をもたせ、都《みやこ》へかえした。

呉用《ごよう》は宋江に進言《しんげん》した。

「あれは、その場《ば》かぎりで恩《おん》をわすれてしまう男です。このいくさであの男は、多くの兵《へい》と兵糧《ひょうろう》をうしないました。きっと都《みやこ》についたら、病気のふりをして屋敷《やしき》にとじこもり、朝廷《ちょうてい》には顔をださないでしょう。われわれがあたえた恩《おん》のことなど話すはずもありません。招安《しょうあん》など、期待《きたい》してもむだでしょう。」

「ならば、どうすればいい？」

燕青［えんせい］
天巧星《てんこうせい》。あだ名は浪子《ろうし》。
歌や踊《おど》りを好《この》み
武芸《ぶげい》にも秀《ひい》でる。

すると、燕青《えんせい》が宋江《そうこう》にいった。

「都《みやこ》の李師師《りしし》をおぼえてますか？　わたくしが彼女《かのじょ》ともういちど会って、天子《てんし》に会わせてもらえるようにたのみましょう。天子はあの女に目をかけておられますので、彼女の口《くち》ぞえがあれば、天子もわれわれのことばを信《しん》じてくださるでしょう。」

燕青《えんせい》は、戴宗《たいそう》とともに行商人《ぎょうしょうにん》に化《ば》け、ふたたび都へむかった。

都《みやこ》につくと、燕青《えんせい》は遊《あそ》び人《にん》のようなはでな服に着がえた。

「これから李師師《りしし》の家へいきます。もしもどってこなかったら、戴宗《たいそう》どのはすぐに梁山泊《りょうざんぱく》へもどってください。」

燕青《えんせい》は金銀《きんぎん》のはいった包《つつ》みを手に、李師師《りしし》のいる屋敷《やしき》へむかった。

屋敷の門で燕青をむかえたのは、李老婆《りろうば》であった。

「おや、なんの用だい。このまえはおまえさんの連《つ》れがひどいことをしてくれたよ。茶屋《ちゃや》についた火がこっちにまで飛《と》び火《ひ》してきて、たいへんだったんだよ。」

「話があるんです。李姐《りねえ》さんに会わせてください。」

燕青《えんせい》はそういい、老婆《ろうば》にかまわず、ずかずかと屋敷《やしき》のなかへはいっていった。

李師師［りしし］
都《みやこ》の妓女《ぎじょ》。徽宗《きそう》のお気に入り。

客間《きゃくま》にはいると、燕青は李師師《りしし》を拝《はい》す。

「姐《ねえ》さん。このまえは災難《さいなん》でしたね。おれもこまっているんですよ。」

すると李師師《りしし》は怒《おこ》った。

「ほんとうのことをおいいなさい。あなたは、張間《ちょうかん》などという名前ではないでしょう。そしてあなたの主人も山東《さんとう》の富豪《ふごう》などではない。」

「なぜそう思うのです？」

「都《みやこ》に火をつけたのが梁山泊《りょうざんぱく》の者だってことは、子どもでも知っています。」

「それで姐《ねえ》さんは、おれたちをこの屋敷《やしき》によんでのみ食《く》いさせたことを、役人に話したのですか？」

「ご冗談《じょうだん》を。梁山泊《りょうざんぱく》とかかわったことを知られたら、反逆罪《はんぎゃくざい》で一族皆《いちぞくみな》、打《う》ち首《くび》です。」

「わかりました。そういうことなら、すべて正直《しょうじき》に話しましょう。このまえ、ここにやってきた山東《さんとう》の富豪《ふごう》こそが、梁山泊《りょうざんぱく》の首領《しゅりょう》、宋江《そうこう》です。いっしょにいたのが小旋風《しょうせんぷう》・柴進《さいしん》と神行太保《たいほう》・戴宗《たいそう》。体のでっかいのが、黒旋風《こくせんぷう》・李逵《りき》。そしてわたくしが浪子《ろうし》・燕青《えんせい》です。」

「なぜ梁山泊《りょうざんぱく》の方《かた》がたがわたくしをたずねにきたのですか。」

「あなたにおとりつぎをおねがいしたかったのです。宋江《そうこう》どのは天子《てんし》さまとお話をし、梁山《りょうざん》

泊《ぱく》の大義《たいぎ》をおつたえしたかったのです。天子さまのまわりには奸臣《かんしん》がはびこっていて、なかなかこちらの声がとどきませんからね。――そうそう。これは首領《しゅりょう》からのおくりものです。」

燕青《えんせい》は卓《たく》の上に、もってきた包《つつ》みをひらいた。無数《むすう》の金銀珠玉《きんぎんしゅぎょく》がかがやいている。金《かね》に目のない李老婆《りろうば》はこれを見てよろこび、侍女《じじょ》をよんで酒と料理を用意させた。卓《たく》には豪華《ごうか》な料理と美酒《びしゅ》がならべられる。

李老婆《りろうば》は、李師師《りしし》に燕青《えんせい》をもてなすよううながし、自分は包《つつ》みをもって、ほくほくと客間《きゃくま》からひきさがった。

李師師《りしし》はため息《いき》をつき、それから燕青に酒をついでやった。

「梁山泊《りょうざんぱく》の名は、わたくしも以前《いぜん》よりりきき知っております。天下《てんか》の義士《ぎし》があつまる山とかで、悪いうわさもよいうわさもあります。いったいどちらなのでしょう？」

「わたくしたちは天下の民《たみ》のためにたたかっているのです。」

「それはごりっぱなことです。――おのみになられないのですか？」

「じつをいうと、わたくしは酒はのめないんですよ。」

燕青《えんせい》は李師師《りしし》にすすめられ、むりに二杯《はい》ほどのんだ。

「姐《ねえ》さん。宿《やど》に人をまたせているから、今日《きょう》はこれで帰らせてもらいますよ。」

燕青《えんせい》はそういい、屋敷《やしき》を去っていった。

宿《やど》にもどると、燕青は一部始終《いちぶしじゅう》を戴宗《たいそう》に話した。

「正直《しょうじき》、おまえが色香《いろか》にまよって事《こと》をしそんじるのではないかと思っていた。」

「戴宗《たいそう》どの、たしかにわたくしは女好《おんなず》きですけど、酒色《しゅしょく》におぼれて任務《にんむ》をわすれるようなことはしません。」

「さすが盧俊義《ろしゅんぎ》どのの弟子《でし》だ。盧俊義どのの教育がよかったのだな。」

戴宗《たいそう》は笑《わら》った。

夜になると、燕青《えんせい》はまた金銀《きんぎん》のはいった包《つつ》みをもって、李師師《りしし》の屋敷《やしき》へむかった。李老婆《りろうば》はよろこび、すぐに酒と料理を用意し、李師師にお酌《しゃく》をさせて燕青《えんせい》をもてなした。燕青は屋《や》敷《しき》にいる侍女《じじょ》たちにも金銀をくばったので、侍女たちも燕青のことを気にいっていた。

燕青《えんせい》は得意《とくい》の歌や楽器《がっき》を李師師《りしし》に披露《ひろう》した。李師師はよろこび、手をたたいてともに歌をうたった。

夜更《よふ》けごろ、侍女《じじょ》がやってきていった。

「天子《てんし》さまがおみえになられました。」

燕青《えんせい》はそれをきくと、すかさず李師師《りしし》にいった。

徽宗［きそう］
宋《そう》の八代目天子《てんし》。

「姐《ねえ》さん。どうか天子《てんし》さまにひきあわせてください。ご恩《おん》はけっしてわすれません。」

「わかりました。あなたの歌を陛下《へいか》におきかせすれば、きっと陛下はあなたたちに、恩赦《おんしゃ》をおあたえになるでしょう。」

段取《だんど》りのうちあわせがすむと、燕青《えんせい》は客間《きゃくま》の外に身《み》をかくした。

李師師《りしし》は、徽宗《きそう》を客間《きゃくま》にまねきいれ、酒と料理をふるまった。

「わたくしには従弟《いとこ》がおりまして、幼《おさな》いころから天下《てんか》をわたりあるき、歌や楽器《がっき》の演奏《えんそう》をなりわいにしております。今日《きょう》、その従弟《いとこ》がもどってきたので、陛下《へいか》に一曲披露《ひろう》させようと思うのですが、ぜひとも陛下の許可《きょか》をいただきたくぞんじます。」

「おまえの従弟《いとこ》なら、かまうことはない。遠慮《えんりょ》せず、ここへつれてくるがよい。」

そこで李老婆《りろうば》が、客間《きゃくま》の外にいる燕青《えんせい》をよび、天子《てんし》とひきあわせた。

燕青《えんせい》は徽宗《きそう》の前に平伏《へいふく》した。徽宗は、燕青の顔立《かおだ》ちがうつくしく、服装《ふくそう》にも趣《おもむき》があるのを見てよろこび、酒をあたえるよう李師師《りしし》に命《めい》じた。

「おまえは歌や楽器《がっき》が得意《とくい》とのことだな。一曲きかせてはくれぬか。」

燕青《えんせい》は歌をうたいだした。艶《つや》のある澄《す》んだ歌声を、徽宗《きそう》はたいそう気にいった。

歌がおわると、燕青は床《ゆか》に伏《ふ》し、わっと泣《な》きだした。

「わたくしは行商人《ぎょうしょうにん》たちと山東《さんとう》をさすらっておりました。そして梁山泊《りょうざんぱく》のそばをとおりかかったときに、山賊《さんぞく》たちにつかまり、梁山泊で三年のときをすごしたのです。このことを役人《やくにん》に知られれば、わたくしは牢《ろう》へほうりこまれるでしょう。」

李師師《りしし》も口《くち》ぞえする。

「従弟《いとこ》はこのことで気を病《や》んでおります。なにとぞおゆるしください。」

「わけないことだ。おまえの罪《つみ》は、朕《ちん》がゆるそう。」

徽宗《きそう》は紙を用意させ、筆《ふで》を手にとった。

虚靖道君皇帝《きょせいどうくんこうてい》、とくに燕青《えんせい》をゆるし、すべてを無罪《むざい》とする。この者を捕《と》らえ、尋問《じんもん》することをゆるさず。

燕青《えんせい》は徽宗《きそう》の書かれたものをうけとると、叩頭《こうとう》して礼《れい》をいった。

「おまえは梁山泊《りょうざんぱく》にいたのだから、内情《ないじょう》をよく知っているのではないか？」

「宋江《そうこう》たちは〈替天行道《たいてんこうどう》〉の旗《はた》をかかげ、州府《しゅうふ》で略奪《りゃくだつ》するようなことはせず、良民《りょうみん》を苦しめることもありません。ただ貪官汚吏《たんかんおり》を誅《ちゅう》するだけでして、招安《しょうあん》されることをまちのぞみ、国のためにはたらきたいと考えております。」

「ばかな。やつらは朕《ちん》の勅書《ちょくしょ》をひきさいたのだぞ。」

「あの勅書《ちょくしょ》にはなんのなぐさめのことばもなく、ただただ梁山泊《りょうざんぱく》に対する要求《ようきゅう》ばかりでした。そしてこのたび、高太尉《こうたいい》が大軍《たいぐん》をもって攻《せ》めてこられました。梁山泊はこれを討《う》ちやぶり、高太尉を生け捕《ど》りにして、招安《しょうあん》をとりはからうよう約束《やくそく》させていただいたのです。」

「なんと。朕《ちん》は、そのようなことはまるで知らなかった。高俅《こうきゅう》は都《みやこ》にもどってくるなり、『兵《へい》が暑さにやられたので、すこし都で休む。』ともうしただけだ。」

そこで李師師《りしし》はいう。

「陛下《へいか》はご聡明《そうめい》ですが、宮中《きゅうちゅう》の奥《おく》におられるので、奸臣《かんしん》たちが賢人《けんじん》をさまたげ、陛下のもとまで民《たみ》の声がとどかないのです。」

徽宗《きそう》は考えこんでしまった。

三日後《みっかご》、朝議《ちょうぎ》がおこなわれたとき、徽宗《きそう》は高俅《こうきゅう》をよびつけた。

「高俅《こうきゅう》よ。おまえは十万の軍《ぐん》をひきい、梁山泊《りょうざんぱく》を攻《せ》めたそうだが、結果《けっか》はどうなったのだ?」

「梁山泊《りょうざんぱく》とたたかうまえに熱病《ねつびょう》にかかってしまい、都《みやこ》へひきかえしました。梁山泊とはいずれ決着《けっちゃく》をつけたいとぞんじます。」

　すると徽宗《きそう》は、高俅《こうきゅう》をどなりつけた。

「うそをもうすな！　おまえのような奸臣《かんしん》が朕《ちん》をあざむき、真実《しんじつ》をとおざけているのだ。高《こう》俅《きゅう》よ、おまえは宋江《そうこう》に生《い》け捕《ど》りにされ、招安《しょうあん》を条件《じょうけん》に釈放《しゃくほう》されたのだろう。梁山泊《りょうざんぱく》の者たちは州府《しゅうふ》を侵《おか》さず、良民《りょうみん》をたすけ、貪官汚吏《たんかんおり》を討《う》っているとのこと。おまえたちのような者が、国家《こっか》の大事《だいじ》を誤《あやま》らせるのだ！」

　高俅《こうきゅう》はおそれてなにもこたえることができず、平伏《へいふく》してその場《ば》をひきさがった。

三

　梁山泊《りょうざんぱく》の宋江《そうこう》のもとに、都《みやこ》からの使者《ししゃ》が勅書《ちょくしょ》をたずさえてやってきた。勅書には、宋江たちを招安《しょうあん》し、これまでの罪《つみ》をすべて不問《ふもん》にすると書かれてあった。また、官爵《かんしゃく》をさずけるので都《みやこ》へくるようにとのことである。

「このたび、天子《てんし》はわれわれを招安《しょうあん》してくださった。もう役人から追われることもない。これから都へ行くが、山を離《はな》れたい者は山を離れ、わたしについてくる者はついてくるがよい。

李逵［りき］
天殺星《てんさつせい》。
あだ名は黒旋風《こくせんぷう》。
二挺斧《にちょうふ》の使い手。

おまえたちは、もう自由の身だ。梁山泊《りょうざんぱく》は解散《かいさん》する。」

宋江《そうこう》のことばに、頭目《とうもく》たちはざわめいた。

李逵《りき》がいう。

「まってくれ、兄貴《あにき》。いくらなんでも、そりゃないぜ。」

「よくきけ、李逵《りき》よ。もとより梁山泊《りょうざんぱく》とはなんであろう。腐敗《ふはい》した朝廷《ちょうてい》とたたかうために、天下《てんか》の英傑《えいけつ》たちがあつまったのがこの場所だ。だが理由はどうあれ、山賊《さんぞく》は山賊だ。大手《おおで》をふって天下をあるける身分《みぶん》ではない。しかし、いまわれわれは官爵《かんしゃく》を得《え》ることができる。ならば、われわれは役人として、この国をまもっていけばいい。不正《ふせい》をただしていけばいい。」

「ばかばかしい。役人なんておもしろくねえ。おれはこの梁山泊《りょうざんぱく》で自由に暮《く》らしたいんだ。」

「われわれは毎日、官軍《かんぐん》の来襲《らいしゅう》におびえて暮《く》らしている。そんなつまらないたたかいで、多くの仲間《なかま》たちの命《いのち》がうしなわれた。それに、官兵《かんぺい》にも善良《ぜんりょう》な者はいる。彼《かれ》らと殺《ころ》しあうことに、いったいなんの意味があるというのだ。——わたしとともに都《みやこ》へ行きたくない者は、もうしでてくれ。じゅうぶんな金銀《きんぎん》をあたえよう。それを元手《もとで》に商売をするもよし、家庭《かてい》をもつもよし、好《す》きにするがよい。」

宋江《そうこう》のことばは、梁山泊《りょうざんぱく》にいる兵士《へいし》たち全員につたえられた。五千人ほどの兵士たちが山をおりることをもうしでたので、宋江《そうこう》は彼《かれ》らに金銀をもたせた。梁山泊《りょうざんぱく》解散《かいさん》の準備《じゅんび》は着々《ちゃくちゃく》とすすめられた。頭目《とうもく》たちも家具《かぐ》を処分《しょぶん》したり、荷物《にもつ》をまとめたりと大いそがしだった。

やがて出発の当日《とうじつ》になった。宋江は馬にまたがり、頭目《とうもく》や兵士《へいし》たちをひきいて、梁山泊《りょうざんぱく》をあとにした。一〇七人の頭目たちは、不満《ふまん》をもつ者もいたが、けっきょくだれひとりとして宋江のもとを離《はな》れなかった。

数日の進軍《しんぐん》のすえ、都《みやこ》の城外《じょうがい》にたどりつくと、宋江《そうこう》たちは陣営《じんえい》をきずいた。

そして徽宗《きそう》に使者《ししゃ》をだし、勅令《ちょくれい》をまつことにした。

梁山泊軍《りょうざんぱくぐん》が到着《とうちゃく》したことを知った徽宗《きそう》は、翌日《よくじつ》になると百官《ひゃっかん》（多くの役人《やくにん》たち）をひきつれ、宣徳楼《せんとくろう》にのぼった。

入城《にゅうじょう》を許可《きょか》された宋江《そうこう》は、五百の騎馬兵《きばへい》をひきい、城内《じょうない》にはいる。沿道《えんどう》にあつまった民《たみ》は、宋江軍《そうこうぐん》のいでたちがりっぱなのを見て口ぐちにほめたたえた。

徽宗《きそう》は宋江軍のいさましさを見てよろこび、賞賛《しょうさん》した。

「まこと、英傑《えいけつ》であるな。」

それから、宋江《そうこう》を文徳殿《ぶんとくでん》によび、宴会《えんかい》をひらいてじゅうぶんにもてなした。

童貫［どうかん］
四人の奸臣《かんしん》のひとり。
宦官《かんがん》。

宋江《そうこう》が城外《じょうがい》の陣営《じんえい》にひきかえしたのち、徽宗《きそう》は、宋江たちに官爵《かんしゃく》をあたえるよう命令《めいれい》をだした。

だがここで、四人の奸臣《かんしん》のひとり、童貫《どうかん》がいった。

「陛下《へいか》。あやつらは帰順《きじゅん》したものの、しょせんは山賊《さんぞく》です。ゆだんしてはなりませんぞ。ここはやつらを城内《じょうない》にいれ、一〇八人、ひとりのこらず殺《ころ》してしまうのはいかがでしょう。」

「そのような不義《ふぎ》ができるか。」

「しかし、陛下《へいか》。やつらの軍《ぐん》をごらんになられたでありましょう。あのような軍が都《みやこ》に攻《せ》めこんできたら、いったいどうなされるおつもりですか。」

徽宗《きそう》は善良《ぜんりょう》だが優柔不断《ゆうじゅうふだん》な性格《せいかく》で、童貫《どうかん》のことばをきいたとたんになやみだしてしまった。

すると、大臣《だいじん》のひとりがあゆみでた。殿司太尉《でんしたいい》の宿元景《しゅくげんけい》である。彼《かれ》は以前《いぜん》、華山《かざん》へむかうとちゅう、宋江《そうこう》たちにつかまったことがある。宋江は宿元景から衣装《いしょう》を借《か》り、華州城《かしゅうじょう》にとらえられていた史進《ししん》をたすけだした。

（この国のわざわいは、梁山泊《りょうざんぱく》などではない。高俅《こうきゅう》ども奸臣《かんしん》が、朝廷《ちょうてい》を牛耳《ぎゅうじ》っていることだ。）

宿元景《しゅくげんけい》はそう思うと、徽宗《きそう》に上奏《じょうそう》した。

宿元景［しゅくげんけい］
殿司太尉《でんしたいい》。宮中の長官《ちょうかん》。

「陛下《へいか》。宋江《そうこう》たち梁山泊《りょうざんぱく》の義士《ぎし》は、良民《りょうみん》にほどこしをし、悪徳役人《あくとくやくにん》をこらしめ、国のために尽《つ》くしております。そのいっぽうで、高俅《こうきゅう》、蔡京《さいけい》、童貫《どうかん》、楊戩《ようせん》の四人は、みずからの身《み》をまもるため、ばく大《だい》な兵糧《ひょうろう》、多数の兵士《へいし》を、梁山泊討伐《りょうざんぱくとうばつ》についやしております。――いまは遼《りょう》が国境《こっきょう》を荒《あ》らしているもようです。このままでは、国はやぶれ、われわれは蕃族《ばんぞく》（異民《いみん》族《ぞく》）の前に、ひざまずかねばならなくなりましょう。高俅《こうきゅう》たちは、そのことを陛下《へいか》に報告《ほうこく》もせず、いまだ梁山泊《りょうざんぱく》を討ちほろぼすことばかりを考えております。」

彼《かれ》のいうように、この時期《じき》、北方遊牧民族《ほっぽうゆうぼくみんぞく》の国、遼《りょう》が、宋国《そうこく》の領土《りょうど》を侵《おか》していた。各地《かくち》の知事《ちじ》は上奏文《じょうそうぶん》をたてまつり、朝廷《ちょうてい》に派兵《はへい》をもとめた。が、四人の奸臣《かんしん》はこれをにぎりつぶし、徽宗《きそう》の耳には、いれなかった。彼《かれ》らは梁山泊《りょうざんぱく》をたおすことだけに力をいれていた。

「なんということだ。朕《ちん》はそんなことも知らず、あの四人の口車《くちぐるま》にのせられ、梁山泊《りょうざんぱく》とたたかっていたのか。――宿太尉《しゅくたいい》よ、どうすればよいのだ？」

「宋江《そうこう》たちを遼討伐《りょうとうばつ》へむかわせ、功《こう》をたてさせ、重くもちいてやればよいとぞんじます。」

「うむ。すぐにとりはからおう。」

徽宗《きそう》はみずから筆《ふで》をとり、勅書《ちょくしょ》をしたためた。また高俅《こうきゅう》たち四人をよびつけ、きびしくしかりつけた。

「おまえたちは賢《けん》をねたみ、人の世《よ》にでるをふせぎ、うその報告《ほうこく》で朝廷《ちょうてい》の大事《だいじ》をそこなった。このたびはゆるしてやるが、以後《いご》、二度とこのようなことはないようにせよ。」

高俅《こうきゅう》たちは謝《あやま》りながらも、内心《ないしん》は、宋江《そうこう》たちを滅《ほろ》ぼすことしか考えていなかった。

勅書《ちょくしょ》は宋江《そうこう》のもとにとどけられた。宿元景《しゅくげんけい》は宋江たちをでむかえ、宮中《きゅうちゅう》の大殿《たいでん》（天子が政《せい》治《じ》をおこなう建物《たてもの》）で徽宗《きそう》にお目どおりさせた。

徽宗《きそう》は宋江《そうこう》たちに御酒《ぎょしゅ》をたまわった。

「遼《りょう》を討《う》ちとったあかつきには、かならずや、おまえたちに官職《かんしょく》をあたえ、重くもちいてやろう。」

宋江《そうこう》は叩頭《こうとう》して礼《れい》をいった。

徽宗《きそう》は、梁山泊《りょうざんぱく》の兵士《へいし》たちにも一人につき酒一瓶《びん》、肉一斤《きん》をあたえるよう、役人たちに命《めい》じた。

宋江《そうこう》たちは数日間、都《みやこ》でもてなされたのち、遼《りょう》の討伐《とうばつ》へとおもむいた。

洞仙侍郎［どうせんじろう］
檀州《たんしゅう》をまもる遼国《りょうこく》の文官《ぶんかん》。

十六 梁山泊《りょうざんぱく》、遼《りょう》とたたかう

一

遼《りょう》へ進軍《しんぐん》するとちゅう、宋江《そうこう》は、金毛犬《きんもうけん》・段景住《だんけいじゅう》をよびつけた。

「おまえは北方《ほっぽう》の地理《ちり》にくわしいようだが、まずどこを攻《せ》めるのがよい？」

「檀州《たんしゅう》がよいと思います。ここは遼国《りょうこく》の重要《じゅうよう》な拠点《きょてん》です。川が城《しろ》のまわりをとりかこんでいますので、軍船《ぐんせん》を準備《じゅんび》し、水陸両路《すいりくりょうろ》から攻《せ》めるのが良策《りょうさく》でしょう。」

宋江《そうこう》はさっそく水軍《すいぐん》に船を準備させ、陸と川から檀州《たんしゅう》をめざした。

檀州《たんしゅう》をまもるのは、洞仙侍郎《どうせんじろう》という文官《ぶんかん》。彼《かれ》の部下《ぶか》には四人の猛将《もうしょう》がいた。阿里奇《ありき》、咬児《こうじ》惟康《いこう》、楚明玉《そめいぎょく》、曹明済《そうめいさい》の四人である。

阿里奇［ありき］
檀州《たんしゅう》の武将《ぶしょう》。

宋朝《そうちょう》が梁山泊軍《りょうざんぱくぐん》をさしむけたときくや、洞仙侍郎《どうせんじろう》は、遼国王《りょうこくおう》（耶律輝《やりつき》）に上奏文《じょうそうぶん》をおくって援軍《えんぐん》を要請《ようせい》した。そのいっぽうで、阿里奇《ありき》、楚明玉《そめいぎょく》の二将《しょう》に兵をさずけ、梁山泊軍を城外《じょうがい》でむかえうたせた。

やがて梁山泊軍《りょうざんぱくぐん》が、檀州《たんしゅう》のそばにたどりついた。

阿里奇《ありき》は二枚《まい》の雉《きじ》の尾羽《おばね》をさした冠《かんむり》をかぶり、手には槍《やり》をにぎっている。彼《かれ》は宋江《そうこう》を指《ゆび》さしていった。

「ぬすっとの軍《ぐん》をさしむけてくるとは、宋朝《そうちょう》もはや命運《めいうん》がつきたようだな！」

「蕃族《ばんぞく》の将《しょう》めが！　よくももうしたな！」

金鎗手《きんそうしゅ》・徐寧《じょねい》はそういうと、鉤鎌鎗《こうれんそう》を手に、阿里奇《ありき》にむかっていった。

二人は三十合《ごう》ほど打ちあう。阿里奇《ありき》の槍《やり》さばきはするどさを増《ま》す。

徐寧《じょねい》はかなわないとみると、馬をかえして逃《に》げだした。

「まて！　どこへ逃げる！」

阿里奇《ありき》が追ってきた。そこへ没羽箭《ぼつうせん》・張清《ちょうせい》がでてきて、石つぶてをなげた。石は左目に命《めい》中《ちゅう》し、阿里奇《ありき》は馬からころげおちる。花栄《かえい》、林冲《りんちゅう》、秦明《しんめい》、索超《さくちょう》の四将《しょう》がとびだし、阿里奇を捕《と》らえて自陣《じじん》にひきかえした。阿里奇《ありき》は左目の出血《しゅっけつ》がひどく、ついには命《いのち》をうしなった。

遼国王（耶律輝）

[りょうこくおう（やりつき）]
宋《そう》の領地《りょうち》を侵《おか》し、
梁山泊軍《りょうざんぱくぐん》と対戦《たいせん》。

楚明玉《そめいぎょく》は、阿里奇《ありき》がつかまったと見るや、いそいで兵《へい》をまとめて檀《たん》州城《しゅうじょう》へひきかえした。

梁山泊軍《りょうざんぱくぐん》は檀州城《たんしゅうじょう》の前に殺到《さっとう》する。城《しろ》のまわりには川があるので、うかつにちかづくことはできない。

城壁《じょうへき》の上にいた洞仙侍郎《どうせんじろう》は、逃《に》げもどってきた楚明玉《そめいぎょく》にいった。

「見るからに勇猛《ゆうもう》な軍《ぐん》だ。阿里奇《ありき》がやられたのも無理《むり》はない。」

「阿里奇《ありき》どのは、けっして彼《かれ》らにおとっていたのではありません。一騎打《いっきう》ちをしていたところ、蕃人《ばんじん》めがひきょうにも、石つぶてをなげてきたのです。」

「石つぶてをなげたのは、どの蕃人《ばんじん》だ？」

「あの黒い頭巾《ずきん》をかぶった男です。」

楚明玉《そめいぎょく》は、城壁《じょうへき》の下にいる張清《ちょうせい》を指さした。洞仙侍郎《どうせんじろう》が目をむけた瞬間《しゅんかん》、石つぶてがとんできて、耳をかすった。

洞仙侍郎《どうせんじろう》はふるえあがり、いそいで城壁《じょうへき》をおりて身《み》を隠《かく》した。また諸将《しょしょう》には、援軍《えんぐん》がくるまで城《しろ》をかたくまもるよういいつけた。

宋江《そうこう》は四、五日、城をはげしく攻《せ》めたが、なかなかおとすことができない。

そこへ、梁山泊《りょうざんぱく》水軍《すいぐん》が到着《とうちゃく》した。宋江《そうこう》は水軍のかしら、混江竜《こんこうりゅう》・李俊《りしゅん》と協議《きょうぎ》する。

「われわれは糧秣船《りょうまつせん》に扮《ふん》し、城《しろ》へちかづきましょう。連中《れんちゅう》は兵糧《ひょうろう》をうばうために、水門《すいもん》をあけてわれわれをおそうはずです。そのときに宋江《そうこう》どのは、すかさず水門を占領《せんりょう》してください。」

宋江《そうこう》はうなずき、伏兵《ふくへい》を水門《すいもん》のそばに用意した。


夜になると、洞仙侍郎《どうせんじろう》のもとに、見はりの兵《へい》がかけつけてきた。

「梁山泊軍《りょうざんぱくぐん》の糧秣船《りょうまつせん》が五、六百そうほど、岸辺《きしべ》に泊《と》まっています。またとおくからも敵兵《てきへい》がおしよせています。」

「蕃人《ばんじん》どもめ、水路《すいろ》がよくわからず、糧秣船《りょうまつせん》が城《しろ》のそばにたどりついてしまったようだな。

——咬児惟康《こうじいこう》は一千の兵《へい》をひきい、陸路《りくろ》の敵《てき》をたたけ。楚明玉《そめいぎょく》と曹明済《そうめいさい》は軍船《ぐんせん》を用意し、ころあいをみて水門《すいもん》をあけ、水路の糧秣船《りょうまつせん》をおそうのだ。」

咬児惟康《こうじいこう》は城《しろ》の吊《つ》り橋《ばし》をおろし、一千の兵《へい》とともに出陣《しゅつじん》した。そこへ、黒旋風《こくせんぷう》・李逵《りき》のひきいる一千の歩兵《ほへい》がおそいかかる。咬児惟康《こうじいこう》は苦戦《くせん》し、吊《つ》り橋《ばし》の上で足どめされてしまった。

いっぽう、楚明玉《そめいぎょく》と曹明済《そうめいさい》は水門《すいもん》をひらき、軍船《ぐんせん》をだして糧秣船《りょうまつせん》へとむかった。

すると、糧秣船《りょうまつせん》がうごきだした。船を指揮《しき》するのは、李俊《りしゅん》をはじめとした梁山泊《りょうざんぱく》水軍《すいぐん》の将《しょう》たちだ。

「これは罠《わな》だ！　ひきかえせ！」

楚明玉《そめいぎょく》が命《めい》じた。だが、かくれていた宋江《そうこう》の軍《ぐん》がすでに水門をのっとっていたので、退《ひ》くにも退《ひ》けない。楚明玉《そめいぎょく》と曹明済《そうめいさい》は船をすて、その場から逃《に》げだした。

洞仙侍郎《どうせんじろう》と咬児惟康《こうじいこう》も、勝てないとみるや、血路《けつろ》をひらいて城《しろ》から脱出《だっしゅつ》した。

こうして檀州《たんしゅう》の城《しろ》は、宋江《そうこう》たちの手におちたのである。

檀州《たんしゅう》陥落《かんらく》の報《ほう》は、すぐ朝廷《ちょうてい》へとつたえられた。徽宗《きそう》はおおいによろこび、褒美《ほうび》として二十五台の荷車《にぐるま》に金銀財物《きんぎんざいぶつ》を積《つ》み、宋江《そうこう》のもとへおくった。

宋江《そうこう》は恩賜《おんし》の品《しな》じなを部下《ぶか》たちにわけあたえ、次《つぎ》なるいくさにそなえた。

二

城《しろ》から逃《に》げた洞仙侍郎《どうせんじろう》と咬児惟康《こうじいこう》は、道のとちゅうで楚明玉《そめいぎょく》、曹明済《そうめいさい》と合流《ごうりゅう》し、ともに南

耶律得重［やりつとくじゅう］
遼国王《りょうこくおう》の弟。薊州城《けいしゅうじょう》をまもる。

東の薊州城《けいしゅうじょう》へとおちのびた。

薊州城をまもるのは、遼国王《りょうこくおう》の弟、耶律得重《やりつとくじゅう》である。彼《かれ》は洞仙侍郎《どうせんじろう》から、檀州《たんしゅう》がおちたとの話をきくと、すぐに兵《へい》をととのえた。

そこへ兵士《へいし》がかけつけてきた。

「梁山泊軍《りょうざんぱくぐん》は兵《へい》を二手《ふたて》にわけ、薊州《けいしゅう》をめざしています。宋江《そうこう》のひきいる一手《ひとて》は平峪県《へいよくけん》へ、盧《ろ》俊義《しゅんぎ》のひきいる一手《ひとて》は玉田県《ぎょくでんけん》へむかっています。」

平峪県《へいよくけん》は薊州城《けいしゅうじょう》の北西に、玉田県《ぎょくでんけん》は南東に位置《いち》する。宋江《そうこう》は、この二県をとり、薊州をはさみうちにするつもりだ。

耶律得重《やりつとくじゅう》は、

「洞仙侍郎《どうせんじろう》よ。おまえは手勢《てぜい》をひきつれて、平峪県《へいよくけん》へむかえ。ただし、敵《てき》とはたたかうな。わたしは玉田県《ぎょくでんけん》の蕃人《ばんじん》どもをたおし、そののちに平峪県の宋江軍《そうこうぐん》の背後《はいご》をつく。」

といい、四人の息子《むすこ》をつれて出陣《しゅつじん》した。

玉田県《ぎょくでんけん》の城《しろ》にたどりついたときには、城外《じょうがい》には、盧俊義《ろしゅんぎ》の軍《ぐん》がおしよせていた。

耶律得重《やりつとくじゅう》は、四人の息子《むすこ》とともに、城《しろ》の前に布陣《ふじん》する。この四人は、長男《ちょうなん》を耶律宗雲《やりつそううん》、次《じ》

男《なん》を耶律宗電《やりつそうでん》、三男を耶律宗雷《やりつそうらい》、四男を耶律宗霖《やりつそうりん》といい、いずれも万夫不当《ばんぷふとう》の猛将《もうしょう》である。

馬にまたがり、手には刀《かたな》をもっている。

「だれぞ、先陣《せんじん》をひきうける者はいないか。」

盧俊義《ろしゅんぎ》がいうと、大刀《だいとう》・関勝《かんしょう》が、

「わたくしにおまかせあれ！」

と、赤兎馬《せきとば》を走らせ、青竜偃月刀《せいりゅうえんげつとう》をかまえて、敵陣《てきじん》にむかっていった。

「蕃人《ばんじん》どもめ！　なにするものぞ！」

敵陣《てきじん》からは、長男の耶律宗雲《やりつそううん》、四男の耶律宗霖《やりつそうりん》の二将《しょう》がとびだす。

「関勝《かんしょう》どの！　おたすけいたす！」

呼延灼《こえんしゃく》は二本の銅鞭《どうべん》をふり、関勝《かんしょう》に加勢《かせい》する。するとこんどは、次男の耶律宗電《やりつそうでん》と三男の耶律宗雷《やりつそうらい》もでてきた。徐寧《じょねい》、索超《さくちょう》がこれをむかえうつ。八将入《い》り乱《みだ》れてのたたかいとなった。

没羽箭《ぼつうせん》・張清《ちょうせい》はこれを見て、ひそかに馬を走らせ、石つぶてをなげようとした。

だがそれを、敵将《てきしょう》の天山勇《てんざんゆう》が見ていた。

「させぬぞ！」

天山勇《てんざんゆう》はすばやく矢《や》を放《はな》ち、張清《ちょうせい》ののどに命中《めいちゅう》させた。張清はもんどりうって馬からころげおちる。

「張清《ちょうせい》どの！」

董平《とうへい》、史進《ししん》、解珍《かいちん》、解宝《かいほう》の四将《しょう》が、いそいで張清《ちょうせい》をすくいだす。盧《ろ》俊義《しゅんぎ》は張清に刺《さ》さった矢《や》をぬいた。だが、のどからの出血《しゅっけつ》はひどく、顔も青ざめている。盧俊義は、鄒淵《すうえん》、鄒潤《すうじゅん》をよびつけ、すぐに張清を檀州《たんしゅう》へおくり、神医《しんい》・安道全《あんどうぜん》に診《み》てもらうよう命《めい》じた。

いくさはつづく。敵軍《てきぐん》は、張清《ちょうせい》がたおれたのを知り、攻《せ》めるいきおいを増《ま》した。梁山泊軍《りょうざんぱくぐん》はおされ、兵士《へいし》たちはちりぢりになる。

盧《ろ》俊義《しゅんぎ》も逃《に》げつづけた。そして、日が暮《く》れたころには、ついに彼《かれ》ひとりだけになってしまった。すると前方《ぜんぽう》から、耶律《やりつ》四兄弟がやってきた。

「そこまでだ、蕃人《ばんじん》の将《しょう》！」

「こわっぱどもが！　この盧《ろ》俊義《しゅんぎ》に勝てると思うな！」

盧《ろ》俊義《しゅんぎ》は大喝《だいかつ》して槍《やり》をかまえ、四人に打ちかかった。その奮闘《ふんとう》ぶりは、まさに一騎当千《いっきとうせん》の猛将《もうしょう》。ついには四男の耶律宗霖《やりつそうりん》を突《つ》きころした。ほかの三人はおそれ、馬をかえして逃《に》げていった。

盧《ろ》俊義《しゅんぎ》は耶律宗霖《やりつそうりん》の首をとって馬にくくりつけ、道をいそいだ。月がでたころに、呼延灼《こえんしゃく》

盧俊義［ろしゅんぎ］
天罡星《てんこうせい》。あだ名は玉麒麟《ぎょくきりん》。
文武両道《ぶんぶりょうどう》。棒術《ぼうじゅつ》の名手。

の部隊《ぶたい》と合流《ごうりゅう》した。彼《かれ》らは夜明けをまって、また玉田県《ぎょくでんけん》の城《しろ》へむかった。

城《しろ》には、いくつもの旗《はた》が立っていた。よく見れば、双鎗将《そうそうしょう》・董平《とうへい》と金鎗手《きんそうしゅ》・徐寧《じょねい》の軍旗《ぐんき》だ。敵兵《てきへい》が出陣《しゅつじん》したすきに、城をのっとったのである。

董平《とうへい》たちは城《しろ》をでて、盧俊義《ろしゅんぎ》をむかえいれた。

「ご無事《ぶじ》でなによりです、盧俊義どの。いま宋江《そうこう》どのが、軍《ぐん》をひきいてこちらにむかっておられます。」

「敵《てき》は、またもどってくるかもしれん。宋江《そうこう》どのが到着《とうちゃく》されるまで、城《しろ》のまもりをかためるのだ。」

夜になると、松明《たいまつ》をもった遼兵《りょうへい》が城《しろ》におしよせた。先頭《せんとう》で指揮《しき》するのは、長男の耶律宗雲《やりつそううん》だ。

城壁《じょうへき》の上でこれを見た浪子《ろうし》・燕青《えんせい》は、

「張清《ちょうせい》どののかたきだ！　これでもくらえ！」

と、弩《いしゆみ》をとりだし、矢《や》を放《はな》つ。みごと耶律宗雲《やりつそううん》の鼻の下のくぼみに命中《めいちゅう》し、絶命《ぜつめい》させた。

敵軍《てきぐん》はそれを見て、退却《たいきゃく》をはじめた。

「敵《てき》は将《しょう》をうしなって、あわててひきかえしたが、夜があければまた攻《せ》めてくるだろう。各《かく》

自《じ》、気をひきしめるように。」

盧俊義《ろしゅんぎ》のことばどおり、夜があけるとともに遼軍《りょうぐん》が攻《せ》めてきた。

城壁《じょうへき》の上にいる盧俊義《ろしゅんぎ》は、兵士《へいし》たちに弓《ゆみ》の準備《じゅんび》をさせる。

そのとき、遼軍《りょうぐん》の後方《こうほう》で、砂煙《すなけむり》が立ちのぼった。宋江《そうこう》の軍《ぐん》である。

「きてくださったか！——皆《みな》の者《もの》、出陣《しゅつじん》するぞ！　敵《てき》をはさみうちにするのだ！」

盧俊義《ろしゅんぎ》は兵《へい》をひきいて、城《しろ》をとびだした。槍《やり》をふるい、遼兵《りょうへい》をつぎつぎに刺《さ》しころしていく。はさみうちにあった遼兵《りょうへい》は、さんざんに打ちやぶられ、ばらばらになって敗走《はいそう》した。

勝利《しょうり》をおさめた盧俊義《ろしゅんぎ》は、宋江《そうこう》を城《しろ》にむかえいれた。

宋江《そうこう》はいう。

「もはやこの地で兵《へい》をわける必要《ひつよう》はなくなった。わたしは平峪県《へいよくけん》を攻《せ》めるのをやめ、ここを拠点《きょてん》に、薊州《けいしゅう》にむかうことにする。」

「薊州《けいしゅう》をおとす秘策《ひさく》はおありでしょうか。」

「すでに時遷《じせん》と石秀《せきしゅう》が敵《てき》の敗兵《はいへい》にまぎれ、薊州城内《けいしゅうじょうない》へむかった。われわれが攻《せ》めこむのを合図《あいず》に、時遷たちは城内《じょうない》に火をつけてまわる手《て》はず。これで薊州城はおちたも同然《どうぜん》だ。」

盧俊義《ろしゅんぎ》はそれをきいてよろこんだ。二人は兵《へい》をあわせ、薊州《けいしゅう》へ進軍《しんぐん》した。

薊州《けいしゅう》では耶律得重《やりつとくじゅう》が、二人の息子《むすこ》をうしなったことを悲しんでいた。

「梁山泊軍《りょうざんぱくぐん》は思いのほか強敵《きょうてき》だ。どうすればよかろう。」

すると天山勇《てんざんゆう》が、

「石つぶてをなげる蕃人《ばんじん》は、わたくしがたおしました。あの者さえいなければ、あとはたいした将《しょう》などおりませぬ。」

いいおわらないうちに、兵士《へいし》がかけつけてきた。

「宋江《そうこう》の軍勢《ぐんぜい》が、城《しろ》の前までおしよせてきました！」

耶律得重《やりつとくじゅう》は、天山勇《てんざんゆう》に兵をあたえて出陣《しゅつじん》させた。

天山勇《てんざんゆう》は梁山泊軍《りょうざんぱくぐん》とむかいあうと、宋江《そうこう》を指さしてさけんだ。

「おまえたち蕃人《ばんじん》のなかには、もうおそるるにたる将《しょう》はおらぬ。おとなしく降伏《こうふく》せよ！」

「梁山泊《りょうざんぱく》に将なしとあなどっておるのか！」

そういってとびだしたのは、豹子頭《ひょうしとう》・林冲《りんちゅう》である。彼《かれ》は蛇矛《だぼう》をかまえ、天山勇《てんざんゆう》にむかっていく。遼軍《りょうぐん》からは、天山勇《てんざんゆう》の副将《ふくしょう》がとびだした。だが、林冲《りんちゅう》の相手にはならず、蛇矛《だぼう》で首を突《つ》かれて絶命《ぜつめい》した。梁山泊軍《りょうざんぱくぐん》からは歓声《かんせい》があがる。

天山勇《てんざんゆう》は副将《ふくしょう》が殺《ころ》されたのを見るや、槍《やり》を手に林冲《りんちゅう》にむかった。梁山泊軍《りょうざんぱくぐん》からは、金鎗手《きんそうしゅ》・徐寧《じょねい》がでてきた。鉤鎌鎗《こうれんそう》をふりまわして天山勇《てんざんゆう》とたたかう。二十合《ごう》ほど打ちあい、天山勇を突《つ》きころした。

「いまだ！　全軍突撃《ぜんぐんとつげき》！」

宋江《そうこう》は軍をひきい、遼軍《りょうぐん》に斬《き》りかかった。二将《しょう》をうしなった遼軍は、なすすべもなく大敗《たいはい》し、城《しろ》へと逃《に》げかえった。

勝利《しょうり》をおさめた宋江《そうこう》は、陣営《じんえい》をかまえて兵士《へいし》たちをねぎらった。翌日《よくじつ》になると、また薊《けい》州《しゅう》の城《しろ》へおしよせた。

耶律得重《やりつとくじゅう》は、洞仙侍郎《どうせんじろう》、咬児惟康《こうじいこう》、楚明玉《そめいぎょく》、曹明済《そうめいさい》の四将《しょう》に一千の兵《へい》をあたえ、出陣《しゅつじん》させた。それを見た急先鋒《きゅうせんぽう》・索超《さくちょう》は、大斧《たいふ》をふりかざし、敵陣《てきじん》へと斬《き》りこんでいく。咬児惟康《こうじいこう》がこれにあたったが、数合《すうごう》も打ちあわないうちに、大斧で頭をわられて絶命《ぜつめい》した。

「咬児惟康《こうじいこう》どの！」

楚明玉《そめいぎょく》、曹明済《そうめいさい》の二将《しょう》がとびだす。

梁山泊軍《りょうざんぱくぐん》からは、九紋竜《くもんりゅう》・史進《ししん》がでてきた。彼《かれ》はすれちがいざまの一刀《とう》で楚明玉《そめいぎょく》を斬《き》りすて、かえす刀《かたな》で曹明済《そうめいさい》も殺した。

「道をあけろ！　九紋竜《くもんりゅう》・史進《ししん》のお通りだ！」

史進《ししん》は大声でさけんで敵軍《てきぐん》につっこみ、右に左に遼兵《りょうへい》を斬《き》りつけていく。遼兵は史進のあまりの強さに、なすすべもない。

「史進につづけ！」

宋江《そうこう》は全軍《ぜんぐん》を突撃《とつげき》させた。敵軍《てきぐん》はさらに混乱《こんらん》する。

城壁《じょうへき》の上でこのようすを見ていた耶《や》律得重《りつとくじゅう》は、ただちに兵《へい》を退却《たいきゃく》させ、城門《じょうもん》をかたくとざした。

だが夜になると、城内《じょうない》でいくつもの火の手があがった。城内にしのびこんだ時遷《じせん》と石秀《せきしゅう》が、火をつけてまわっていたのである。それを合図《あいず》に、宋江《そうこう》たちも城攻《しろぜ》めを開始する。

もはやこれまで、と思った耶《や》律得重《りつとくじゅう》は、二人の息子《むすこ》、それに洞仙侍郎《どうせんじろう》とともに、城《しろ》を脱出《だっしゅつ》した。

三

燕京《えんけい》（現在《げんざい》の北京市《ペキンし》）にたどりついた耶《や》律得重《りつとくじゅう》たちは、遼国王《りょうこくおう》に目どおりした。彼《かれ》らは泣《な》き

欧陽侍郎［おうようじろう］
遼《りょう》の文官《ぶんかん》。

中原［ちゅうげん］
天下《てんか》の中央。ここでは中国の中央のこと。

ながらひれ伏《ふ》し、城《しろ》をとられた罪《つみ》をわびた。

遼国王《りょうこくおう》は、耶律得重《やりつとくじゅう》の兄である。がっしりとした体格《たいかく》の偉丈夫《いじょうふ》だ。弟から話をきくと、梁《りょう》山泊軍《ざんぱくぐん》を討《う》つための兵《へい》をととのえるよう、部下《ぶか》の者に命《めい》じた。

「大王《だいおう》、おまちください。」

そういってあゆみでたのは、欧陽侍郎《おうようじろう》である。

「宋江《そうこう》たちは山賊《さんぞく》ですが、天《てん》に替《か》わって道《みち》を行《おこな》うことを誓《ちか》いあい、民《たみ》を苦しめる貪官汚吏《たんかんおり》を誅《ちゅう》しています。いまは宋朝《そうちょう》に招安《しょうあん》されてわれわれを討《う》ちにきましたが、その宋朝には四人の奸臣《かんしん》がいます。いずれ梁山泊《りょうざんぱく》の者たちは、用済《ようず》みになれば、四人の奸臣に害《がい》されることになりましょう。」

「それはわれわれを滅《ほろ》ぼしたあとのことであろう。問題は、いまどうするかだ。」

「われわれが、梁山泊《りょうざんぱく》の者たちをうけいれるのです。」

それをきいて、まわりにいた者たちはざわめいた。

「おまえは、梁山泊《りょうざんぱく》の連中《れんちゅう》を、わが国にむかえいれよというのか?」

「はい。彼《かれ》らに官職《かんしょく》をあたえ、じゅうぶんな褒美《ほうび》をとらせるのです。梁山泊《りょうざんぱく》の者たちを手にいれれば、大王《だいおう》は*中原《ちゅうげん》をめざすことも容易《ようい》になりましょう。」

兀顔光［こつがんこう］
遼《りょう》の都《と》統軍《とうぐん》（軍指揮官《しきかん》）。
「太乙混天象《たいいつこんてんしょう》の陣《じん》」の使い手。

遼国王《りょうこくおう》はおおいによろこんだ。

「おまえのいうことはもっともだ。宋江《そうこう》を鎮国大将軍《ちんこくだいしょうぐん》・総領《そうりょう》 遼兵《りょうへい》 大元帥《だいげんすい》に封《ほう》じる旨《むね》を、やつらにつたえよ。それに金銀財物《きんぎんざいぶつ》と良馬《りょうば》をおくり、すべての諸将《しょしょう》に官職《かんしょく》をさずけよ。」

「いけません、大王《だいおう》！」

そういったのは、都《と》統軍《とうぐん》（軍指揮官《ぐんしきかん》）の兀顔光《こつがんこう》だ。背《せ》の高い男で、ひげは黄色く、目は青い。武芸全般《ぶげいぜんぱん》に通《つう》じ、兵法《へいほう》の奥義《おうぎ》をきわめていた。

「あのような盗賊《とうぞく》をまねいたところで、百害《ひゃくがい》あって一利《いちり》なしです。わたくしの部下《ぶか》には名将《めいしょう》がそろっております。彼《かれ》らならば、梁山泊軍《りょうざんぱくぐん》など、ものの数《かず》ではありません。これからわたくしが兵《へい》をひきい、宋江《そうこう》の首をあげてみせましょう。」

「たしかに、おまえには優秀《ゆうしゅう》な部下《ぶか》がおおぜいいる。なればこそ、梁山泊軍《りょうざんぱくぐん》をくわえれば、虎《とら》に翼《つばさ》がはえたというものであろう。」

遼国王《りょうこくおう》はそういって、兀顔光《こつがんこう》のことばをききいれなかった。彼《かれ》は欧陽侍郎《おうようじろう》に命《めい》じ、宋江《そうこう》のもとに勅令《ちょくれい》をとどけさせた。

宋江《そうこう》は薊州《けいしゅう》で兵《へい》を休ませていた。負傷《ふしょう》した没羽箭《ぼつうせん》・張清《ちょうせい》は、神医《しんい》・安道全《あんどうぜん》の治療《ちりょう》によって、

宋江［そうこう］
天魁星《てんかいせい》。あだ名は及時雨《きゅうじう》。
義《ぎ》を重んじ慈悲《じひ》ぶかい。

快方《かいほう》にむかっていた。

そんなおり、遼国王《りょうこくおう》のもとから欧陽侍郎《おうようじろう》がきた。

宋江《そうこう》は、軍師《ぐんし》の呉用《ごよう》と相談した。

「遼国《りょうこく》は、われわれをひきこもうとたくらんでいるが、どうすればよかろう。」

「計略《けいりゃく》にのり、ぎゃくに利用《りよう》してやるのがよろしいでしょう。最初のうちは、わざと拒《こば》んだほうがあやしまれないですむと思います。」

宋江《そうこう》はうなずき、欧陽侍郎《おうようじろう》を奥《おく》の間《ま》にとおした。

欧陽侍郎《おうようじろう》はいんぎんにあいさつした。

「わが大遼国《だいりょうこく》は、かねてより宋江《そうこう》どののご高名《こうめい》をききながらも、これまでお目にかかることができませんでした。宋朝《そうちょう》はいまや奸臣《かんしん》がはびこっており、良民《りょうみん》は塗炭《とたん》の苦《くる》しみをうけております。それにあなたがたは功績《こうせき》をたてておきながら、いまだ、無位無官《むいむかん》の身《み》でありましょう。宋朝《そうちょう》に尽《つ》くしても、なにもよいことなどございませぬ。――遼国王《りょうこくおう》は、梁山泊《りょうざんぱく》の皆《みな》さまを大遼国におまねきし、重くもちいることを約束《やくそく》しておられます。どうかわが国におこしくだされ。」

「おっしゃられることは、まことにごもっともです。しかしわたくしは罪人《ざいにん》の身《み》でありながら、それを天子《てんし》よりゆるされたのです。無位無官《むいむかん》ではございますが、大赦《たいしゃ》の恩《おん》にむくいなければならぬゆえ、どうかおひきとりねがいたい。」

「わたくしは遼国王《りょうこくおう》よりあなたがたにおおくりする金銀《きんぎん》や良馬《りょうば》をあずかっております。さしつかえなければ、おおさめください。遼国へ帰順《きじゅん》する件《けん》につきましては、のちほどまたゆっくりとご相談にまいります。」

「それはおうけできませぬ。あなたがたから金銀《きんぎん》をうけとれば、ほかの者にも知られてしまうでしょう。朝廷《ちょうてい》に密告《みっこく》されれば、それこそたいへんなことになります。」

宋江《そうこう》は金銀をうけとらず、酒宴《しゅえん》の席《せき》をもうけて欧陽侍郎《おうようじろう》をもてなしたのち、城外《じょうがい》まで見おくった。そののち、呉用《ごよう》にいった。

「さきほどのあの者の話、どう思う？」

呉用《ごよう》は、ため息《いき》をついた。

「あの者のいうことは、まったくもってそのとおりだと思います。いまや朝廷《ちょうてい》は、四人の奸臣《かんしん》によって牛耳《ぎゅうじ》られています。われわれが功績《こうせき》をたてたとしても、後日《ごじつ》、四人の奸臣《かんしん》たちが天子《てんし》をたぶらかせば、われわれの身《み》があやういというもの。わたくし個人《こじん》の考えでは、宋《そう》朝《ちょう》をすて、遼国《りょうこく》につくほうがよいかとぞんじます。」

「軍師《ぐんし》どの、それは誤《あやま》りだ。たとえ朝廷《ちょうてい》がわたしにそむいたとしても、わたしが朝廷にそむくことはない。」

「宋江《そうこう》どのがあくまで忠義《ちゅうぎ》をとおすとおっしゃるのであれば、わたくしもおつきあいいたしましょう。当初《とうしょ》の計略《けいりゃく》どおり、霸州《はしゅう》をとります。ただ、いまは夏の猛暑《もうしょ》のなかです。涼《すず》しくなるのをまってから、出兵《しゅっぺい》いたしましょう。」

呉用《ごよう》は、宋江《そうこう》に計略《けいりゃく》をうちあけた。

涼《すず》しい秋の季節《きせつ》になった。欧陽侍郎《おうようじろう》は宋江《そうこう》を訪問《ほうもん》し、遼国《りょうこく》に帰順《きじゅん》する件《けん》についてたずねた。

「じつをいえば、あなたがここにきた理由を、大半《たいはん》の義兄弟《きょうだい》たちがさとってしまったのです。そして半数以上《いじょう》の者は、帰順《きじゅん》を承知《しょうち》しませんでした。もしあなたにしたがって燕京《えんけい》へおもむけば、盧俊義《ろしゅんぎ》をはじめとした義兄弟《きょうだい》たちは、わたしを殺《ころ》しにくるでしょう。そこで提案《ていあん》があります。わたしは腹心《ふくしん》（信用《しんよう》できる人）とともに、ひとまずどこかの城《しろ》に身をひそめ、義兄弟《きょうだい》たちが開封府《かいほうふ》の都《みやこ》にひきかえすのをまちたいと思います。」

「それならば、霸州《はしゅう》の城《しろ》がよろしいでしょう。霸州の南には文安県《ぶんあんけん》があり、ここは天然《てんねん》の要《よう》害《がい》となっております。またその南には益津関《えきしんかん》という関所《せきしょ》があり、両がわにはけわしい山があ

康里定安［こうりていあん］
霸州《はしゅう》の知事《ちじ》。国舅《こっきゅう》（遼国王《りょうこくおう》の外戚《がいせき》）。

国舅［こっきゅう］
天子《てんし》の外戚《がいせき》。ここでは遼 国王《りょうこくおう》の外戚《がいせき》。

ります。霸州《はしゅう》はこの二つの関所《せきしょ》にまもられていますので、大軍《たいぐん》をもってしても、やぶることはむずかしいでしょう。」

「わかりました。ならばわたしは、腹心《ふくしん》とともに、ひそかにこの城《しろ》をぬけ、霸州《はしゅう》へおもむきましょう。」

欧陽侍郎《おうようじろう》はよろこび、すぐに遼国王《りょうこくおう》のもとへもどって、この旨《むね》をつたえた。

遼国王は勅使《ちょくし》を霸州《はしゅう》へおくり、宋江《そうこう》をうけいれるように命《めい》じた。

霸州《はしゅう》の知事《ちじ》は、*国舅《こっきゅう》の康里定安《こうりていあん》である。遼国王《りょうこくおう》の王妃《おうひ》の兄で、大きな権力《けんりょく》をもっていた。

宋江《そうこう》が兵《へい》をひきいて城下《じょうか》までやってくると、康里定安《こうりていあん》は失礼《しつれい》のないようにでむかえ、宴席《えんせき》にまねいた。また牛馬を殺《ころ》して料理し、宋江の兵士《へいし》たちをもじゅうぶんにもてなした。

宋江《そうこう》たち諸将《しょしょう》は、城内《じょうない》の宿舎《しゅくしゃ》に泊《と》まることになった。

宋江は欧陽侍郎《おうようじろう》をよんでいった。

「軍師《ぐんし》の呉用《ごよう》という者が、おくれてここへくる予定《よてい》です。彼《かれ》は六韜三略《りくとうさんりゃく》に通《つう》じ、その知謀《ちぼう》は、かの諸葛孔明《しょかつこうめい》にまさるともおとりませぬ。彼《かれ》がきたらとおすよう、関所《せきしょ》の者に連絡《れんらく》してはいただけませんか。」

呉用［ごよう］
天機星《てんきせい》。あだ名は智多星《ちたせい》。
兵法《へいほう》に長《た》けている。

やがて益津関《えきしんかん》の前に、文官風《ぶんかんふう》の男がやってきた。左右には僧侶《そうりょ》と行者《ぎょうじゃ》がおり、うしろには十人の従者《じゅうしゃ》がいた。

「たのもう！　わたしは宋江《そうこう》の部下《ぶか》の、呉用《ごよう》という者だ！　盧俊義《ろしゅんぎ》の兵《へい》が追いかけてきている！　はやくここをあけてくれ！」

関所《せきしょ》の守備兵《しゅびへい》は、すぐに門をあけてでむかえた。

「でむかえ、ご苦労《くろう》！」

僧侶《そうりょ》はそういうや、禅杖《ぜんじょう》をふって守備兵《しゅびへい》を打ちつけた。彼《かれ》は花和尚《かおしょう》・魯智深《ろちしん》である。行者《ぎょうじゃ》のほうは虎殺《とらごろ》しの武松《ぶしょう》で、二本の刀《かたな》を手に、関所内《せきしょない》へ斬《き》りこんだ。

うしろにつづく数十名の従者《じゅうしゃ》たちもみな、梁山泊《りょうざんぱく》の頭目《とうもく》。すなわち、解珍《かいちん》、解宝《かいほう》、李立《りりつ》、李雲《りうん》、楊林《ようりん》、石勇《せきゆう》、時遷《じせん》、段景住《だんけいじゅう》、白勝《はくしょう》、郁保四《いくほうし》である。彼らもそれぞれ武器《ぶき》を手にし、つぎつぎに守備兵《しゅびへい》を斬《き》りつける。

さらにはその後方《こうほう》から、盧俊義《ろしゅんぎ》が軍をひきいて殺到《さっとう》した。

梁山泊軍《りょうざんぱくぐん》は、あっという間《ま》に関所《せきしょ》をのっとり、そのいきおいで文安県《ぶんあんけん》をも占領《せんりょう》した。

呉用《ごよう》はひと足さきに覇州《はしゅう》へむかい、康里定安《こうりていあん》に会った。

「たいへんです！　盧俊義《ろしゅんぎ》が兵《へい》をひきいて、こちらにむかっています！　関所《せきしょ》はすでにやぶ

盧俊義［ろしゅんぎ］
天罡星《てんこうせい》。あだ名は玉麒麟《ぎょくきりん》。
文武両道《ぶんぶりょうどう》。棒術《ぼうじゅつ》の名手。

られました！」

康里定安《こうりていあん》はそれをきいておどろき、すぐに出陣《しゅつじん》の準備《じゅんび》をはじめた。

だが、宋江《そうこう》がいった。

「おまちください。ここはわたくしが、盧俊義《ろしゅんぎ》たちを説《と》き伏《ふ》せましょう。たたかうのは、そのあとでもよろしいかとぞんじます。」

そのとき、兵士《へいし》がかけつけてきた。

「盧俊義《ろしゅんぎ》の軍《ぐん》が、城《しろ》の外にあらわれました！」

康里定安《こうりていあん》は宋江《そうこう》とともに、城壁《じょうへき》の上にあがった。見おろせば、盧俊義《ろしゅんぎ》の軍勢《ぐんぜい》が城外《じょうがい》に布陣《ふじん》している。城《しろ》のまわりには川が流れており、城の吊《つ》り橋《ばし》はあがっているので、盧俊義の兵士《へいし》たちはそれ以上《いじょう》さきにはすすめなかった。

盧俊義《ろしゅんぎ》は、宋江《そうこう》を指さしてどなった。

「天朝《てんちょう》（朝廷《ちょうてい》）をうらぎり、蕃族《ばんぞく》の味方《みかた》をする不義不忠《ふぎふちゅう》の者め！　わたしが梁山泊《りょうざんぱく》にはいったのも、もとはといえばおまえがわたしをだましたからだ！　さっさと城《しろ》からでてきて、その首をひきわたせ！」

宋江《そうこう》はおおいに怒《いか》り、康里定安《こうりていあん》にいった。

林冲［りんちゅう］
天雄星《てんゆうせい》。あだ名は豹子頭《ひょうしとう》。

「国舅《こっきゅう》どの。もはや話しあいはつうじませぬ。ここはわたくしみずからが兵《へい》をひきい、あやつの首をとってきましょう。」

「うむ。まかせたぞ、宋江どの。」

宋江《そうこう》は、林冲《りんちゅう》、花栄《かえい》、朱仝《しゅどう》、穆弘《ぼくこう》の四将《しょう》をひきい、城《しろ》の吊《つ》り橋《ばし》をおろして出陣《しゅつじん》した。

「賊将《ぞくしょう》、なにするものぞ！」

盧俊義《ろしゅんぎ》は槍《やり》をかまえ、宋江におそいかかった。

「宋江《そうこう》どのをまもれ！」

林冲《りんちゅう》たち四将《しょう》がとびだし、盧俊義《ろしゅんぎ》とたたかう。二十合《ごう》ほど打ちあったのち、林冲《りんちゅう》たちは馬をかえして、城のほうへ逃《に》げていった。

「まて！　どこへ逃げる！」

盧俊義《ろしゅんぎ》は追ってくる。それとともに、彼《かれ》の軍《ぐん》の兵士《へいし》たちも前進した。

林冲《りんちゅう》たちは、わざと吊《つ》り橋《ばし》の上で立ちどまり、盧俊義《ろしゅんぎ》とたたかった。康里《こうり》定安《ていあん》は、宋江《そうこう》たちの計略《けいりゃく》とは知らず、吊り橋をひきあげようにもできない。そのあいだに、盧俊義《ろしゅんぎ》の兵士《へいし》たちは、つぎつぎと城内《じょうない》に突入《とつにゅう》する。

ころあいを見て、宋江《そうこう》たちも城内に攻《せ》めこんだ。遼兵《りょうへい》はどうすることもできず、皆《みな》、降伏《こうふく》

遼国王（耶律輝）
[りょうこくおう（やりつき）]
宋《そう》の領地《りょうち》を侵《おか》し、
梁山泊軍《りょうざんぱくぐん》と対戦《たいせん》。

した。また康里定安《こうりていあん》と欧陽侍郎《おうようじろう》も捕《と》らえられた。

宋江《そうこう》は、康里定安たちの縄《なわ》をみずからとき、宴席《えんせき》を用意してもてなした。

「われわれは宋朝《そうちょう》に忠義《ちゅうぎ》を誓《ちか》っております。あなたたちの命《いのち》をうばおうとは思っておりませんので、どうぞ本国《ほんごく》へおもどりになり、二度と宋朝《そうちょう》の地《ち》を荒《あ》らすことのないよう、遼国王《りょうこくおう》におつたえください。」

宋江《そうこう》は、康里定安《こうりていあん》やその配下《はいか》の兵士《へいし》たち、さらには彼《かれ》らの家族《かぞく》をも、燕京《えんけい》へ帰らせた。また盧俊義《ろしゅんぎ》には薊州《けいしゅう》をまもらせ、自身《じしん》は霸州《はしゅう》にとどまった。

四

燕京《えんけい》にたどりついた康里定安《こうりていあん》たちは、霸州《はしゅう》をのっとられたことを遼国王《りょうこくおう》に報告《ほうこく》した。

遼国王《りょうこくおう》はかっとなり、欧陽侍郎《おうようじろう》をどなりつけた。

「この佞臣《ねいしん》め！　おまえのいうことをきいた結果《けっか》、城《しろ》をうしなってしまったではないか！

さっさとこの者を斬《き》れ！」

「いけません、大王《だいおう》！」

兀顔延寿［こつがんえんじゅ］
兀顔光《こつがんこう》の長男《ちょうなん》。

そういってとめたのは、都《と》統軍《とうぐん》の兀顔光《こつがんこう》である。

「もし欧陽侍郎《おうようじろう》を斬《き》ることがあれば、宋江《そうこう》たちはわれわれをあざ笑《わら》うことでしょう。それよりも、わたくしが出陣《しゅつじん》し、宋江《そうこう》を討《う》ちとってみせましょう。」

「うむ。いまとなっては、おまえだけがたよりだ。」

兀顔光《こつがんこう》は遼国王《りょうこくおう》の前を去り、さっそく兵《へい》の準備《じゅんび》をはじめた。

そこへ、長男《ちょうなん》の兀顔延寿《こつがんえんじゅ》がやってきた。文武《ぶんぶ》にすぐれた将《しょう》で、とくに陣法《じんぽう》（陣形《じんけい》）の奥義《おうぎ》をきわめていた。

「父上《ちちうえ》。まずはわたくしが出陣《しゅつじん》し、やつらの出鼻《でばな》をくじきます。父上はあとから大軍《たいぐん》をひきいてきてくだされば、梁山泊軍《りょうざんぱくぐん》など一撃《いちげき》で粉砕《ふんさい》できましょう。」

「ならば、先鋒《せんぽう》はおまえにまかせよう。」

兀顔延寿《こつがんえんじゅ》は、三万五千の兵《へい》をひきいて城《しろ》をでた。

平野では、すでに梁山泊軍《りょうざんぱくぐん》が布陣《ふじん》をしてまちかまえていた。

兀顔延寿《こつがんえんじゅ》は、その陣形《じんけい》を見て笑《わら》った。

「〈九宮八卦《きゅうきゅうはっか》の陣《じん》〉か。そんな子どもだましで、われわれをやぶれると思ったか。」

兀顔延寿《こつがんえんじゅ》は兵士《へいし》に命《めい》じて、太鼓《たいこ》を打ち鳴らさせた。すると遼軍《りょうぐん》の陣形《じんけい》が変化《へんか》した。

朱武 ［しゅぶ］
地魁星《ちかいせい》。あだ名は神機軍師《しんきぐんし》。

宋江《そうこう》は、智多星《ちたせい》・呉用《ごよう》、神機軍師《しんきぐんし》・朱武《しゅぶ》の二軍師《ぐんし》とともに、高い櫓《やぐら》の上からこれを見おろしていた。

「なんだ、あの陣形《じんけい》は？　見たこともない。」

宋江がおどろくと、朱武《しゅぶ》は、

「あれは〈太乙三才《たいいつさんさい》の陣《じん》〉です。敵《てき》は、われわれと陣形《じんけい》をきそおうというのでしょう。」

宋江《そうこう》は、陣形《じんけい》の名前を相手がわにつたえた。

兀顔延寿《こつがんえんじゅ》は見やぶられたことにおどろき、また陣形をかえていった。

「この陣形《じんけい》がわかるか！」

宋江《そうこう》が、

「それは〈河洛四象《からくししょう》の陣《じん》〉だ！　めずらしくもなんともないわ！」

と、どなりかえした。

兀顔延寿《こつがんえんじゅ》はことばもでない。彼《かれ》はさらに陣形《じんけい》をかえた。

「〈循環八卦《じゅんかんはっか》の陣《じん》〉だ！　ほかにはあるか！」

遼軍《りょうぐん》の陣形《じんけい》がまたかわる。

「それは武侯《ぶこう》（諸葛孔明《しょかつこうめい》）の〈八陣図《はちじんず》〉だ！」

兀顔延寿《こつがんえんじゅ》は、すべての陣形《じんけい》が見やぶられてしまったことに、おどろきをかくせないでいた。

「青二才《あおにさい》の遼将《りょうしょう》よ。浅学《せんがく》の身《み》でありながら、よくもこのわたしに陣法《じんぽう》のたたかいをいどむ気になったものだな。」

兀顔延寿《こつがんえんじゅ》は、怒《いか》りで顔をまっかにした。

「それほどいうのならば、おまえが陣《じん》をしいてみよ！　わたしが見やぶってやる！」

「おまえごとき、この〈九宮八卦《きゅうきゅうはっか》の陣《じん》〉でじゅうぶんだ。やぶれるものならやぶってみるがよい。」

「そんなつまらぬ陣、かんたんに打ちくだいてみせよう。」

兀顔延寿《こつがんえんじゅ》は一千の騎馬兵《きばへい》をひきい、梁山泊軍《りょうざんぱくぐん》にむかっていった。彼《かれ》は味方《みかた》の兵士《へいし》たちにいいつける。

「あの陣《じん》は、南門からはいれば打ちほろぼされるが、西門からはいればたやすく陣《じん》をくずすことができる。全員、西門から突入《とつにゅう》せよ！」

兀顔延寿《こつがんえんじゅ》は〈九宮八卦《きゅうきゅうはっか》の陣《じん》〉の西から突入《とつにゅう》した。すると、水のなかにいるかのごとく、あたりの景色《けしき》がゆがみはじめた。

「これはいったい、どういうことだ？」

呼延灼［こえんしゃく］
天《てん》威《い》星《せい》。あだ名は双鞭《そうべん》。
二本の銅鞭《どうべん》をあやつる。

兀顔延寿《こつがんえんじゅ》はおそれ、馬をかえした。だが、すすめどすすめど、どこにもたどりつかない。どこからともなく水の音もきこえる。

兀顔延寿《こつがんえんじゅ》は南にむかった。とたん、前方《ぜんぽう》の地面が火炎《かえん》につつまれた。これ以上《いじょう》さきにすすむことができない。東へむかうと雑木林《ぞうきばやし》があってとおることができず、北へむかえばあたりいちめんがまっ暗《くら》になる。

「これは陣法《じんぽう》などではない。妖術《ようじゅつ》だ！」

兀顔延寿《こつがんえんじゅ》がいったとたん、黒い馬にのった武将《ぶしょう》があらわれた。両手には銅鞭《どうべん》をもっている。呼延灼《こえんしゃく》だ。

「若造《わかぞう》め！　どこへ逃《に》げる！」

呼延灼《こえんしゃく》はそういうと、銅鞭《どうべん》をふりおろした。兀顔延寿《こつがんえんじゅ》は方天画戟《ほうてんがげき》でうけとめるも、まっぷたつにたたき折《お》られてしまう。呼延灼《こえんしゃく》は、兀顔延寿をわきにかかえて生《い》け捕《ど》った。

「公孫勝《こうそんしょう》どの！　もうよいぞ！」

呼延灼《こえんしゃく》がいうと、あたりの黒い霧《きり》が晴れ、頭上《ずじょう》には青空がひろがった。道士《どうし》の入雲竜《にゅううんりゅう》・公《こう》孫勝《そんしょう》が術《じゅつ》をといたのである。

大将《たいしょう》が捕《と》らえられてしまったため、遼兵《りょうへい》は燕京《えんけい》へと逃《に》げもどり、兀顔光《こつがんこう》に敗戦《はいせん》を報告《ほうこく》した。

公孫勝［こうそんしょう］
天間星《てんかんせい》。あだ名は入雲竜《にゅううんりゅう》。道術使《どうじゅつつか》い。

「ばかな！　たかが〈九宮八卦《きゅうきゅうはっか》の陣《じん》〉を、あいつがやぶれぬはずはない！」

「兀顔延寿《こつがんえんじゅ》さまが陣《じん》に突入《とつにゅう》したときに、きゅうに黒い霧《きり》が陣全体をつつんだのです。」

「それは妖術《ようじゅつ》にちがいない。——しかし、こちらの陣法《じんぽう》をことごとく見やぶるとは、梁山泊《りょうざんぱく》め、あなどれんな。」

兀顔光《こつがんこう》は遼国王《りょうこくおう》のもとへむかった。

「大王《だいおう》。梁山泊《りょうざんぱく》の力は、想像以上《そうぞういじょう》に強力です。ここは兵力《へいりょく》を小出《こだ》しにするよりも、大軍《たいぐん》をもっていっきに討《う》ちほろぼすのがよいでしょう。」

「だが、大軍をだしたとして、梁山泊をやぶる手だてはあるのか？」

「〈太乙混天象《たいいつこんてんしょう》の陣《じん》〉をしきます。この陣には、二十万の大軍《たいぐん》が必要《ひつよう》です。つきましては、大王にもご出陣《しゅつじん》をねがいたくぞんじます。」

「それで梁山泊《りょうざんぱく》をやぶれるというのならば、いくらでも手を貸《か》そう。」

遼国王《りょうこくおう》は兀顔光《こつがんこう》とともに、二十万の軍《ぐん》をひきいて出陣《しゅつじん》した。そして平野で〈太乙混天象《たいいつこんてんしょう》の陣《じん》〉をしく。

やってきた宋江《そうこう》たちは、遼軍《りょうぐん》の布陣《ふじん》のみごとさを見て、ただただ感嘆《かんたん》するばかりだった。

「朱武《しゅぶ》よ。あの陣はいったいなんなのだ？」

朱武［しゅぶ］
地魁星《ちかいせい》。あだ名は
神機軍師《しんきぐんし》。

安道全［あんどうぜん］
地霊星《ちれいせい》。あだ名は神医《しんい》。
梁山泊《りょうざんぱく》の軍医《ぐんい》。

「〈太乙混天象《たいいつこんてんしょう》の陣《じん》〉といいます。」

「やぶることはできるのか？」

「あの陣《じん》はつねに変化《へんか》しますゆえ、そのうごきを見きわめないかぎりは、うかつに攻《せ》めこまないほうがよろしいでしょう。」

朱武《しゅぶ》がいいおわらないうちに、敵軍《てきぐん》がうごきだした。まるで生きもののように梁山泊軍《りょうざんぱくぐん》をのみこみ、左右からはさみうちをしかけてくる。宋江《そうこう》はあわてて退却《たいきゃく》を命《めい》じた。だが兵士《へいし》はつぎつぎと討《う》ちとられる。負傷《ふしょう》させられる諸将《しょしょう》も少なくなかった。

退却後《たいきゃくご》、宋江《そうこう》は陣営《じんえい》で頭目《とうもく》たちを点検《てんけん》すると、孔亮《こうりょう》、李雲《りうん》、朱富《しゅふう》、石勇《せきゆう》の四将《しょう》が重傷《じゅうしょう》を負《お》っていた。宋江はただちに彼《かれ》らを後方《こうほう》へおくり、神医《しんい》・安道全《あんどうぜん》に診《み》てもらうことにした。

また盧俊義《ろしゅんぎ》を幕舎《ばくしゃ》にまねき、敵《てき》をどうやぶるかについて相談した。

「今日《きょう》は大敗《たいはい》を喫《きっ》した。明日《あす》はどうでたらよいものか。」

「軍《ぐん》を二つにわけ、はさみうちにしましょう。」

宋江《そうこう》と盧俊義《ろしゅんぎ》は手はずをととのえ、出陣《しゅつじん》した。

宋江は左に関勝《かんしょう》、花栄《かえい》、秦明《しんめい》、董平《とうへい》、楊志《ようし》を、右に呼延灼《こえんしゃく》、林冲《りんちゅう》、徐寧《じょねい》、索超《さくちょう》、朱仝《しゅどう》を配《はい》置《ち》し、兵《へい》をひきいて〈太乙混天象《たいいつこんてんしょう》の陣《じん》〉へと突撃《とつげき》する。彼《かれ》らはみごと敵《てき》の第一陣をくずし、

呉用［ごよう］
天機星《てんきせい》。あだ名は智多星《ちたせい》。
兵法《へいほう》に長《た》けている。

陣中《じんちゅう》に斬《き》りこむことができた。

宋江《そうこう》はさらに、李逵《りき》、樊瑞《はんずい》、鮑旭《ほうきょく》、項充《こうじゅう》、李袞《りこん》、魯智深《ろちしん》、武松《ぶしょう》、楊雄《ようゆう》、石秀《せきしゅう》、解珍《かいちん》、解宝《かいほう》の十一将《しょう》を後陣《こうじん》からよびよせ、敵陣《てきじん》の奥深《おくぶか》くへつきすすんでいった。

だがしばらくたたかっていると、四方《しほう》から砲声《ほうせい》がとどろき、正面と東西の敵軍《てきぐん》がおしよせてきた。はさみうちをくらった宋江軍《そうこうぐん》は、退却《たいきゃく》をはじめた。しかし味方《みかた》の兵士《へいし》たちは、背後《はいご》から斬《き》りころされていく。

命《いのち》からがら陣営《じんえい》にもどった宋江は、いそいで兵をかぞえた。半数以上が討《う》ちとられ、さらには黒旋風《こくせんぷう》・李逵《りき》の姿《すがた》がない。彼《かれ》は敵《てき》に生《い》け捕《ど》りにされてしまったのである。

宋江《そうこう》は呉用《ごよう》にいった。

「兵士《へいし》の大半《たいはん》を討《う》ちとられ、李逵《りき》は捕《と》らえられてしまった。どうすればよいだろうか。」

「このまえ捕らえた兀顔延寿《こつがんえんじゅ》と、人質交換《ひとじちこうかん》なさってはいかがでしょう。」

「しかし、あの陣《じん》をやぶるのはむずかしい。まただれかがつかまるかもしれん。」

宋江《そうこう》がなやんでいると、遼軍《りょうぐん》から使者《ししゃ》がやってきた。明日《あす》、李逵《りき》と兀顔延寿《こつがんえんじゅ》との人質交換《ひとじちこうかん》をしたいとのことである。宋江はうけいれた。

使者《ししゃ》が帰ったあと、宋江は呉用《ごよう》にいった。

「われわれには敵《てき》の陣《じん》をやぶる方策《ほうさく》がない。もう冬の寒い季節《きせつ》だ。これ以上《いじょう》のいくさは、兵《へい》士《し》への負担《ふたん》が大きい。ここは人質交換《ひとじちこうかん》のときに休戦《きゅうせん》をもうしいれたほうがよいと思うが。」

「おっしゃるとおりです。春になって良策《りょうさく》を思いついてから、また敵《てき》にいどまれるのがよろしいでしょう。」

宋江《そうこう》はさっそく使者《ししゃ》をおくり、休戦《きゅうせん》をもうしいれた。

だが、兀顔光《こつがんこう》は激怒《げきど》した。

「いくさをしかけておいて、不利《ふり》になったから休戦とは、あまりにつごうのよい言《い》い草《ぐさ》だ！　もし休戦したいというのなら、宋江《そうこう》を縄《なわ》でしばり、こちらの陣営《じんえい》につれてくるがよい！　そうすれば、命《いのち》ばかりはたすけてやろう！」

使者《ししゃ》は陣営にもどり、このことを宋江につたえた。

宋江《そうこう》は李逵《りき》が殺《ころ》されるのをおそれ、人質交換《ひとじちこうかん》だけでもなりたたせようと、すぐに兀顔延寿《こつがんえんじゅ》をつれて出陣《しゅつじん》し、相手の陣営《じんえい》にむかってさけんだ。

「いくさをやめたくないのであれば、それでかまわぬ！　小将軍《しょうしょうぐん》（兀顔延寿《こつがんえんじゅ》のこと）はおかえしするので、そちらも人質《ひとじち》をかえしてもらおう！」

すると遼軍《りょうぐん》から李逵《りき》がひきだされた。李逵と兀顔延寿《こつがんえんじゅ》は馬にのせられ、おたがいの陣営《じんえい》にもどる。この日は、いくさはおこなわれなかった。

宋江《そうこう》は陣営《じんえい》にもどると、諸将《しょしょう》をあつめて軍議《ぐんぎ》をひらいた。

呼延灼《こえんしゃく》がいう。

「明日《あす》は軍《ぐん》を十隊《たい》にわけ、二隊で敵《てき》の前衛《ぜんえい》をおさえ、のこりの八隊を敵陣《てきじん》の中心に突撃《とつげき》させるのがよろしいかとぞんじます。」

「わかった。その策《さく》をとろう。」

宋江《そうこう》がいうと、呉用《ごよう》は、

「二度攻《せ》めて、勝てなかった相手です。ここは敵《てき》の出方《でかた》を見たほうがよいと思いますが。」

「攻《せ》めてくるのをまつのは、良策《りょうさく》とはいえぬ。ここは義兄弟一同《きょうだいいちどう》が心をあわせ、力のかぎりたたかうまでだ。」

翌日《よくじつ》になると、宋江《そうこう》は全軍《ぜんぐん》を十隊《たい》にわけ、敵陣《てきじん》へむかっていった。だが、やはりまえとおなじで、さんざんに討《う》ちやぶられて退却《たいきゃく》させられた。

宋江《そうこう》は陣営《じんえい》にとじこもり、かたくまもって冬をすごすことにした。

五

梁山泊軍《りょうざんぱくぐん》苦戦《くせん》の報《ほう》は、朝廷《ちょうてい》にもつたわった。

朝廷は八十万禁軍《きんぐん》の武術教頭《ぶじゅつきょうとう》、王文斌《おうぶんひん》を出陣《しゅつじん》させることにした。彼《かれ》は文武両道《ぶんぶりょうどう》にぬきんでていて、朝廷でも一目《いちもく》おかれる存在《そんざい》だ。

王文斌《おうぶんひん》は勅令《ちょくれい》をうけると、一万の兵《へい》をひきつれ、梁山泊軍《りょうざんぱくぐん》をたすけにむかった。

宋江《そうこう》は陣営《じんえい》をでて、王文斌をむかえいれた。酒宴《しゅえん》の席《せき》を用意し、盛大《せいだい》にもてなす。

「将軍《しょうぐん》。われわれは〈太乙混天象《たいいつこんてんしょう》の陣《じん》〉にはまって連敗《れんぱい》しております。いまや、ほどこす策《さく》もございませぬ。なんぞ、よい策があればおおしえねがいたい。」

王文斌《おうぶんひん》は、〈太乙混天象《たいいつこんてんしょう》の陣《じん》〉という名をきいたことがなかった。しかし天子《てんし》の命《めい》をうけて朝廷《ちょうてい》からきたというたてまえがあるので、わざと笑《わら》ってみせた。

「〈太乙混天象《たいいつこんてんしょう》の陣《じん》〉など、めずらしい陣でもない。明日《あす》、偵察《ていさつ》にでてみよう。」

翌日《よくじつ》になると宋江《そうこう》は、王文斌《おうぶんひん》をつれ、敵陣《てきじん》のちかくまでやってきた。

王文斌《おうぶんひん》は櫓《やぐら》の上から敵陣を見た。やはり、知らない陣形《じんけい》だった。しかし面目《めんぼく》をたもつために、いった。

「ありきたりの陣形《じんけい》だ。おそれることなどない。」

宋江《そうこう》はよろこび、王文斌《おうぶんひん》と兵《へい》をあわせて出陣《しゅつじん》した。

すると敵陣《てきじん》から、ひとりの蕃将《ばんしょう》（異国《いこく》の武将《ぶしょう》）がとびだしてきた。

王文斌《おうぶんひん》は、

（わが腕《うで》まえをしめす、またとない機会《きかい》だ。）

と思い、槍《やり》をかまえて蕃将《ばんしょう》にむかっていく。

二十合《ごう》ほど打ちあったとき、蕃将《ばんしょう》は、馬をかえして逃《に》げだした。

「まて！　逃《に》げる気か！」

王文斌《おうぶんひん》はあとを追う。

すると蕃将《ばんしょう》は身《み》をひるがえし、うしろにむかって三尖刀《さんせんとう》をふりおろした。王文斌《おうぶんひん》はまっぷたつに斬《き》られ、あっさりと命《いのち》をうしなった。

それを見た宋江《そうこう》は、いそいで退却《たいきゃく》を命《めい》じた。

遼軍《りょうぐん》はおしよせてくる。またもやさんざんに打ちのめされ、陣営《じんえい》に逃《に》げかえった。

九天玄女［きゅうてんげんにょ］
道教《どうきょう》における仙女《せんにょ》。
宋江《そうこう》に陣《じん》をやぶる知恵《ちえ》をさずける。

その夜、宋江《そうこう》は幕舎《ばくしゃ》をしめきり、あれこれ策《さく》を考えた。が、なにも思いつかない。

やがて眠《ねむ》くなり、うとうととして几卓《きたく》に顔をふせた。

一陣《いちじん》の冷《つめ》たい風が、幕舎《ばくしゃ》のなかに吹《ふ》きこんできた。

宋江《そうこう》は身《み》を起こす。青衣《せいい》を着た童女《どうじょ》が立っていた。

「わたくしは九天玄女《きゅうてんげんにょ》さま（仙女《せんにょ》）の使いです。星主《せいしゅ》さま（宋江《そうこう》のこと。一〇八の魔星《ませい》の主《しゅ》、天魁《てんかい》星《せい》の化身《けしん》だから）をおむかえにまいりました。」

宋江《そうこう》はそれをきいてかしこまり、童女《どうじょ》について幕舎《ばくしゃ》の外にでた。

外は、あたりいちめんに天上《てんじょう》の光がさしていた。かぐわしい風が吹《ふ》き、まるで春のようなあたたかさである。

二、三里《＊り》ほどすすむと、森が見えた。

宋江《そうこう》たちは森のなかをすすみ、石橋《いしばし》をわたる。大きな門をくぐり、御殿《ごてん》のなかにはいった。

そこには五色《ごしき》（青・赤・黄・白・黒）の霞《かすみ》がただよい、天上の花がひらひらと舞《ま》いおちている。

正面の御座《ぎょざ》には、九天玄女《きゅうてんげんにょ》の姿《すがた》があった。身《み》には赤い衣《ころも》をまとい、頭には冠《かんむり》をいただいている。左右には、二、三十人ほどの仙女《せんにょ》がはべっていた。

宋江《そうこう》はあわててひざまずき、九天玄女《きゅうてんげんにょ》を拝《はい》した。

五行による相生相克［ごぎょうによるそうしょうそうこく］
五行説《ごぎょうせつ》によれば、すべては、木《もく》・火《か》・土《ど》・金《ごん》・水《すい》の五つの元素《げんそ》からなりたつ。木《もく》は火《か》を、火は土《ど》を、土は金《ごん》を、金は水《すい》を、水は木《もく》を生む。これを相生《そうしょう》という。また、木《もく》は土《ど》に、土は水《すい》に、水は火《か》に、火は金《ごん》に、金は木《もく》に勝つ。これを相克《そうこく》（相剋《そうこく》）という。

「天魁星《てんかいせい》よ。そなたはよく忠義《ちゅうぎ》をまもり、宋《そう》のためにたたかっているようです。いまのいくさは、どのようなぐあいでしょうか？」

「このたびは勅命《ちょくめい》をうけ、遼《りょう》を討《う》ちにまいりましたところ、〈太乙混天象《たいいつこんてんしょう》の陣《じん》〉によって三《み》たび討《う》ちやぶられました。いまはほどこす策《さく》もありません。」

「その陣《じん》は、ただ攻《せ》めるだけでは、ほろぼすことはできません。*五行《ごぎょう》による相生相克《そうしょうそうこく》の理《り》によって、やぶらねばなりません。

遼軍《りょうぐん》の前軍《ぜんぐん》は黒い旗《はた》をもっていますので、*水星軍《すいせいぐん》です。これをやぶるには土星軍《どせいぐん》をつかわねばなりません。土《ど》は黄色ですので、大将《たいしょう》を一人と副将《ふくしょう》七、八人をえらび、それぞれに黄色の旗《はた》に黄色の鎧《よろい》を着せ、敵陣《てきじん》にむかわせればよろしいでしょう。

また敵《てき》の左翼《さよく》は青旗《あおはた》なので、これをやぶるには白で身《み》をつつんだ部隊《ぶたい》をあてればよいのです。おなじ要領《ようりょう》でほかの部隊にもあたれば、陣《じん》はかんたんにやぶれます。

敵陣《てきじん》の中央には、太陽陣《たいようじん》、太陰陣《たいいんじん》の二陣があります。これに二つの軍《ぐん》をぶつければ、あとは敵の中軍《ちゅうぐん》をたたくだけです。しかし、日中《にっちゅう》は兵《へい》をすすめてはなりません。夜をまって、事《こと》をすすめることです。」

宋江《そうこう》は再拝《さいはい》して礼をのべ、御殿《ごてん》をさがった。青衣《せいい》の童女《どうじょ》が宋江を案内《あんない》し、もときた道を

水星軍［すいせいぐん］
五行《ごぎょう》の木《もく》・火《か》・土《ど》・金《ごん》・水《すい》は、
五色《ごしき》の青・赤・黄・白・黒に対応《たいおう》する。

ひきかえしていく。

すると目の前に、遼《りょう》の大軍《たいぐん》があらわれた。

「遼軍《りょうぐん》はすぐそこです。討《う》ちやぶってきてください。」

童女《どうじょ》は宋江《そうこう》の背《せ》を押《お》した。

宋江は、はっとおどろいて顔をあげると、そこは幕舎《ばくしゃ》のなかだった。どうやら、夢《ゆめ》を見ていたようだ。

幕舎《ばくしゃ》をでると、夜があけていた。宋江は呉用《ごよう》をよび、夢《ゆめ》のことを話した。

「九天玄女《きゅうてんげんにょ》さまのお告《つ》げならば、かならずやこのいくさ、勝てるでしょう。」

呉用《ごよう》は、五色《ごしき》の衣装《いしょう》を用意させた。

土星軍《どせいぐん》（黄）
大将《たいしょう》　一名　董平《とうへい》
副将《ふくしょう》　七名　朱仝《しゅどう》、史進《ししん》、欧鵬《おうほう》、鄧飛《とうひ》、燕順《えんじゅん》、馬麟《ばりん》、穆春《ぼくしゅん》

金星軍《きんせいぐん》（白）
大将　一名　林冲《りんちゅう》
副将　七名　徐寧《じょねい》、穆弘《ぼくこう》、黄信《こうしん》、孫立《そんりつ》、楊春《ようしゅん》、陳達《ちんたつ》、楊林《ようりん》

火星軍《かせいぐん》（赤）　大将　一名　秦明《しんめい》
副将　七名　劉唐《りゅうとう》、雷横《らいおう》、単廷珪《ぜんていけい》、魏定国《ぎていこく》、周通《しゅうとう》、龔旺《きょうおう》、丁得孫《ていとくそん》

水星軍《すいせいぐん》（黒）　大将　一名　呼延灼《こえんしゃく》
副将　七名　楊志《ようし》、索超《さくちょう》、韓滔《かんとう》、彭玘《ほうき》、孔明《こうめい》、鄒淵《すうえん》、鄒潤《すうじゅん》

木星軍《もくせいぐん》（青）　大将　一名　関勝《かんしょう》
副将　八名　花栄《かえい》、張清《ちょうせい》、李応《りおう》、柴進《さいしん》、宣賛《せんさん》、郝思文《かくしぶん》、施恩《しおん》、薛永《せつえい》

太陽陣攻撃軍《たいようじんこうげきぐん》　大将《たいしょう》　七名　魯智深《ろちしん》、武松《ぶしょう》、楊雄《ようゆう》、石秀《せきしゅう》、焦挺《しょうてい》、湯隆《とうりゅう》、蔡福《さいふく》
太陰陣《たいいんじん》攻撃軍　大将　七名　扈三娘《こさんじょう》、顧大嫂《こだいそう》、孫二娘《そんじじょう》、王英《おうえい》、孫新《そんしん》、張青《ちょうせい》、蔡慶《さいけい》
中軍攻撃軍《ちゅうぐんこうげきぐん》　大将《たいしょう》　六名　盧俊義《ろしゅんぎ》、燕青《えんせい》、呂方《りょほう》、郭盛《かくせい》、解珍《かいちん》、解宝《かいほう》
中軍攻撃副軍《ふくぐん》　大将　五名　李逵《りき》、樊瑞《はんずい》、鮑旭《ほうきょく》、項充《こうじゅう》、李袞《りこん》

夜になると、梁山泊軍《りょうざんぱくぐん》は〈太乙混天象の陣《たいいつこんてんしょうのじん》〉にむかった。

董平《とうへい》ひきいる土星軍《どせいぐん》は、敵《てき》の水星軍《すいせいぐん》へ斬《き》りこむ。林冲《りんちゅう》ひきいる金星軍《きんせいぐん》は木星軍《もくせいぐん》へ、秦明《しんめい》ひきいる火星軍《かせいぐん》は金星軍《きんせいぐん》へ、呼延灼《こえんしゃく》ひきいる水星軍《すいせいぐん》は火星軍《かせいぐん》へ、関勝《かんしょう》ひきいる木星軍《もくせいぐん》は土星軍《どせいぐん》へと、それぞれ攻撃《こうげき》をはじめた。敵《てき》の陣形《じんけい》は、みるみるうちにくずれていく。

そこへ、魯智深《ろちしん》たち、扈三娘《こさんじょう》たちのひきいる二軍《ぐん》が、敵陣《てきじん》中央の太陽陣《たいようじん》、太陰陣《たいいんじん》におそいかかった。

さらには李逵《りき》たちが、遼国王《りょうこくおう》のいる中軍《ちゅうぐん》に突入《とつにゅう》する。そのあとを盧俊義《ろしゅんぎ》たちが追う。入雲竜《にゅううんりゅう》・公孫勝《こうそんしょう》は道術《どうじゅつ》をつかって雷《かみなり》を起こす。敵陣《てきじん》はみだれにみだれ、大混乱《だいこんらん》におちいった。

兀顔光《こつがんこう》は、関勝《かんしょう》とはげしい打ちあいをつづけた。そこへ張清《ちょうせい》がやってきて、石つぶてを兀《こつ》顔光《がんこう》の顔にくらわせた。さらに関勝が、青竜偃月刀《せいりゅうえんげつとう》をふりおろし、一刀両断《いっとうりょうだん》にした。

二十万の遼兵《りょうへい》は、そのほとんどが討《う》ちとられた。

遼国王《りょうこくおう》はいそいで燕京《えんけい》の城内《じょうない》へ逃《に》げこみ、かたく門をとざしてでてこなくなった。

宋江《そうこう》たちはいきおいにのって城攻《しろぜ》めの準備《じゅんび》をはじめる。

遼国王《りょうこくおう》は、諸将《しょしょう》をあつめて相談した。

「もはやこの城《しろ》には、兵《へい》はほとんどいない。ここは降伏《こうふく》すべきか。」

諸将《しょしょう》はたたかう意思《いし》がなかったので、降伏することをすすめた。

遼国王《りょうこくおう》はさっそく梁山泊《りょうざんぱく》の陣営《じんえい》に使者《ししゃ》をつかわし、

「毎年、宋朝《そうちょう》には牛馬や金銀財物《きんぎんざいぶつ》をおさめ、二度と領土《りょうど》を侵《おか》すことはしない。」

とのことを約束《やくそく》した。

宋江《そうこう》はいった。

「このことは、われわれの一存《いちぞん》ではきめられぬ。天子《てんし》さまにおうかがいせねばならないので、しばしまたれよ。」

使者《ししゃ》は陣営《じんえい》にもどって、遼国王《りょうこくおう》に宋江のことばをつたえた。

大臣《だいじん》のひとりがいう。

「大王《だいおう》。宋朝《そうちょう》には、高俅《こうきゅう》、蔡京《さいけい》、童貫《どうかん》、楊戩《ようせん》の四人の奸臣《かんしん》がいます。彼《かれ》らに賄賂《わいろ》をおくれば、きっと講和《こうわ》は成立《せいりつ》するでしょう。」

「うむ。すぐにとりはからえ。」

遼国《りょうこく》の大臣《だいじん》は都《みやこ》・開封府《かいほうふ》へむかい、四人の奸臣《かんしん》に会って賄賂《わいろ》をわたした。これによって、梁山泊軍《りょうざんぱくぐん》は、うばった城《しろ》をすべて遼国王《りょうこくおう》にかえし、軍を撤退《てったい》しなければならなくなったので

宿元景［しゅくげんけい］
殿司太尉《でんしたいい》。宮中の長官《ちょうかん》。

ある。

朝廷《ちょうてい》からは殿司《でんし》太尉《たいい》の宿元景《しゅくげんけい》が派遣《はけん》され、宋江《そうこう》に退却《たいきゃく》の旨《むね》をつたえた。

宋江は嘆息《たんそく》した。

「朝廷をうらむわけではないが、これではなんのためにたたかったのかわかりませぬ。」

「宋江どの、ご心配にはおよびませぬ。わたしがかならず、あなたたちの功績《こうせき》を天子に上奏《じょうそう》いたします。」

宿元景《しゅくげんけい》はそういったものの、宋江《そうこう》だけでなく、梁山泊軍《りょうざんぱくぐん》のほかの頭目《とうもく》たちも不満《ふまん》に思っていた。しかしどうにもならず、梁山泊軍は兵《へい》を退《ひ》くことになった。

十七　田虎《でんこ》、河北《かほく》にて反乱《はんらん》する

一

都《みやこ》・開封府《かいほうふ》へもどった宋江《そうこう》たちは、大殿《たいでん》で徽宗《きそう》にお目どおりした。

「よくぞ、遼国《りょうこく》とたたかってくれた。おまえたちの官職《かんしょく》は、臣下《しんか》の者とよくよく相談してからさずけよう。」

宋江《そうこう》は叩頭《こうとう》して礼をいい、大殿《たいでん》からさがった。

四人の奸臣《かんしん》のうちの二人、蔡京《さいけい》と童貫《どうかん》は、宋江が殿中《でんちゅう》から立ちさると見るや、天子《てんし》の前にあゆみだし、上奏《じょうそう》した。

「梁山泊《りょうざんぱく》の連中《れんちゅう》は一〇八人もおりますゆえ、一人ひとりの官職《かんしょく》をきめるのはたいへんでございます。ここはわたくしたちが、よくよく考えてから、陛下《へいか》に上奏《じょうそう》いたしましょう。」

徽宗《きそう》は蔡京《さいけい》たちにいいくるめられた。

宋江《そうこう》は仲間《なかま》たちとともに、城外《じょうがい》の陣営《じんえい》で朝廷《ちょうてい》からの知らせをまった。

だが何日たっても、なんの音沙汰《おとさた》もない。もとより四人の奸臣《かんしん》たちは、宋江《そうこう》たちに官職《かんしょく》をさずける気などなかったのだ。

陣営《じんえい》のなかでは、頭目《とうもく》たちから不満《ふまん》の声があがった。

「梁山泊《りょうざんぱく》へもどって、また山賊《さんぞく》をやろう。」

といいだす者まで、でてくるしまつである。

そんなおり、河北《かほく》（中国北部）の田虎《でんこ》という者が、宋朝《そうちょう》に対して大規模《だいきぼ》な反乱《はんらん》を起こした。

田虎《でんこ》は、もとは猟師《りょうし》だったが、ごろつきや盗賊《とうぞく》たちをあつめて徒党《ととう》をくみ、やがて大きな勢力《せいりょく》になった。すでに五つの州府《しゅうふ》と五十六の県が、彼《かれ》らの手におちたとのことである。

田虎《でんこ》はみずから晋王《しんおう》と名のり、*年号《ねんごう》をも制定《せいてい》した。さらには、

田虎［でんこ］
もと猟師《りょうし》。河北《かほく》で反乱《はんらん》を起こし、五つの州府《しゅうふ》と五十六の県を手に入れる。

年号を制定［ねんごうをせいてい］
年号をきめていいのは天子《てんし》だけ。
年号をきめたということは、
「天子になりかわる」という意味。

都《みやこ》・開封府《かいほうふ》の北、衛州《えいしゅう》にむかって軍《ぐん》をすすめているとのことである。

衛州《えいしゅう》がとられれば、つぎは開封府《かいほうふ》だ。

徽宗《きそう》は田虎《でんこ》の反乱《はんらん》を知っておそれ、文武百官《ぶんぶひゃっかん》をあつめて協議《きょうぎ》した。

宿元景《しゅくげんけい》が上奏《じょうそう》する。

「ここは宋江《そうこう》たちに討伐《とうばつ》をまかせるのがよろしいでしょう。かの者《もの》たちならば、田虎《でんこ》など、たちどころにやぶるはずです。」

徽宗《きそう》はそれをきいてよろこび、宋江《そうこう》を大殿《たいでん》にまねいた。

「朕《ちん》はそなたたちが忠義《ちゅうぎ》の者《もの》であることをよく知っている。そなたたちに田虎討伐《でんことうばつ》を命《めい》ずるゆえ、すみやかに、かの者を討《う》ちほろぼし、都《みやこ》へもどるがよい。そのときには、重くとりたててやるぞ。」

「陛下《へいか》より大任《たいにん》をたまわりました以上《いじょう》、死してもかならずや果《は》たしてみせましょう。」

徽宗《きそう》は宋江のこたえに満足《まんぞく》し、御酒《ぎょしゅ》や金銀《きんぎん》をさずけた。

宋江《そうこう》は兵《へい》をととのえ、衛州《えいしゅう》の守備《しゅび》を公孫勝《こうそんしょう》にまかせてから、田虎討伐《でんことうばつ》にむかった。梁山泊《りょうざんぱく》軍《ぐん》は奮闘《ふんとう》し、またたく間《ま》に、田虎《でんこ》の領土《りょうど》のひとつである蓋州《がいしゅう》の城《しろ》を占領《せんりょう》した。また敵将《てきしょう》の耿恭《こうきょう》という者を味方《みかた》にくわえた。十二月もおわろうとするころのことである。

二

元旦《がんたん》がやってきた。宋江《そうこう》は蓋州《がいしゅう》の城《しろ》で、盛大《せいだい》な新年会をもよおした。

諸将《しょしょう》はかわるがわる宋江にさかずきをさしむけ、祝《いわ》いのことばをのべる。

翌日《よくじつ》になると、雪が降《ふ》った。

州役所《しゅうやくしょ》の東には、宜春圃《ぎしゅんほ》という庭園《ていえん》がある。そこには雨香亭《うこうてい》という亭《あずまや》があり、まわりには、檜《ひのき》、柏《かしわ》、松《まつ》、梅《うめ》などの木が立ちならんでいた。

宋江《そうこう》たちは夕方になると、雨香亭《うこうてい》で酒宴《しゅえん》をひらき、雪をながめた。夜になると、灯籠《とうろう》の明《あ》かりが、雪の降《ふ》る庭を照《て》らし、まことに趣《おもむき》のあるようすである。

宋江《そうこう》たちが談笑《だんしょう》するなか、黒旋風《こくせんぷう》・李逵《りき》は、酒をしたたかにのんで、うとうとしていた。

ふと顔をあげると、外には雪が降っておらず、昼間のように明るい。

「これはいったい、どういうことだ?」

李逵《りき》は雨香亭《うこうてい》の外にでて、しばらくあるいた。

やがて前方《ぜんぽう》に高い山が見えた。ふもとには、ひとりの男がいる。頭には頭巾《ずきん》をかぶり、黄

李逵［りき］
天殺星《てんさつせい》。
あだ名は黒旋風《こくせんぷう》。
二《に》挺《ちょう》斧《ふ》の使い手。

色い道服《どうふく》を身《み》につけていた。

男は笑《え》顔《がお》であゆみよってきた。

「将軍《しょうぐん》。お散歩《さんぽ》でしたら、この山をまわれば、楽しいものがたくさん見られますよ。」

「この山は、なんという山だ？」

「〈天池《てんち》嶺《れい》〉といいます。お遊びになって、またお帰りのさいにお会いしましょう。」

男は一礼《いちれい》して去っていった。

李逵《りき》は男のいったとおり、山をまわってあるいてみることにした。

道の横に、大きな屋敷《やしき》が見えた。屋敷のなかからは悲鳴《ひめい》がきこえる。

李逵《りき》が屋敷にのりこんでいくと、そこでは十人あまりの男たちが、棍棒《こんぼう》や刀《かたな》をもって、机《つくえ》や椅子《いす》、家財道具《かざいどうぐ》をたたきこわしていた。部屋《へや》のすみでは、老人《ろうじん》と娘《むすめ》がおびえている。

男たちのなかで、とくに体の大きな男が老人にどなった。

「この老《お》いぼれめ！　さっさとその娘《むすめ》をよこせ！　さからえば、おまえたちを皆殺《みなごろ》しにするぞ！」

李逵《りき》はそれを見て、かっとなった。

「きさまら！　なんだって、ひとさまの娘をうばおうってんだ！」

「おれたちはこの老《お》いぼれに用があるんだ！　おまえはひっこんでろ！」

李逵《りき》は怒《おこ》り、腰《こし》にさげた二挺斧《にちょうふ》を手にとって、男たちにおそいかかった。彼《かれ》はたてつづけに、七、八人ほど斬《き》りころした。床《ゆか》は死体だらけである。生きのこった者は、あわてて逃《に》げだした。

「おい、じいさん。悪人《あくにん》はおれがこらしめてやったぞ。」

「たすけてくれたことには感謝《かんしゃ》いたします。しかし、これだけ殺《ころ》してしまえば、われわれはお上《かみ》につかまりましょう。」

「その心配はない。おれは梁山泊《りょうざんぱく》の黒旋風《こくせんぷう》・李逵《りき》だ。天子《てんし》さまからの勅令《ちょくれい》をうけてここにきているのだ。梁山泊がきた以上《いじょう》、もう二度と悪人《あくにん》がこないようにしてやるから、安心しろ。」

「それなら、まことにありがたいことです。」

老人《ろうじん》はなんども李逵《りき》を拝《はい》し、奥《おく》の間《ま》へ案内《あんない》して酒や料理をふるまった。李逵は上機嫌《じょうきげん》で酒を何杯《なんばい》ものむ。

「将軍《しょうぐん》さまのようなお方《かた》がいれば、この地《ち》も安泰《あんたい》です。もしおいやでなければ、どうかわたくしの娘《むすめ》を嫁《よめ》にもらってやってくだされ。」

李逵《りき》はそれをきくと、椅子《いす》から立ちあがった。

「ふざけたことをぬかすな！　おれがあのならず者どもを斬《き》ったのは、おまえの娘《むすめ》がほしいからではないわ！」

李逵《りき》は卓《たく》をけりとばし、屋敷《やしき》をでていった。

しばらく道をあるくと、さきほど逃《に》げた大男が朴刀《ぼくとう》を手に、こちらにむかってきた。

「やい、きさま！　よくも仲間《なかま》を殺《ころ》してくれたな！」

李逵《りき》は腹《はら》がたっていたので、二挺斧《にちょうふ》をめちゃくちゃにふりまわして応戦《おうせん》した。

二十合《ごう》ほど打ちあったのち、男は逃《に》げだした。

「まて！　どこへ逃げる気だ！」

李逵《りき》はあとを追う。

林をとおりぬけると、そこは宮殿《きゅうでん》のなかだった。まわりには文武百官《ぶんぶひゃっかん》がならび、殿上《でんじょう》には天子《てんし》・徽宗《きそう》がすわっている。

「李逵《りき》よ、はやく平伏《へいふく》いたせ。」

どこからともなく声がきこえた。李逵《りき》はあわててひざまずき、徽宗《きそう》にむかって三拝《さんぱい》した。

「そなたはさきほど、多くの者を殺《ころ》したそうだな。」

「あいつらが、むりやり、ひとの娘《むすめ》をうばおうとしたからです。」

徽宗［きそう］
宋《そう》の八代目天子《てんし》。

徽宗《きそう》は満足《まんぞく》げに笑《わら》った。

「李逵《りき》は無道《むどう》（道《みち》をはずれた行《おこな》い）を見て、悪人《あくにん》どもを退治《たいじ》したのだ。その義勇《ぎゆう》はまこと、ほめるべきところである。――そなたが無罪《むざい》であることはわかった。値殿将軍《ちでんしょうぐん》（殿中警護《でんちゅうけいご》の将軍）に任命《にんめい》する。」

李逵《りき》はそれをきいて大よろこびし、十たびあまり叩頭《こうとう》した。

すると、高俅《こうきゅう》、蔡京《さいけい》、童貫《どうかん》、楊戩《ようせん》の四人の奸臣《かんしん》がやってきて、徽宗《きそう》に平伏《へいふく》した。

「ただいま宋江《そうこう》は、田虎《でんこ》討伐《とうばつ》もせず、終日《しゅうじつ》、酒ばかりをのんでおります。どうか陛下《へいか》の御名《ぎょめい》によって、懲罰《ちょうばつ》いただきますよう、おねがいいたします。」

李逵《りき》はそれをきいて怒《おこ》り二挺斧《にちょうふ》をふりまわし、四人の奸臣《かんしん》の首をつぎつぎに斬《き》りおとした。

「天子《てんし》さま！　こんなやつらのいうことをきいてはいけません。宋江《そうこう》の兄貴《あにき》は、すでに蓋州《がいしゅう》をとっています。田虎《でんこ》の命《いのち》も、もう長くはありません。」

まわりにいた文武百官《ぶんぶひゃっかん》は、李逵《りき》をとりおさえようとした。だが李逵は、

「おれとたたかいたければ、かかってこい！　この四人のようになりたいか！」

と、どなる。まわりの者はおそれ、李逵《りき》から離《はな》れた。

「愉快《ゆかい》、愉快《ゆかい》。四人の奸臣《かんしん》もたおしたことだし、兄貴《あにき》のもとへもどろう。」

李逵《りき》は笑《わら》いながら大殿《たいでん》を去った。

またしばらくあるくと、前に山が見えた。ふもとには、黄色い道服《どうふく》の男がいた。彼《かれ》はにこやかにいった。

「将軍《しょうぐん》。山めぐりは楽しめましたか？」

「まあ、きいてくれ。おれは四人の奸臣《かんしん》を殺《ころ》してやったんだ。これで天下《てんか》も泰平《たいへい》だ。」

「それはよかったですね。――わたくしは、将軍《しょうぐん》におつたえしたいことがございます。田虎《でんこ》をたおすための重要《じゅうよう》なことですので、かならず宋江《そうこう》どのにおつたえください。」

要夷田虎族　田虎《でんこ》をたおそうとすれば

須諧瓊矢鏃　瓊矢鏃《けいしぞく》と諧《した》しむべし

李逵《りき》は意味がわからないながらも、いわれたことをおぼえておいた。

男はちかくの林を指さした。

「あの林のなかに、年《とし》をとったおばあさんがすわっていますよ。」

李逵《りき》が林にはいると、見おぼえのある老婆《ろうば》が石に腰《こし》をかけていた。

「おふくろ！」

李逵《りき》は、いそいで母のそばまでかけつけた。

「鉄牛《てつぎゅう》かい。そんなにあわてて、どうしたんだい？」

「おふくろは虎《とら》に食《く》われて死んじまったと思ってたよ。こんなところにいたとは。」

「あたしは虎なんかに食われてないよ。」

母が笑《わら》っていったので、李逵《りき》はその前でひざまずき、大声で泣《な》いた。

「おふくろ。おれは招安《しょうあん》をうけて、役人になったんだ。宋江《そうこう》の兄貴《あにき》といっしょに、天下《てんか》のためにたたかっている。いまおれの仲間《なかま》は城内《じょうない》にあつまってるから、そこまでおぶっていってあげるよ。こんどこそ、ちゃんと親孝行《おやこうこう》するからな。」

とつぜん、うなり声がきこえた。

目をむけると、林のなかに一頭の虎《とら》がいた。大きく吼《ほ》え、李逵《りき》たちにむかってかけてきた。

「こいつめ！」

李逵《りき》は二挺斧《にちょうふ》を手にとり、虎《とら》にむかってふりおろした。

だが、力をいれすぎたため、二挺斧《にちょうふ》は空《くう》を切り、李逵《りき》はまえのめりに、地面にたおれた。

とたん、肩《かた》が几卓《きたく》にぶつかった。

顔をあげて見れば、雨香亭《うこうてい》のなかだった。

まわりで酒盛《さかも》りをしていた宋江《そうこう》たちは、李逵《りき》に目をむけた。

「夢《ゆめ》か。」

李逵《りき》は、くやしそうに舌打《したう》ちをした。

「いったい、どんな夢《ゆめ》なのだ？」

宋江《そうこう》がたずねると李逵《りき》は、夢で母親と会ったこと、四人の奸臣《かんしん》を退治《たいじ》したことを話した。

皆《みな》は手をたたき、

「それは痛快《つうかい》な夢《ゆめ》だ。」

と、笑《わら》った。

「まだあるぞ。田虎《でんこ》をたおすための秘策《ひさく》を、道士《どうし》のようなかっこうをした男からおそわったんだ。」

李逵《りき》はいい、「要夷田虎族　須諧瓊矢鏃」の十文字をとなえた。

だが宋江《そうこう》も呉用《ごよう》も、その意味がまるでわからなかった。ほかの者たちも首をかしげるばかりである。

この場にいた神医《しんい》・安道全《あんどうぜん》が、「瓊矢鏃《けいしぞく》」の三文字をきいて、なにかいいだそうとした。

が、そばにいた没羽箭《ぼつうせん》・張清《ちょうせい》が目くばせをすると、安道全《あんどうぜん》は微笑《びしょう》して口をとざした。

翌日《よくじつ》になると、雪はやんだ。

宋江《そうこう》は諸将《しょしょう》をあつめて軍議《ぐんぎ》をひらく。軍を二手《ふたて》にわけ、宋江が昭徳《しょうとく》を、盧《ろ》俊義《しゅんぎ》が汾陽《ふんよう》を攻《せ》めることになった。また蓋州《がいしゅう》の守備《しゅび》に、花栄《かえい》、董平《とうへい》、施恩《しおん》、杜興《とこう》の四将《しょう》をのこした。

宋江《そうこう》は兵《へい》をひきい、昭徳《しょうとく》へむかった。

昭徳《しょうとく》までの道のりには、壺関《こかん》という関所《せきしょ》がある。宋江《そうこう》はまずここを攻《せ》めおとし、混世魔王《こんせいまおう》・樊瑞《はんずい》にまもりをまかせた。またこのときのたたかいで、田虎《でんこ》の配下《はいか》だった唐斌《とうひん》という将《しょう》を仲間《なかま》にした。

三

威勝城《いしょうじょう》にいる田虎《でんこ》は、昭徳城《しょうとくじょう》が梁山泊軍《りょうざんぱくぐん》に攻《せ》められているとの報告《ほうこく》をうけた。

「壺関《こかん》の関所《せきしょ》は、すでに宋江《そうこう》によっておとされました！　盧《ろ》俊義《しゅんぎ》の軍《ぐん》も晋寧《しんねい》にせまっていま す。このままですと、蓋州《がいしゅう》につづいて昭徳《しょうとく》と晋寧《しんねい》も、やつらにとられてしまいます。」

「おのれ、梁山泊《りょうざんぱく》め！　このわたしみずからがつぶしてくれよう！」

田虎［でんこ］
もと猟師《りょうし》。河北《かほく》で反乱《はんらん》を起こし、五つの州府《しゅうふ》と五十六の県を手に入れる。

喬道清［きょうどうせい］
幻魔君《げんまくん》とよばれる妖術《ようじゅつ》使《つか》い。田虎《でんこ》の国の軍師《ぐんし》・左丞相《さじょうしょう》。

田虎《でんこ》が大声でどなった。彼《かれ》は腕力《わんりょく》が強く、武芸全般《ぶげいぜんぱん》に通《つう》じた男である。

「おまちください、大王《だいおう》。」

そういって、ひとりの道士《どうし》があゆみでた。頭には黄色い冠《かんむり》をかぶり、身《み》には白い衣《ころも》をまとっている。

この男は、姓《せい》を喬《きょう》、名を冽《れつ》、号《ごう》を道清《どうせい》といい、人からは〈幻魔君《げんまくん》・喬道清《きょうどうせい》〉とよばれていた。さまざまな妖術《ようじゅつ》をつかうことができ、知略《ちりゃく》にも長《た》けているので、田虎《でんこ》は彼《かれ》を軍師《ぐんし》・左《さ》丞相《じょうしょう》（国政大臣《こくせいだいじん》）に任《にん》じていた。

「わざわざ大王がでるまでもありません。ここはわたくしにおまかせください。ただ、事《こと》は急《きゅう》を要《よう》しております。わたくしは騎馬兵《きばへい》をひきいて、いそいで昭徳《しょうとく》へ救援《きゅうえん》にかけつけましょう。晋寧《しんねい》のほうへは、わたくしの同郷《どうきょう》の者、孫安《そんあん》をむかわせます。彼《かれ》は武術《ぶじゅつ》にすぐれた男です。かならずや、盧俊義《ろしゅんぎ》を討《う》ちとってくれるはずです。」

田虎《でんこ》はそれをきいてよろこび、喬道清《きょうどうせい》に出陣《しゅつじん》の許可《きょか》をあたえた。

さて、もと田虎《でんこ》の武将《ぶしょう》だった唐斌《とうひん》、耿恭《こうきょう》の二将《しょう》は、宋江《そうこう》の命《めい》をうけ、昭徳城《しょうとくじょう》の北門を攻《せ》めていた。そこへ、威勝《いしょう》のほうから騎馬隊《きばたい》がおしよせてきたとの報告《ほうこく》がはいった。

李逵［りき］
天殺星《てんさつせい》。
あだ名は黒旋風《こくせんぷう》。
二挺斧《にちょうふ》の使い手。

唐斌《とうひん》たちは陣形《じんけい》をととのえ、むかえうつ準備《じゅんび》をした。

やがて騎馬隊《きばたい》が到着《とうちゃく》した。軍《ぐん》の先頭《せんとう》に喬道清《きょうどうせい》がいるのを見て、唐斌《とうひん》たちはおそれおののいた。

「唐斌《とうひん》、加勢《かせい》するぞ！」

遊撃部《ゆうげきぶ》隊《たい》の黒旋風《こくせんぷう》・李逵《りき》が、五百の兵《へい》をつれてかけつけてきた。喬道清《きょうどうせい》の軍に突撃《とつげき》しようとする。

「おまちください李逵《りき》どの！　やつは田虎《でんこ》の配下《はいか》のなかで、もっともおそろしい男ですぞ。」

唐斌《とうひん》はさけんだ。が、李逵《りき》は耳を貸《か》そうとせず、二挺斧《にちょうふ》を手に、喬道清《きょうどうせい》にむかっていく。

鮑旭《ほうきょく》、項充《こうじゅう》、李袞《りこん》の三将《しょう》が李逵《りき》のあとを追う。

「虫《むし》けらどもめ！　わが道術《どうじゅつ》を味わうがよい！」

喬道清《きょうどうせい》は背中《せなか》の宝剣《ほうけん》をぬいて、天を指《さ》した。

とたん、黒い霧《きり》が立ちこめ、あたりがまっ暗《くら》になった。李逵《りき》と五百の兵士《へいし》たちは、その暗《くら》闇《やみ》のなかにとじこめられ、でられなくなってしまった。

（喬道清《きょうどうせい》の道術《どうじゅつ》は、おそるべきものだ。逃《に》げようとして逃げられるものではない。どうせ死ぬのであれば、たたかって死にたい。）

喬道清［きょうどうせい］
幻魔君《げんまくん》とよばれる妖術使《ようじゅつつか》い。
田虎《でんこ》の国の軍師《ぐんし》・左丞相《さじょうしょう》。

唐斌《とうひん》はそう決心すると、矛《ほこ》をかまえ、馬をとばして、喬道清《きょうどうせい》にむかっていった。

「むだなことを。」

喬道清《きょうどうせい》は印《いん》をむすび、呪文《じゅもん》をとなえた。すると黄砂《こうさ》がまきおこり、唐斌《とうひん》めがけてとんでくる。唐斌《とうひん》は目をあけることができず、そのあいだに敵兵《てきへい》につかまってしまった。また唐斌のひきいていた兵も砂嵐《すなあらし》に逃《に》げまどい、敵兵に斬《き》りころされていった。

その場《ば》を逃《に》げのびた耿恭《こうきょう》は、本陣《ほんじん》にもどって宋江《そうこう》に報告《ほうこく》した。

「それで、李逵《りき》は無事《ぶじ》なのか？」

「わかりません。が、殺《ころ》されていなければ、敵《てき》につかまっているでしょう。」

耿恭《こうきょう》のこたえに、宋江はなげき悲しんだ。

呉用《ごよう》がいう。

「なげいているひまはありません。相手が妖術使《ようじゅつつか》いならば、こちらも術《じゅつ》で対抗《たいこう》しましょう。公孫勝《こうそんしょう》どのは衛州《えいしゅう》にいますので、ここまでくるには時間がかかりすぎます。壺関《こかん》から混世《こんせい》魔王《まおう》・樊瑞《はんずい》どのをよびましょう。」

「だが、それでも時間がかかるぞ。いそがねば、李逵《りき》たちの命《いのち》があぶない。」

呉用《ごよう》は反対したが、宋江《そうこう》はききいれない。彼《かれ》は呉用に本陣《ほんじん》のまもりをまかせ、林冲《りんちゅう》、徐寧《じょねい》、

魯智深《ろちしん》、武松《ぶしょう》、劉唐《りゅうとう》、湯隆《とうりゅう》、李雲《りうん》、郁保四《いくほうし》、索超《さくちょう》、張清《ちょうせい》の十将《しょう》をひきつれ、二万の兵《へい》とともに出陣《しゅつじん》した。

宋江《そうこう》の軍《ぐん》は、城《しろ》の南門におしよせた。

「喬道清《きょうどうせい》よ！　でてくるがよい！」

すると城《しろ》の吊《つ》り橋《ばし》がおり、喬道清が兵《へい》をひきいてあらわれた。

「謀反《むほん》に加勢《かせい》する賊道士《ぞくどうし》め！　早《そう》そうに、捕《と》らえた者をひきわたすがよい！　さもなくば、おまえを捕らえ、切りきざんでくれよう！」

「ふん。わたしを捕らえられるのなら、捕らえてみるがよい。」

喬道清《きょうどうせい》がいったとたん、林冲《りんちゅう》たち諸将《しょしょう》がいっせいにおそいかかった。

喬道清は宝剣《ほうけん》で西を指《さ》し、呪文《じゅもん》をとなえた。すると、たちまちあたりに砂嵐《すなあらし》が起こり、宋《そう》江《こう》の軍《ぐん》をつつみこむ。

「まずい！」

林冲《りんちゅう》は馬をかえし、宋江《そうこう》をまもって逃《に》げる。ほかの諸将《しょしょう》や兵士《へいし》たちも退却《たいきゃく》した。

だが半里《はんり》*ほどすすんだとき、野原だったはずの場所が河《かわ》にかわっていた。むこう岸が見えないほどのひろさである。うしろからは敵兵《てきへい》がせまってくる。

里［り］
長さの単《たん》位《い》。当時の１里は約 553 メートル。

「もはやこれまでか。」

宋江《そうこう》がつぶやいたとき、

「むざむざと死んでたまるか！」

と、魯《ろ》智《ち》深《しん》、武《ぶ》松《しょう》、劉《りゅう》唐《とう》の三人は、きびすをかえして、敵《てき》兵《へい》に斬《き》りこんでいった。

「命《いのち》知らずの者どもめ！」

喬《きょう》道《どう》清《せい》は宝《ほう》剣《けん》で空を指《さ》し、ふたたび呪《じゅ》文《もん》をとなえた。

とつぜん、雷《らい》鳴《めい》がとどろいた。空から、金色の鎧《よろい》に身《み》をかためた神《しん》人《じん》が、二十人ほどあらわれる。彼《かれ》らは手にもった武《ぶ》器《き》で、魯《ろ》智《ち》深《しん》たちに打ちかかった。さらには敵《てき》兵《へい》もおそいかかってくる。魯智深たちは生《い》け捕《ど》りにされ、敵《てき》陣《じん》につれていかれた。

喬《きょう》道《どう》清《せい》はいった。

「宋《そう》江《こう》よ。馬をおりて縄《なわ》につけ。そうすれば、命《いのち》だけはたすけてやろう。」

宋江は天をあおいで嘆《たん》息《そく》した。

「この宋江、死などおそれはせぬが、いまだ天《てん》子《し》の恩《おん》にもむくいることができず、年《とし》老《お》いた親のめんどうを見ることもできず、李《り》逵《き》たち義兄弟《きょうだい》をたすけだすこともできないことが心残《こころのこ》りだ。捕《と》らえられてはずかしめをうけるより、みずからこの命《いのち》を絶《た》とう。」

林冲《りんちゅう》たちもいった。

「われわれもお供《とも》いたします。死んだのちは悪霊《あくりょう》となって、田虎《でんこ》をたおしましょう。」

宋江《そうこう》たちは剣《けん》をひきぬき、みずから首をはねようとした。

「またれよ、星主《せいしゅ》どの！」

声とともに、地面から何者かがとびだしてきた。髪《かみ》は赤く、頭にはツノがはえている。上《じょう》半身《はんしん》ははだかで、皮膚《ひふ》は青黒い。

宋江《そうこう》たちは、その奇怪《きかい》な人物の姿《すがた》におどろいた。

「われはここの土地神《とちしん》だ。みなの忠義《ちゅうぎ》に感じいったゆえ、生きて陣営《じんえい》にかえしてやろう。」

土地神《とちしん》は地面の土をつかむと、河《かわ》にむかってまきちらした。すると河が消え、もとどおりの野原にもどった。

「いまのうちに、陣営《じんえい》にむかって走るがよい。」

土地神《とちしん》はそういうと、一陣《いちじん》の旋風《せんぷう》と化《か》し、姿《すがた》を消した。

宋江《そうこう》たちは兵《へい》をまとめ、退却《たいきゃく》をつづけた。
五、六里《り》ばかりすすむと、呉用《ごよう》が一万の兵《へい》をひきいてやってきた。
「ご無事《ぶじ》でしたか、宋江どの。」

「すまなかった軍師《ぐんし》どの。いうことをきかなかったばかりに、あやうく義兄弟《きょうだい》の命《いのち》までをもうしなうところであった。」

宋江《そうこう》は呉用《ごよう》と兵《へい》をあわせ、陣営《じんえい》にもどった。

そこへ、壺関《こかん》から混世魔王《こんせいまおう》・樊瑞《はんずい》が到着《とうちゃく》した。

呉用《ごよう》がいった。

「敵《てき》は思った以上《いじょう》に強大《きょうだい》です。ここは公孫勝《こうそんしょう》どのにもきてもらいましょう。城《しろ》を攻《せ》めるのは、そのあとのほうがよいと思います。」

宋江《そうこう》はうなずき、さっそく使者《ししゃ》を、公孫勝のいる衛州《えいしゅう》へおくった。

四

喬道清《きょうどうせい》は、術《じゅつ》がやぶられたことで敵《てき》を警戒《けいかい》し、いったん昭徳城《しょうとくじょう》の役所《やくしょ》にひきかえした。

兵士《へいし》たちは、捕《と》らえた魯智深《ろちしん》、武松《ぶしょう》、劉唐《りゅうとう》、李逵《りき》、鮑旭《ほうきょく》、項充《こうじゅう》、唐斌《とうひん》を縄《なわ》でしばり、喬道《きょうどう》清《せい》の前にひきたてた。

「もし投降《とうこう》するのであれば、わたしが晋王《しんおう》（田虎《でんこ》）に上奏《じょうそう》して、おまえたちを高位《こうい》高官《こうかん》にとりたててやるぞ。」

「おれたちをだれだと思ってやがる！　おれを斬《き》るなら、何《なん》百刀《とう》でも斬りつけるがいい！もしおれがすこしでも苦しむ様子《ようす》を見せたなら、梁山泊《りょうざんぱく》の好漢《こうかん》とは名のれぬわ！」

李逵《りき》がどなると、魯智深《ろちしん》、武松《ぶしょう》、劉唐《りゅうとう》もいう。

「おれたち義兄弟《きょうだい》は、首を斬《き》られることがあろうとも、このひざを屈《くっ》することはないぞ！」

喬道清《きょうどうせい》はかっとなった。

「全員、外につれだして首をはねよ！」

魯智深《ろちしん》は大声で笑《わら》った。

「殺《ころ》すのなら殺せばよい。死んで正路《せいろ》（正しい道《みち》）につこうぞ。」

兵士《へいし》たちは魯智深《ろちしん》たちをひったてて、役所をでていった。

喬道清《きょうどうせい》は思った。

（死をおそれず、忠義《ちゅうぎ》をつらぬくとは。あのような好漢《こうかん》、これまで見たことがない。殺《ころ》すのは惜《お》しい。とにかくいまは生かしておいて、どうするのがよいか、とくと考えよう。）

喬道清《きょうどうせい》は兵士《へいし》をよびつけ、魯智深《ろちしん》たちを牢《ろう》にとじこめておくよう命《めい》じた。

それから五日がすぎたが、両軍《りょうぐん》ともうごかなかった。

樊瑞 [はんずい]
地然星《ちぜんせい》。あだ名は混世魔王《こんせいまおう》。
妖術使《ようじゅつつか》い。

喬道清《きょうどうせい》は、梁山泊軍《りょうざんぱくぐん》に策《さく》なしと考え、一万の兵《へい》をひきいて出陣《しゅつじん》した。

梁山泊軍の陣営《じんえい》からは、混世魔王《こんせいまおう》・樊瑞《はんずい》が宝剣《ほうけん》を手にあらわれ、大声でさけぶ。

「逆賊《ぎゃくぞく》の道士《どうし》め！　よくも朝廷《ちょうてい》に、はむかったな！」

「敗軍《はいぐん》の兵《へい》がなにをいうか。このわたしに勝てるとでも思っておるのか？」

「ならば相手してやろう！」

樊瑞《はんずい》は宝剣《ほうけん》をかまえ、馬を走らせて喬道清《きょうどうせい》にむかっていく。二人ははげしく打ちあい、呪《じゅ》文《もん》をとなえる。上空ではふたすじの黒い気がただよい、ぶつかりあう。両軍《りょうぐん》の兵士《へいし》たちは、ただぼうぜんとたたかいを見ていた。

樊瑞《はんずい》は喬道清《きょうどうせい》のすきを見て、斬《き》りつけた。とたん、その姿《すがた》が消えた。宝剣《ほうけん》は空振《からぶ》りする。

喬道清は、いつのまにか自陣《じじん》の前にいた。彼《かれ》は大声で笑《わら》う。

「どこを打っておるのだ？」

そのとき、宋江《そうこう》の軍《ぐん》からは、聖水将《せいすいしょう》・単廷珪《ぜんていけい》と神火将《しんかしょう》・魏定国《ぎていこく》が、それぞれ五百の兵《へい》をひきいてとびだした。単廷珪の兵は黒い鎧《よろい》を、魏定国の兵は赤い鎧《よろい》を着ている。

「何人こようが、むだだ！」

喬道清《きょうどうせい》は宝剣《ほうけん》をふりかざした。すると、はげしい風が吹《ふ》き、空から無数《むすう》の雹《ひょう》が降《ふ》ってくる。

雹《ひょう》は、鶏《にわとり》の卵《たまご》ほどの大きさがあり、兵士《へいし》たちの頭や顔を打つ。兵士たちは大あわてで自陣《じじん》へ逃《に》げこんだ。

「おのれ！」

樊瑞《はんずい》は呪文《じゅもん》をとなえ、狂風《きょうふう》をまきおこした。

「つまらん術《じゅつ》だ！」

喬道清《きょうどうせい》も狂風を起こし、樊瑞《はんずい》の起こした風をおしかえす。さらには、天空《てんくう》から無数《むすう》の天将《てんしょう》(天界《てんかい》の将軍《しょうぐん》)、神兵《しんぺい》をよびだし、宋江《そうこう》の軍《ぐん》をおそわせた。

樊瑞《はんずい》はどうすることもできず、ほかの兵士《へいし》たちとともに逃《に》げまどう。

「一兵《いっぺい》たりとも、のがすな！」

喬道清《きょうどうせい》は命《めい》じ、兵士たちを突撃《とつげき》させた。梁山泊軍《りょうざんぱくぐん》はつぎつぎと斬《き》られていく。

だがそのとき、ひとすじの金色の光が空に射《さ》した。狂風《きょうふう》がしずまり、天将《てんしょう》、神兵《しんぺい》が消えていく。五色《ごしき》の紙が、ひらひらと舞《ま》いおりてきた。

「その紙が、さきほどの天将、神兵の正体《しょうたい》だ！　そんな術《じゅつ》など、おそるるにたりん！」

そういってあらわれたのは、衛州《えいしゅう》からかけつけてきた道士《どうし》、入雲竜《にゅううんりゅう》・公孫勝《こうそんしょう》である。

「なにやつ！」

喬道清《きょうどうせい》は印《いん》をむすび、黒い気を北の上空にあらわした。

すると公孫勝《こうそんしょう》は、宝剣《ほうけん》をふりかざして天空に神将《しんしょう》をよびだす。神将は北へとんでいき、黒い気をかき消した。

「このわたしの術《じゅつ》をやぶれる者が、羅真人《らしんじん》以外《いがい》にいたとは……。」

喬道清《きょうどうせい》は以前《いぜん》、羅真人《らしんじん》に弟子《でし》入りをしようとして、拒《こば》まれたことがあった。そのとき、こういわれた。

「おまえは外道《げどう》を学び、玄微《げんび》（正道《せいどう》）をさとろうとしない。いずれ、徳《とく》に遇《あ》って魔《ま》をなくしたときに、またあらためてここへくるがよい。」

喬道清《きょうどうせい》は憤然《ふんぜん》として羅真人《らしんじん》のもとを離《はな》れた。その羅真人の弟子《でし》が、目の前にいる公孫勝《こうそんしょう》だということを喬道清は知らない。ここで二人がであったのは、まさに天命《てんめい》であろう。

「いったん退《ひ》け！」

喬道清《きょうどうせい》は兵士《へいし》たちに命《めい》じ、城《しろ》にむかって逃走《とうそう》した。

公孫勝《こうそんしょう》は宋江《そうこう》にいう。

「城《しろ》にたてこもられると、討《う》ちとるのが困難《こんなん》になります。すぐに追いかけましょう。」

宋江《そうこう》はうなずき、公孫勝とともに二万の兵《へい》をひきいて、喬道清《きょうどうせい》のあとを追った。

公孫勝［こうそんしょう］
天間星《てんかんせい》。あだ名は入雲竜《にゅううんりゅう》。
道術使《どうじゅつつか》い。

喬道清《きょうどうせい》は、五竜山《ごりゅうざん》という山のそばまでたどりついた。彼《かれ》は馬をかえし、いった。

「水たまりのぬすっとどもめ！　もういちど相手してくれよう！」

喬道清《きょうどうせい》は宝剣《ほうけん》で、そばにいた武将《ぶしょう》の槍《やり》を指《さ》した。すると槍《やり》が、まるで竜《りゅう》のように空にとびあがり、公孫勝《こうそんしょう》めがけて突《つ》きかかっていく。

「そんな術《じゅつ》、きかぬわ！」

公孫勝《こうそんしょう》は、霹靂火《へきれきか》・秦明《しんめい》のもつ狼牙棒《ろうがぼう》を宝剣《ほうけん》で指《さ》す。狼牙棒は秦明の手からとびだし、槍《やり》にむかっていった。

槍《やり》と狼牙棒《ろうがぼう》は空中で、疾風《しっぷう》のような速《はや》さで打ちあいをはじめる。金属《きんぞく》のぶつかる音がひびく。両軍《りょうぐん》の兵士《へいし》は、固唾《かたず》をのんで見まもる。

狼牙棒《ろうがぼう》が、槍《やり》をはたきおとした。槍は敵陣《てきじん》の戦鼓《せんこ》（たたかいの合図《あいず》につかう太鼓《たいこ》）に突《つ》きささる。梁山泊軍《りょうざんぱくぐん》からは喝采《かっさい》が起こった。狼牙棒《ろうがぼう》は秦明《しんめい》の手にもどる。

「話にならぬな。」

公孫勝《こうそんしょう》は笑《わら》った。

喬道清《きょうどうせい》は怒《いか》りで顔をまっかにし、また呪文《じゅもん》をとなえて五竜山《ごりゅうざん》を宝剣《ほうけん》で指《さ》した。

「いでよ、黒竜《こくりゅう》！」

すると山からは黒い雲が立ちのぼり、そのなかから一匹《ぴき》の黒竜《こくりゅう》があらわれた。

黒竜は鱗《うろこ》をさかだて、たてがみをふるわせ、公孫勝《こうそんしょう》にむかっていく。

「それしきの術《じゅつ》、わけもないわ！」

公孫勝《こうそんしょう》も五竜山《ごりゅうざん》を指《さ》す。すると稲妻《いなずま》とともに黄竜《こうりゅう》があらわれ、黒竜《こくりゅう》にとびかかった。

二匹《ひき》の竜《りゅう》は空中でたたかいあう。

「青竜《せいりゅう》と白竜《はくりゅう》、いでよ！」

喬道清《きょうどうせい》は五竜山《ごりゅうざん》から、さらに青竜と白竜をよびだす。

「赤竜《せきりゅう》よ、やつらをほろぼせ！」

公孫勝《こうそんしょう》は負《ま》けじと赤竜をよびだした。

五匹《ひき》の竜《りゅう》は空中でからみあい、はげしいたたかいをつづける。あたりには狂風《きょうふう》が起こる。

両陣《りょうじん》の旗持《はたも》ちの兵士《へいし》たちは、その風にあおられて吹《ふ》きとばされる。

公孫勝《こうそんしょう》は、手にもった払子《ほっす》を宙《ちゅう》になげた。払子はくるくると回転《かいてん》して鳥になり、つむじ風《かぜ》をまきあげて空高くとびあがると、みるみるうちに大鵬《たいほう》（想像上《そうぞうじょう》の巨大《きょだい》な鳥）と化《か》した。

大鵬《たいほう》は五匹《ひき》の竜《りゅう》にむかって急降下《きゅうこうか》をかけ、体《たい》あたりをくらわせた。雷声《らいせい》（雷《かみなり》のようにとどろきわたる声）とともに、五匹の竜はばらばらにくだけ、鱗《うろこ》がとびちる。

もともとこの五匹《ひき》の竜《りゅう》は、五竜山《ごりゅうざん》の竜王廟《りゅうおうびょう》の柱にまきついている、泥土《でいど》をかためてつくった竜である。くだけるとともに、もとの泥土のかたまりにもどり、その破片《はへん》が喬道清《きょうどうせい》の軍《ぐん》に降《ふ》りそそいだ。破片《はへん》が頭にぶつかり血をながす者は数知《かずし》れず。兵《へい》は大混乱《だいこんらん》におちいった。喬道清《きょうどうせい》の頭上《ずじょう》にも、黄竜《こうりゅう》の尾《お》が降《ふ》ってきた。彼《かれ》はあわててかわす。頭をくだかれずにすんだものの、かぶっていた冠《かんむり》がひしゃげてしまった。

「もどれ！」

公孫勝《こうそんしょう》は上空《じょうくう》に手をかざす。みるみる大鵬《たいほう》は払子《ほっす》にかわり、その手におさまった。

喬道清《きょうどうせい》はさらに術《じゅつ》をつかおうとした。が、それよりもさきに、公孫勝が呪文《じゅもん》をとなえた。

彼《かれ》の頭上《ずじょう》に、金色の鎧《よろい》を着た神人《しんじん》があらわれ、

「喬道清《きょうどうせい》よ！　縛《ばく》につくがよい！」

と、大地をもゆるがす大声でどなる。

喬道清《きょうどうせい》はおそれ、馬をかえすと、西のほうへ逃《に》げていった。

「宋江《そうこう》どの。わたくしは喬道清を追います。あなたはいまのうちに城《しろ》をおとしてください。」

公孫勝《こうそんしょう》のことばに宋江はうなずき、軍《ぐん》をひきいて昭徳城《しょうとくじょう》へ殺到《さっとう》した。

呉用《ごよう》はいう。

「城内《じょうない》の兵力《へいりょく》は、もうほとんどのこっていません。それに彼《かれ》らは喬道清《きょうどうせい》をたよりにしていましたので、さきほどの敗戦《はいせん》で、兵士《へいし》たちはわれわれをおそれているはずです。檄文《げきぶん》（おふれの文）をつくって城内に放《はな》てば、兵士たちは将《しょう》をしばりあげて城門《じょうもん》をひらくでしょう。」

呉用《ごよう》は檄文《げきぶん》を数十枚《すうまい》したため、矢《や》にむすんで城内《じょうない》にうちこんだ。

「妙策《みょうさく》！　さっそく、そのようにせよ。」

翌日《よくじつ》になると、とつぜん城内でいくつもの声がおこり、東西南北の門に降伏《こうふく》の旗《はた》が立った。軍民《ぐんみん》たちは城門《じょうもん》をひらき、梁山泊軍《りょうざんぱくぐん》をむかえいれる。捕《と》らえられていた魯智深《ろちしん》たちも全員解放《かいほう》された。

こうして宋江《そうこう》たちは、血をながすことなく、昭徳城《しょうとくじょう》をおとしたのである。

いっぽう、喬道清《きょうどうせい》が百谷嶺《ひゃくこくれい》という山に逃《に》げこんだので、公孫勝《こうそんしょう》は兵士《へいし》たちに山を包囲《ほうい》させ、降伏《こうふく》するようよびかけた。

宋江《そうこう》が城内《じょうない》の役所《やくしょ》にはいったとき、神行太保《しんこうたいほう》・戴宗《たいそう》がかけつけてきた。

「宋江どの。盧俊義《ろしゅんぎ》どのは晋寧《しんねい》の城《しろ》をおとしました。さらに田虎《でんこ》の武将《ぶしょう》、孫安《そんあん》をも味方《みかた》にしました。いま、ここへつれてきています。」

宋江《そうこう》はよろこび、さっそく孫安《そんあん》と会った。

「宋江どの。わたくしは喬道清《きょうどうせい》と同郷《どうきょう》です。もし彼《かれ》を味方《みかた》につけたいのであれば、わたくしがいって説《と》き伏《ふ》せてまいりましょう。」

「もしそれができるのであれば、大手柄《おおてがら》だ。たのんだぞ。」

孫安《そんあん》は一礼《いちれい》してその場《ば》を去り、まずは百谷嶺《ひゃくこくれい》を包囲《ほうい》している公孫勝《こうそんしょう》に会いにいった。

公孫勝《こうそんしょう》は、

「喬道清《きょうどうせい》に会ったときには、こういうがよい。」

と、孫安《そんあん》に耳打ちした。孫安はうなずくと、ひとりで百谷嶺《ひゃくこくれい》にのぼっていった。

喬道清《きょうどうせい》は山中《さんちゅう》の、*神農廟《しんのうびょう》のなかにいた。孫安がきたと知ると、廟《びょう》のなかにむかえいれた。

「孫安《そんあん》よ。おまえは晋寧《しんねい》にむかったのではなかったのか？　なぜここにいるのだ。」

「わたくしは、梁山泊軍《りょうざんぱくぐん》に投降《とうこう》しました。そしてあなたを説得《せっとく》しに、ここへまいったのです。

——宋江《そうこう》どのは義《ぎ》に厚《あつ》いお方《かた》です。ここはともに天朝《てんちょう》（朝廷《ちょうてい》）へ帰順《きじゅん》いたしましょう。」

「ばかをいうな！　このうらぎり者め！」

「では、もうしあげましょう。あなたは以前《いぜん》、羅真人《らしんじん》に弟子入《でしい》りしようとして、ことわられたそうですね。そのさいに羅真人はこうおっしゃられた——『いずれ、徳《とく》に遇《あ》って魔《ま》をなく

神農廟［しんのうびょう］
神農《しんのう》は古代中国の伝説《でんせつ》の帝王《ていおう》。牛頭人身《ぎゅうとうじんしん》の姿《すがた》。人びとに農業《のうぎょう》をおしえた。薬草にもくわしく、医薬《いやく》の祖《そ》といわれている。

したときに、またあらためてここへくるがよい。』と。」

「なぜそのことを。」

「あなたがたたかった道士《どうし》、入雲竜《にゅううんりゅう》・公孫勝《こうそんしょう》からきいたのです。そして彼こそが、羅真人《らしんじん》の弟子《でし》なのです。またこの地は〈昭徳《しょうとく》〉です。徳の字のある地であなたの術《じゅつ》がやぶれたということは、〈徳《とく》に遇《あ》って魔《ま》をなくす〉ということばと符合《ふごう》するのではありませんか。」

喬道清《きょうどうせい》は、はっとした。

（わたしがこの地にきたことこそが、すでに天命《てんめい》だったのか。）

そうさとった喬道清《きょうどうせい》は、孫安《そんあん》とともに山をくだり公孫勝《こうそんしょう》に会った。彼《かれ》は平伏《へいふく》し罪《つみ》をわびた。

「おまえが邪《じゃ》をはらい、正道《せいどう》にもどってくれるのであれば、それこそ、わが師《し》ののぞむところだ。」

公孫勝《こうそんしょう》はそういって喬道清《きょうどうせい》を昭徳《しょうとく》の城《しろ》へつれていき、宋江《そうこう》とひきあわせた。宋江は酒宴《しゅえん》をひらき、喬道清をもてなした。

公孫勝は喬道清にいった。

「おまえの術《じゅつ》がわたしに通用《つうよう》しないのは、鬼神《きじん》（霊的《れいてき》な存在《そんざい》やおそろしい神《かみ》など、意味多数《たすう》）の力を借《か》りているだけの、幻術《げんじゅつ》だからだ。もしあの術で俗《ぞく》をこえ、聖《せい》にはいれると考えているの

斤［きん］
重さの単位《たんい》。当時の１斤は
約600グラム。

であれば、それは大きなあやまちというものだろう。」

喬道清《きょうどうせい》はそれをきき、目のさめる思いがした。彼《かれ》はその場で公孫勝《こうそんしょう》を師《し》として拝《はい》した。

五

田虎《でんこ》の領土《りょうど》である五つの州府《しゅうふ》のうち、三つが梁山泊《りょうざんぱく》におとされた。のこるは田虎のいる威勝《いしょう》と、その西にある汾陽《ふんよう》だけである。

宋江《そうこう》はいま、威勝《いしょう》の南、昭徳《しょうとく》の城《しろ》に兵《へい》をあつめている。

国舅《こっきゅう》（天子・国王の外戚《がいせき》）の鄔梨《うり》が、田虎《でんこ》に上奏《じょうそう》した。

「宋江《そうこう》はまもなく昭徳《しょうとく》から北上《ほくじょう》し、この威勝《いしょう》に攻《せ》めこんでくるはずです。ここはわたくしが兵《へい》をひきいて、昭徳の北、襄垣県《じょうえんけん》の城《しろ》をまもりましょう。」

この鄔梨《うり》という男は、もとは威勝《いしょう》の富豪《ふごう》であった。棒術《ぼうじゅつ》をきわめ、千斤《＊きん》をもちあげる腕力《わんりょく》があり、五十斤の大刀《だいとう》を得意《とくい》とする。妹を田虎《でんこ》に嫁《とつ》がせていたので、田虎からは重くもちいられていた。

「わたくしの娘《むすめ》、瓊英《けいえい》は、昨年《さくねん》の冬、夢《ゆめ》のなかで神人《しんじん》に会い、武芸《ぶげい》を伝授《でんじゅ》されました。さら

鄔梨［うり］
田虎《でんこ》の国舅《こっきゅう》。
襄垣県《じょうえんけん》をまもる。
瓊英《けいえい》の義父《ぎふ》。

には石つぶてをなげる術《じゅつ》も身につけており、とぶ鳥を百発《ひゃっぱつ》百《ひゃく》中《ちゅう》で打ちおとします。ちかごろでは、人びとから〈瓊矢鏃《けいしぞく》〉とよばれています。わが娘を先鋒《せんぽう》にすれば、かならずや功《こう》をたてることでしょう。」

統軍大将《とうぐんたいしょう》（総司令官《そうしれいかん》）の馬霊《ばれい》も上奏《じょうそう》する。

「梁山泊軍《りょうざんぱくぐん》は兵《へい》をわけ、汾陽《ふんよう》の地をとりにくるものと思われます。わたくしが汾陽へおもむき、敵《てき》を打ち負かしてみせましょう。」

田虎《でんこ》はうなずき、それぞれ三万の兵《へい》をあたえて出陣《しゅつじん》させた。

昭徳《しょうとく》にいた喬道清《きょうどうせい》は、田虎《でんこ》が汾陽《ふんよう》と襄垣県《じょうえんけん》に兵《へい》をおくったことを知り、宋江《そうこう》にもうしでた。

「汾陽《ふんよう》へむかった馬霊《ばれい》という者は、妖術《ようじゅつ》をつかいます。ここは、師匠《ししょう》の公孫勝《こうそんしょう》どのと、わたくしとで、あの者を説得《せっとく》し、降伏《こうふく》させましょう。」

宋江《そうこう》はよろこび、喬道清《きょうどうせい》と公孫勝《こうそんしょう》に二千の兵《へい》をあたえ、北西の汾陽《ふんよう》にむかわせた。

またみずからは三万五千の兵をひきいて、北の襄垣県《じょうえんけん》にすすんだ。

襄垣《じょうえん》県城《けんじょう》のそばまできたとき、敵軍《てきぐん》がこちらにむかってきた。

先頭《せんとう》には、銀のたてがみの馬にまたがった、十六歳《さい》ぐらいの少女がいる。眉目秀麗《びもくしゅうれい》で、銀色の鎧《よろい》に身をかため、手には方天画戟《ほうてんがげき》、腰《こし》には錦《にしき》の袋《ふくろ》をさげていた。旗《はた》には〈平南先鋒将郡主*瓊英〉の文字がある。

「われこそは平南先鋒将《へいなんせんぽうしょう》、瓊英《けいえい》だ！　だれぞ、かかってくる者はあるか！」

女好《おんなず》きの矮脚虎《わいきゃくこ》・王英《おうえい》は、相手が美貌《びぼう》の少女だと見るや、槍《やり》を手に馬を走らせ、打ちかかった。瓊英《けいえい》も方天画戟《ほうてんがげき》で応戦《おうせん》する。十合《ごう》ほど打ちあったとき、瓊英《けいえい》の方天画戟が王英の左太ももをつらぬいた。王英はどっと馬からおちる。

夫《おっと》が負傷《ふしょう》したのを見た一丈青《いちじょうせい》・扈三娘《こさんじょう》は、〈日〉〈月〉の二本の刀《かたな》を手に、王英《おうえい》をたすけにむかった。だが瓊英《けいえい》がこれをはばむ。そこへ、梁山泊軍《りょうざんぱくぐん》からは、さらに小尉遅《しょううつち》・孫新《そんしん》と母大《ぼたい》虫《ちゅう》・顧《こ》大嫂《だいそう》の夫婦《ふうふ》がとびだし、王英をすくって陣営《じんえい》にひきかえした。

扈三娘《こさんじょう》は瓊英《けいえい》と打ちあいをつづける。扈三娘がおされてきたと見ると、顧大嫂《こだいそう》は、二本の刀をふりかざし、たすけにむかった。

瓊英《けいえい》は二人を同時《どうじ》に相手してしばらくたたかい、とつぜん逃《に》げだした。

「どこへ逃《に》げる！」

扈三娘《こさんじょう》はあとを追う。

郡主［ぐんしゅ］
「郡主《ぐんしゅ》」は「王の娘《むすめ》」の意味。

扈三娘［こさんじょう］
地急星《ちきゅうせい》。あだ名は一丈青《いちじょうせい》。武術《ぶじゅつ》に長《た》けている。

すると瓊英《けいえい》はやおらふりむき、腰《こし》の袋《ふくろ》から石つぶてをとりだして、なげつけた。右腕《みぎうで》に石つぶてをくらった扈三娘《こさんじょう》は、刀《かたな》をおとした。顧大嫂《こだいそう》は扈三娘をかばいながら自陣《じじん》へもどった。

「いまだ！　梁山泊軍《りょうざんぱくぐん》を滅《ほろ》ぼせ！」

瓊英《けいえい》が命《めい》じたとき、梁山泊軍からは豹子頭《ひょうしとう》・林冲《りんちゅう》がとびだした。

「豹子頭《ひょうしとう》・林冲《りんちゅう》、お相手いたす！」

林冲は蛇矛《だぼう》で瓊英《けいえい》を攻撃《こうげき》する。瓊英はうけきれぬと思い、馬をかえして逃《に》げだした。

林冲はあとを追う。瓊英は石つぶてをなげた。

「むだだ！」

林冲《りんちゅう》は蛇矛《だぼう》ではらいのける。瓊英《けいえい》は、すかさずつぎの石をなげた。

林冲はかわしきれず、ひたいにくらった。彼《かれ》は血のながれるひたいをおさえ、

瓊英［けいえい］
十六歳《さい》の少女。石つぶての名手《めいしゅ》。瓊矢鏃《けいしぞく》のあだ名をもつ。

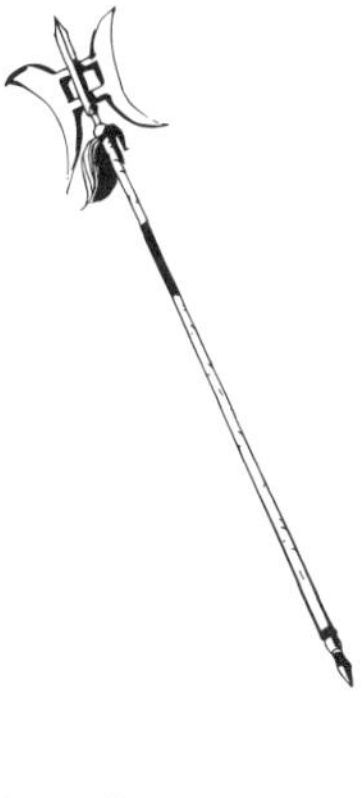

方天画戟［ほうてんがげき］

陣営《じんえい》にむかう。

瓊英《けいえい》は馬をかえし、兵士《へいし》たちとともに林冲《りんちゅう》のあとを追う。

「林冲《りんちゅう》をまもれ！」

その声とともに、梁山泊軍《りょうざんぱくぐん》からは、李逵《りき》、魯智深《ろちしん》、武松《ぶしょう》、解珍《かいちん》、解宝《かいほう》の五将《しょう》がとびだした。おそいくる敵兵《てきへい》を、それぞれの武器《ぶき》でけちらす。

「こちらも応戦《おうせん》だ！」

鄔梨《うり》は兵《へい》をすすめ、梁山泊軍《りょうざんぱくぐん》に突撃《とつげき》させた。

大混戦《だいこんせん》のなか、ついに鄔梨《うり》は梁山泊軍の矢《や》をくらってたおれた。瓊英《けいえい》はそれを見ると、たたかうのをやめ、義父《ぎふ》・鄔梨《うり》をまもりながら襄垣県《じょうえんけん》の城《しろ》に逃《に》げこんだ。

梁山泊軍《りょうざんぱくぐん》も本陣《ほんじん》に退却《たいきゃく》した。きけば、解珍《かいちん》、解宝《かいほう》が敵兵《てきへい》に捕《と》らえられ、魯智深《ろちしん》は混戦《こんせん》のなかで行方不明《ゆくえふめい》になったとのこと。王英《おうえい》は左太ももを瓊英《けいえい》に刺《さ》され、しばし出陣《しゅつじん》ができない。

宋江《そうこう》は神医《しんい》・安道全《あんどうぜん》に負傷者《ふしょうしゃ》の治療《ちりょう》をたのんだ。いっぽうで兵《へい》を派遣《はけん》し、魯智深《ろちしん》のゆくえを追わせた。だが魯智深は、二日たっても三日たっても、見つからなかった。

そんなおり、陣営《じんえい》のそばをうろついていた敵将《てきしょう》を、険道神《けんどうしん》・郁保四《いくほうし》が捕《と》らえた。喬道清《きょうどうせい》の同郷《どうきょう》の将《しょう》、孫安《そんあん》は、捕らえた者を見て宋江《そうこう》にいった。

「この者は、襄垣県《じょうえんけん》をまもる将《しょう》のひとりで、葉清《しょうせい》といいます。たったひとりできたということは、なにかわれわれにつたえたいことがあるのでしょう。」

宋江《そうこう》は葉清の縄《なわ》をとかせ、幕舎《ばくしゃ》にまねいた。

葉清《しょうせい》は、宋江にふかく頭をさげてからいった。

「鄔梨《うり》は矢《や》をくらって、いくさにでられない状態《じょうたい》です。わたくしは『医者をさがしてくる。』といって、城《しろ》をぬけだしてきました。」

「解珍《かいちん》、解宝《かいほう》の二将《しょう》はどうなっている？」

「彼《かれ》らは牢《ろう》にとじこめられています。——わたくしは瓊英《けいえい》の、ほんとうの両親に仕《つか》えていた者です。」

「あの女は、鄔梨《うり》の娘《むすめ》ではないのか？」

「ちがいます。ほんとうの両親は、汾陽《ふんよう》に住む富豪《ふごう》でした。わたくしはその屋敷《やしき》ではたらいていた者です。——瓊英《けいえい》がおさないころ、田虎《でんこ》が反乱《はんらん》を起こし、彼女《かのじょ》の両親を殺《ころ》して財物《ざいぶつ》をうばいました。両親をなくした彼女は、鄔梨《うり》に養女《ようじょ》としてもらわれたのです。」

「なんと！　それがまことならば、瓊英《けいえい》がたおすべき敵《てき》は、田虎《でんこ》ではないか！」

「はい。瓊英《けいえい》はすでに真実《しんじつ》を知っています。われわれが内《うち》がわより田虎《でんこ》を混乱《こんらん》させますので、あなたたちはそれに乗《じょう》じて城《しろ》を攻《せ》めとってください。」

宋江《そうこう》はそれをきき、訝《いぶか》しんだ。このまま信用《しんよう》してよいものだろうか。

「彼《かれ》のいっていることは、真実と思われます。」

そういってあらわれたのは、神医《しんい》・安道全《あんどうぜん》だ。

「去年の冬、没羽箭《ぼっうせん》・張清《ちょうせい》が病《やまい》にかかったときに、わたくしが手当てをいたしました。そのとき、張清《ちょうせい》の脈《みゃく》がひどくみだれていたので、再三《さいさん》理由をたずねたところ、『夢《ゆめ》のなかで、とある少女に石つぶてのなげ方をおしえた……。』というのです。

それに李逵《りき》の夢《ゆめ》のなかで、

要夷田虎族　田虎《でんこ》をたおそうとすれば
須諧瓊矢鏃　瓊矢鏃《けいしぞく》と諧《した》しむべし

とのことばがありました。この瓊矢鏃《けいしぞく》とは、張清《ちょうせい》が夢《ゆめ》で会った少女のことです。」

葉清《しょうせい》はそれをきき、

「まさにそれは、瓊英《けいえい》が夢《ゆめ》で見たこととおなじです。〈瓊矢鏃《けいしぞく》〉とは、瓊英のあだ名《な》です。」

張清［ちょうせい］
天捷星《てんしょうせい》。あだ名は没羽箭《ぼつうせん》。
石つぶての使い手。

「これこそ、天命《てんめい》だ！」

宋江《そうこう》はそういうと、ただちに張清《ちょうせい》をよびつけ、計略《けいりゃく》をさずけた。

張清《ちょうせい》は医者の姿《すがた》に変装《へんそう》し、安道全《あんどうぜん》、葉清《しょうせい》とともに、襄垣県《じょうえんけん》の城《しろ》へむかった。

「おうい！　医者をさがしてきたぞ！　はやく城門《じょうもん》をひらけ！」

葉清《しょうせい》は城《しろ》の前で、大声でさけんだ。

城門《じょうもん》があいた。葉清《しょうせい》は、安道全《あんどうぜん》、張清《ちょうせい》をつれて、鄔梨《うり》の屋敷《やしき》へむかった。

鄔梨《うり》は寝台《しんだい》で横になっていた。安道全は拝《はい》していう。

「わたくし、全霊《ぜんれい》ともうします。こちらにいるのが弟の全羽《ぜんう》です。あなたさまの矢傷《やきず》がひどいときき、こうしてまいった次第《しだい》にございます。」

安道全《あんどうぜん》は鄔梨《うり》の脈《みゃく》を診《み》てから、傷《きず》に薬をぬった。また滋養《じよう》のための内服薬《ないふくやく》ものませた。
二、三日たつと、鄔梨《うり》のぐあいはよくなり、食欲《しょくよく》もましてきた。
「おまえのおかげで傷《きず》は癒《い》えた。まさに神医《しんい》だ。」

「わたくしのつたない医療《いりょう》でよくなられたのであれば、うれしいかぎりにございます。」

「なにか褒美《ほうび》をさずけよう。なにがよい？」

「わたくしの弟の全羽《ぜんう》は、武芸《ぶげい》にすぐれております。よろしければ、とりたててやってくだ

安道全［あんどうぜん］
地霊星《ちれいせい》。あだ名は神医《しんい》。
梁山泊《りょうざんぱく》の軍医《ぐんい》。

鄔梨［うり］
田虎《でんこ》の国舅《こっきゅう》。
襄垣県《じょうえんけん》をまもる。
瓊英《けいえい》の義父《ぎふ》。

さい。」

安道全《あんどうぜん》がそういったとき、梁山泊《りょうざんぱく》が攻《せ》めてきたとの報《ほう》がはいった。

鄔梨《うり》は、ただちに葉清《しょうせい》、瓊英《けいえい》とともに練兵場《れんぺいじょう》へおもむき、兵をととのえた。

そこへ張清《ちょうせい》がやってきた。彼《かれ》は鄔梨《うり》の前でひざまずいた。

「わたくし、全羽《ぜんう》ともうす者です。浅学非才《せんがくひさい》の身《み》ではありますが、もし将《しょう》としてとりたててくだされば、この一命《いちめい》にかえましても、かならずや梁山泊軍《りょうざんぱくぐん》を追いはらい、宋江《そうこう》の首をとってみせましょう。」

すると葉清《しょうせい》はわざと怒《おこ》って、

「ここは戦場《せんじょう》だぞ！　医者の連《つ》れがきてよいところではないわ！」

「ならば、わたくしとたたかって、もしわたくしが勝てば、どうか出陣《しゅつじん》させてください。」

鄔梨《うり》は、二人がたたかうことをゆるした。

葉清《しょうせい》と張清《ちょうせい》は馬にのり、槍《やり》をふりまわして打ちあう。

それを見た瓊英《けいえい》は、張清の槍術《そうじゅつ》が自分のそれと似《に》ていることに気づいた。

（ためしてみるか。）

瓊英《けいえい》はそう思うと、自分も馬にまたがり、槍《やり》をもって張清《ちょうせい》に打ちかかった。

五十合《ごう》ほどたたかって、瓊英《けいえい》は馬をかえした。張清《ちょうせい》はあとを追う。瓊英は石つぶてをなげた。張清《ちょうせい》は右手でかんたんにうけとめてしまった。

瓊英《けいえい》はおどろき、さらにもうひとつなげた。張清《ちょうせい》はさきほどうけとめた石をなげかえす。二つの石は空中でぶつかり、こなごなにくだけちった。

鄔梨《うり》はこのたたかいを見て満足《まんぞく》し、張清《ちょうせい》に二千の兵《へい》をあたえ、梁山泊《りょうざんぱく》を討《う》つように命《めい》じた。

張清は出陣《しゅつじん》し、攻《せ》めてきた梁山泊軍《りょうざんぱくぐん》を追いかえしたので、鄔梨《うり》はますます彼《かれ》を信用《しんよう》してしまった。

「いまや国舅《こっきゅう》さまには全羽《ぜんう》という名将《めいしょう》がおり、瓊英《けいえい》さまという娘《むすめ》もおりますゆえ、宋朝《そうちょう》などおそれる必要《ひつよう》もございません。かならずや、大事《だいじ》は成就《じょうじゅ》するでしょう。――わたくしが思いまするに、全羽《ぜんう》は瓊英《けいえい》さまのよき夫《おっと》になるのではないかと。」

鄔梨《うり》は葉清《しょうせい》のことばをききとどけ、吉日《きちじつ》をえらんで、二人の婚礼式《こんれいしき》をおこなった。もとより二人がむすばれることも、すべて天命《てんめい》によってさだめられていたのである。

婚礼式がおこなわれたのち、四人は鄔梨《うり》を毒殺《どくさつ》し、ほかの将《しょう》をことごとく投降《とうこう》させ、一兵《いっぺい》たりとも城《しろ》からださないようにした。

そして田虎《でんこ》のもとには、梁山泊軍《りょうざんぱくぐん》を退却《たいきゃく》させたとうその報《ほう》をつたえた。

田虎はそれを信《しん》じ、襄垣県《じょうえんけん》には援軍《えんぐん》をおくらなかった。

六

宋江《そうこう》が襄垣県《じょうえんけん》を攻《せ》めているあいだに、盧俊義《ろしゅんぎ》は汾陽《ふんよう》の城《しろ》を攻めとっていた。

そこへ、田虎《でんこ》のもとから、統軍大将《とうぐんたいしょう》の馬霊《ばれい》が三万の兵《へい》をひきいてかけつけてきた。汾陽《ふんよう》城《じょう》の北方《ほっぽう》、十里《り》のところに陣《じん》をかまえる。

盧俊義《ろしゅんぎ》は軍《ぐん》をひきいて、馬霊《ばれい》の軍とむかいあった。

馬霊《ばれい》は妖術使《ようじゅつつか》いでもある。手には方天画戟《ほうてんがげき》をもち、両足には炎《ほのお》の車輪《しゃりん》〈風火輪《ふうかりん》〉を踏《ふ》んで宙《ちゅう》にういている。ひたいの中央に第三の目があることから、〈小華光《しょうかこう》（華光《かこう》は三つ目の神の名前）〉とあだ名《な》されていた。

盧俊義《ろしゅんぎ》は馬霊《ばれい》を指さし、大声でさけんだ。

「天兵《てんぺい》にあだなす者め！　早《そう》そうに田虎《でんこ》のもとへひきかえし、降伏《こうふく》するようにつたえよ！」

「たわけたことをいうな！　おまえこそ汾陽《ふんよう》の城《しろ》をひきわたすがよい！」

馬霊《ばれい》は金磚《きんせん》〈金色《こんじき》のレンガ〉をなげた。すると金磚は、まるで蜂《はち》のように梁山泊軍《りょうざんぱくぐん》のなかをとびまわり、将《しょう》や兵士《へいし》たちの頭を打つ。梁山泊軍《りょうざんぱくぐん》は大混乱《だいこんらん》におちいった。そこへ馬霊《ばれい》の軍《ぐん》が突撃《とつげき》をかけてくる。

盧俊義《ろしゅんぎ》はかなわないと思い、汾陽城《ふんようじょう》へ退却《たいきゃく》した。将兵《しょうへい》をしらべてみると、雷横《らいおう》、鄭天寿《ていてんじゅ》、楊雄《ようゆう》、石秀《せきしゅう》、焦挺《しょうてい》、鄒淵《すうえん》、鄒潤《すうじゅん》、龔旺《きょうおう》、丁得孫《ていとくそん》、石勇《せきゆう》の十将が、金磚《きんせん》によって負傷《ふしょう》させられていた。

盧俊義《ろしゅんぎ》がどうすべきかなやんでいると、宋江《そうこう》のもとから公孫勝《こうそんしょう》と喬道清《きょうどうせい》が、二千の兵《へい》をひきいてやってきた。盧俊義はいそいで城門《じょうもん》をひらき、彼《かれ》らをむかえいれると、馬霊《ばれい》のことを話した。

「ご心配なく。彼を味方《みかた》にくわえるために、ここへきたのです。」

喬道清《きょうどうせい》がそういったとき、兵士《へいし》がかけつけてきた。

「馬霊《ばれい》が兵をひきいて、東門におしよせてきました！　またほかの副将《ふくしょう》も兵をひきい、西、南、北の門を攻《せ》めています！」

「わたしが東門にあたるので、盧俊義《ろしゅんぎ》どのと喬道清《きょうどうせい》はほかの門をまもってくれ。」

公孫勝《こうそんしょう》は、戴宗《たいそう》、黄信《こうしん》、楊志《ようし》、欧鵬《おうほう》、鄧飛《とうひ》の五将《しょう》と兵士をひきい、東門にむかった。吊《つ》り橋《ばし》をおろして出陣《しゅつじん》し、馬霊《ばれい》の軍《ぐん》とむかいあう。

馬霊《ばれい》は大声でよばわった。

「水たまりのぬすっとども！　さっさと武器《ぶき》をすて、城《しろ》をひきわたせ！　さもなくば、鎧《よろい》のかけらすらのこさずに討《う》ちとってくれようぞ！」

「降伏《こうふく》せよ、馬霊《ばれい》よ。もはや、おまえに勝ち目はない。」

公孫勝《こうそんしょう》のことばに、馬霊はかっとなり、金磚《きんせん》をなげた。

公孫勝は宝剣《ほうけん》をかかげた。とたん、その刃《やいば》が炎《ほのお》につつまれた。宝剣をひと振《ふ》りすると、雷《らい》鳴《めい》がとどろき、炎がとび、金磚《きんせん》を地面に打ちおとした。さらには、馬霊《ばれい》の兵士《へいし》たちの武器《ぶき》もすべて炎につつまれた。

「いまだ！　馬霊《ばれい》を捕《と》らえよ！」

公孫勝《こうそんしょう》は払子《ほっす》をふる。梁山泊軍《りょうざんぱくぐん》の兵士《へいし》たちが前進《ぜんしん》し、馬霊軍の兵士を斬《き》りすてていく。

馬霊《ばれい》は勝てないとさとると、風火輪《ふうかりん》を走らせて逃《に》げだした。

「まて！」

神行太保《しんこうたいほう》・戴宗《たいそう》は、〈神行法《しんこうほう》〉をつかって馬霊を追いかける。だが、馬霊の風火輪のほうが速《はや》く、追いつくことができない。

馬霊《ばれい》が戴宗《たいそう》を四里《り》ほどひきはなしたとき、僧侶《そうりょ》があらわれた。彼《かれ》は馬霊を禅杖《ぜんじょう》で打ちたおし、地面におさえこんで生《い》け捕《ど》りにした。戴宗《たいそう》が追いついて見てみると、僧侶《そうりょ》は、行方不明《ゆくえふめい》になっていた花和尚《かおしょう》・魯智深《ろちしん》だった。

戴宗《たいそう》は馬霊《ばれい》を縄《なわ》でしばりあげ、魯智深とともに陣営《じんえい》にむかった。

「魯智深《ろちしん》どの、これまでどこへ行っていたのだ？」

「おれにも、よくわからんのだ。石つぶてをなげる瓊英《けいえい》という女とたたかっているさいちゅ

馬霊［ばれい］
田虎《でんこ》の統軍大将《とうぐんたいしょう》（総司令官《そうしれいかん》）。妖《よう》術《じゅつ》使《つか》い。三つの目をもつことから、小華光《しょうかこう》のあだ名でよばれる。

うに、草むらの穴《あな》におちた。その穴には横穴があって、光が見える。そこへむかうと、ふしぎなことに、地上とおなじように天があり、村や家もあり、人もおおぜいいた。

おれはしばらく道をすすみ、村をでた。そこは広野《ひろの》になっており、庵《いおり》があった。庵《いおり》のなかでは僧侶《そうりょ》がひとり、お経《きょう》をとなえていた。おれが出口をたずねると、

『おまえは因業《いんごう》の穴《あな》におち、欲迷天《よくめいてん》（欲界《よくかい》）からぬけだせないでいるのだ。わたしが道をおしえよう。』

といって、ともに庵《いおり》をでた。四、五歩《ほ》あるくと、

『わたしが案内《あんない》できるのは、ここまでだ。まっすぐすすめば、神駒《しんく》（神の馬。馬《ば》霊《れい》のこと）を手にいれられよう。』

といった。おれがふりかえったときには、僧侶《そうりょ》の姿《すがた》はもうなかった。かわりに、この男（馬《ば》霊《れい》）にでくわしたのだ。」

魯智深《ろちしん》たちは馬霊《ばれい》をつれ、盧俊義《ろしゅんぎ》にひきわたした。

盧俊義《ろしゅんぎ》は、みずから馬霊《ばれい》の縄《なわ》をといた。馬霊は盧俊義からのあつかいに感謝《かんしゃ》し、また魯智《ろち》深《しん》のふしぎな話をきいて天命《てんめい》だとさとり、平伏《へいふく》して降伏《こうふく》をもうしでた。馬霊の兵士《へいし》たちも、ことごとく、梁山泊軍《りょうざんぱくぐん》にくだったのである。

七

田虎《でんこ》のもつ五つの州府《しゅうふ》のうち、四つまでもが梁山泊軍《りょうざんぱくぐん》にとられてしまった。のこるは、本拠地《ほんきょち》の威勝《いしょう》だけである。

田虎のもとには、連日《れんじつ》、梁山泊軍《りょうざんぱくぐん》によって県城《けんじょう》がとられたとの報告《ほうこく》がはいる。

ただ襄垣県《じょうえんけん》からは勝報《しょうほう》がつづいていた。それというのも、張清《ちょうせい》と瓊英《けいえい》は、襄垣県城から一兵《いっぺい》たりとも外にはださず、にせの報告《ほうこく》を発《はっ》していたからである。

やがて襄垣県《じょうえんけん》から葉清《しょうせい》がやってきた。彼《かれ》は田虎《でんこ》を拝《はい》していう。

「鄔梨国舅《うりこっきゅう》さまは風邪《かぜ》をひき、軍《ぐん》の指揮《しき》をとれなくなりましたが、郡主《ぐんしゅ》さま（瓊英《けいえい》）ならびに郡馬《ぐんば》さま（郡主《ぐんしゅ》の夫《おっと》。張清《ちょうせい》のこと）はつねに勝利《しょうり》をおさめ、いまは宋江《そうこう》のいる昭徳《しょうとく》の城《しろ》を包囲《ほうい》しております。どうか良将《りょうしょう》、精兵《せいへい》を派遣《はけん》し、郡主《ぐんしゅ》さまに協力《きょうりょく》して昭徳をとりもどされますよう、おねがいいたします。」

うそとも知らず、田虎《でんこ》はうなずき、十万の兵《へい》をひきいて、南の昭徳《しょうとく》へむかった。

だが城《しろ》のそばまでたどりついたとき、物見《ものみ》の兵士《へいし》がかけつけてきた。

「宋江《そうこう》が孫安《そうあん》と馬霊《ばれい》に兵《へい》をあたえ、こちらにむかわせております！」

田虎《でんこ》は激怒《げきど》した。

「わたしのもとで高位厚禄《こういこうろく》を食《は》みながら、その恩《おん》もわすれ、寝《ね》がえるとは！　二人を捕《と》らえた者には千金の賞《しょう》をあたえるぞ！」

田虎《でんこ》は軍《ぐん》をすすめ、やがて宋江《そうこう》の軍と相対《あいたい》した。また報告《ほうこく》がはいった。

「たいへんです！　盧俊義《ろしゅんぎ》が兵《へい》をすすめ、威勝《いしょう》の城《しろ》をねらっております！」

田虎はそれをきいておどろき、全軍《ぜんぐん》にすぐ威勝へひきかえすよう命《めい》じた。

だが退却《たいきゃく》のとちゅう、北方《ほっぽう》で砲声《ほうせい》がひびき、魯智深《ろちしん》、劉唐《りゅうとう》、鮑旭《ほうきょく》、項充《こうじゅう》、李袞《りこん》の五将《しょう》が、兵《へい》をひきいておそいかかってきた。宋江《そうこう》があらかじめ、伏兵《ふくへい》をしかけておいたのである。

さらには、東から馬霊《ばれい》、孫安《そうあん》が兵をひきいてやってきて、田虎軍《でんこぐん》の横から攻撃《こうげき》をしかけた。

馬霊《ばれい》は風火輪《ふうかりん》で空を走り、金磚《きんせん》をなげた。田虎の兵士《へいし》たちは逃《に》げまどう。

田虎《でんこ》は退却《たいきゃく》をつづける。十万いた兵士《へいし》も、ついには五千にまでへってしまった。

「ああ、天はわたしを見すてたもうたか。」

田虎《でんこ》がそうなげいたとき、前方《ぜんぽう》から没羽箭《ぼつうせん》・張清《ちょうせい》が、兵《へい》をひきいてやってきた。旗《はた》には
〈中興平南先鋒　郡馬全羽〉と書いてある。

張清《ちょうせい》は田虎《でんこ》の前までやってくると、馬をおりてひざまずいた。

「大王《だいおう》。敵兵《てきへい》のいきおいは強く、これ以上《いじょう》ささえきれません。いったん襄垣県《じょうえんけん》の城内《じょうない》に身《み》を隠《かく》されるのがよろしいでしょう。」

田虎《でんこ》は、張清《ちょうせい》が梁山泊《りょうざんぱく》の者であることを知らず、また瓊英《けいえい》がすでに寝《ね》がえっていることも知らないので、ともに襄垣県《じょうえんけん》の城《しろ》へむかった。

だが城内《じょうない》にはいったときに、まわりから伏兵《ふくへい》がおしよせ、田虎の兵を攻撃《こうげき》した。

「田虎《でんこ》！　わが両親のかたき、討《う》たせてもらうぞ！」

瓊英《けいえい》が馬をとばしてかけてくる。田虎《でんこ》はおどろき、逃《に》げようとした。が、馬がいないないてとびあがり、彼《かれ》を地面にふりおとしてしまった。そこを張清《ちょうせい》が生《い》け捕《ど》りにした。

呉用《ごよう》は、自軍《じぐん》のなかから田虎《でんこ》にそっくりな兵士をえらび、田虎の服装《ふくそう》をさせた。そして瓊英《けいえい》とともに軍をひきい、北の威勝《いしょう》へむかう。

田虎《でんこ》のいなくなった威勝《いしょう》の城《しろ》は、彼《かれ》の二人の弟、田豹《でんひょう》と田彪《でんひょう》がまもっていた。

瓊英《けいえい》は城門《じょうもん》の前で、大声でよばわった。

「軍《ぐん》が宋江《そうこう》に討《う》ちやぶられた。大王《だいおう》をおまもりしてまいった！　早《そう》そうに城門《じょうもん》をあけよ！」

城壁《じょうへき》の上にいた田豹《でんひょう》と田彪《でんひょう》は、田虎《でんこ》に化《ば》けた兵《へい》を見て兄だと勘《かん》ちがいし、すぐに城門をひらいてでむかえた。

　すると、田虎《でんこ》に化《ば》けた兵士《へいし》はさけんだ。

「この二人の賊《ぞく》をしばりあげろ！」

　まわりにいた兵士たちは、田豹《でんひょう》、田彪《でんひょう》を捕《と》らえ、縄《なわ》でしばった。二人は計略《けいりゃく》にかかったことをさとったが、すでにどうにもならなかった。

　こうして、田虎《でんこ》のもつ五つの州府《しゅうふ》は、すべて梁山泊軍《りょうざんぱくぐん》に占領《せんりょう》されたのである。

　田虎《でんこ》、田豹《でんひょう》、田彪《でんひょう》の三兄弟は、都《みやこ》・開封府《かいほうふ》に護送《ごそう》され、打ち首の刑《けい》に処《しょ》された。また田虎の支配地《しはいち》であった各県の守将《しゅしょう》も、田虎が死んだことを知り、逃亡《とうぼう》、もしくは投降《とうこう》したのである。

十八　宋江《そうこう》、王慶《おうけい》を鎮《しず》め、方臘《ほうろう》と争《あらそ》う

一

田虎《でんこ》が反乱《はんらん》を起こしているあいだ、都《みやこ》・開封府《かいほうふ》の南では、王慶《おうけい》という者が盗賊《とうぞく》をしたがえ、各州府《かくしゅうふ》をおそっていた。

王慶《おうけい》は、開封府《かいほうふ》の出身《しゅっしん》で、富豪《ふごう》の息子《むすこ》である。しかし、太師《たいし》・蔡京《さいけい》の孫《まご》の婚約者《こんやくしゃ》と通《つう》じていたため、そのことで蔡京《さいけい》の怒《いか》りをかい、都《みやこ》を追いだされてしまった。

そののち王慶《おうけい》は、房山《ぼうざん》という山にこもり、山賊《さんぞく》たちをしたがえて各地《かくち》を荒《あ》らしまわった。

いまや八つの州府《しゅうふ》と八十六の県を治《おさ》めるまでになったのである。

高俅《こうきゅう》、蔡京《さいけい》、童貫《どうかん》、楊戩《ようせん》の四人の奸臣《かんしん》は、たびたび討伐軍《とうばつぐん》を派遣《はけん》した。

だが討伐軍《とうばつぐん》の将《しょう》は、四人の奸臣《かんしん》への賄賂《わいろ》で地位《ちい》を手にいれた者たちばかり。彼《かれ》らは王慶《おうけい》を

王慶［おうけい］
淮西《わいせい》で反乱《はんらん》を起こし、八州《しゅう》八十六県を手に入れる。

討伐《とうばつ》するどころか、自分たちも各地《かくち》の州《しゅう》を荒《あ》らして良民《りょうみん》を殺《ころ》し、略奪《りゃくだつ》をつづけた。

さらには良民《りょうみん》の首をもちかえり、「賊将《ぞくしょう》を討《う》ちとりました。」などと報《ほう》告《こく》するしまつである。

四人の奸臣《かんしん》は、天子《てんし》・徽宗《きそう》にとがめられるのをおそれ、王慶《おうけい》の反乱《はんらん》を報告《ほうこく》しないでいた。

だがそのあいだにも王慶《おうけい》は軍《ぐん》をうごかし、北上《ほくじょう》して魯州《ろしゅう》と襄州《じょうしゅう》を包囲《ほうい》した。この二州をとれば、王慶はさらに北へすすみ、開封府《かいほうふ》にせまることになる。

四人の奸臣《かんしん》たちはさすがにごまかしきれなくなり、また自分《じぶん》らの行《おこな》いを責《せ》める者も宮中《きゅうちゅう》に多くなったため、徽宗《きそう》に、こう上奏《じょうそう》した。

「梁山泊《りょうざんぱく》の者たちは、田虎《でんこ》討伐《とうばつ》を果《は》たしました。都《みやこ》へ凱旋《がいせん》するとのことですが、いま南部《なんぶ》では王慶《おうけい》が乱《らん》を起こしております。いそいで討《う》たねば、この都も、やつらの手におちることになりましょう。――梁山泊《りょうざんぱく》の者たちに、ただちに王慶《おうけい》を討ってもらいましょう。彼《かれ》らに官位《かんい》をあたえるのは、そのあとでもよろしいかとぞんじます。」

徽宗《きそう》は、王慶《おうけい》の軍《ぐん》が都《みやこ》にせまっているときいておそれ、すぐに討伐《とうばつ》へむかうよう勅令《ちょくれい》をくだした。

宋江《そうこう》たちは威勝《いしょう》で、都《みやこ》からの勅使《ちょくし》から勅令《ちょくれい》をうけた。梁山泊《りょうざんぱく》の頭目《とうもく》たちは官位《かんい》もあたえられず、すぐに次のたたかいへむかうよう命《めい》じられたことに不満《ふまん》をいだいた。

だが宋江《そうこう》はいった。

「勅令《ちょくれい》ならば、しかたがない。ここはすみやかに王慶《おうけい》を討《う》ち、そののちに都《みやこ》へ凱旋《がいせん》しよう。」

夏の猛暑《もうしょ》のなか、宋江《そうこう》は王慶《おうけい》とたたかうため、兵《へい》をまとめて南下《なんか》した。

魯州《ろしゅう》と襄 州《じょうしゅう》を包囲《ほうい》した王慶の軍《ぐん》は、梁山泊《りょうざんぱく》がきたと知り、宛州《えんしゅう》のまもりにはいった。

宋江《そうこう》は宛州《えんしゅう》の北、方城山《ほうじょうざん》の林のなかに陣《じん》をかまえた。兵士《へいし》たちはいくさつづきのうえ、炎《えん》天下《てんか》での長距離《ちょうきょり》の進軍《しんぐん》のため、疲労《ひろう》がたまっていた。

神医《しんい》・安道全《あんどうぜん》は涼廡《りょうぶ》（日よけ屋根《やね》）を設《もう》け、兵士《へいし》たちを休ませた。また、暑さにやられた兵士たちの治療《ちりょう》にもあたる。獣医《じゅうい》の紫髯伯《しぜんはく》・皇甫端《こうほたん》は、軍馬《ぐんば》のたてがみを刈《か》って暑さをしのがせた。

もと田虎《でんこ》の部下《ぶか》だった道士《どうし》、喬道清《きょうどうせい》が、宋江《そうこう》にもうしでた。

「ご恩《おん》をかえすためにも、ここはわたくしが兵をひきい、宛州《えんしゅう》を攻《せ》めとってみせましょう。」

宋江《そうこう》はよろこび、喬道清《きょうどうせい》に三万の兵《へい》をあたえ、計略《けいりゃく》をいいわたした。

また方城山《ほうじょうざん》の各地《かくち》に伏兵《ふくへい》を用意した。


宛州《えんしゅう》の守将《しゅしょう》は、劉敏《りゅうびん》という。知略《ちりゃく》に長《た》けた男で、劉智伯《りゅうちはく》（「智伯《ちはく》」は春秋時代《しゅんじゅうじだい》の知将《ちしょう》）ともよばれていた。


劉敏《りゅうびん》は、宋江《そうこう》の軍《ぐん》が暑さをさけるため、林のなかに陣《じん》を築《きず》いていると知って笑《わら》った。

「林のなかに陣を築くとは、兵法《へいほう》を知らないとみえる。火攻《ひぜ》めをすれば一網打尽《いちもうだじん》だ。」

劉敏《りゅうびん》は精鋭《せいえい》五千をえらび、火矢《ひや》、火砲《かほう》（大砲《たいほう》）、松明《たいまつ》を用意させた。さらに二千台《だい》の戦車《せんしゃ》をそろえ、それぞれに硫黄《いおう》や硝石《しょうせき》など火薬《かやく》の原料《げんりょう》になるものを積《つ》みこんだ。

北の方城山《ほうじょうざん》にむかって兵《へい》をすすめると、強い南風が吹《ふ》いた。

「南風が吹くとは、天は梁山泊《りょうざんぱく》を見すてたか。われわれの勝ちはきまったようなものだ。」

劉敏《りゅうびん》は笑《わら》って、さらに兵《へい》をすすめた。

三更《こう》（午前零時《れいじ》）ごろ、一行《いっこう》は方城山《ほうじょうざん》の南にたどりついた。あたりは霧《きり》につつまれている。

「この霧《きり》なら、梁山泊軍《りょうざんぱくぐん》はこちらの接近《せっきん》には気づいていないはずだ。――撃《う》て！」

劉敏《りゅうびん》の命令《めいれい》で、火砲《かほう》が火を噴《ふ》いた。さらには火矢《ひや》、松明《たいまつ》が、梁山泊軍《りょうざんぱくぐん》の陣営《じんえい》にむかって、つぎつぎととんでいく。二千台の戦車《せんしゃ》は炎《ほのお》をまきあげ、林を燃《も》やす。みるみる山いちめんに火がひろがっていく。

だが、そのときである。はげしく吹《ふ》いていた南風が、きゅうに北風にかわった。たちまち炎《ほのお》はむきをかえ、劉敏《りゅうびん》の軍《ぐん》に押《お》しよせてくる。これは喬道清《きょうどうせい》が術《じゅつ》をつかい、風《かぜ》むきをかえたからである。

さらには火砲《かほう》づくりの名人《めいじん》、轟天雷《ごうてんらい》・凌振《りょうしん》が、自慢《じまん》の火砲を劉敏軍《りゅうびんぐん》にむかって放《はな》つ。くわえて、東からは没羽箭《ぼつうせん》・張清《ちょうせい》と瓊英《けいえい》の軍《ぐん》が、西からは孫安《そんあん》の軍がせまる。

劉敏《りゅうびん》は命《いのち》からがら、宛州《えんしゅう》の城《しろ》に逃《に》げこむ。

梁山泊軍《りょうざんぱくぐん》は宛州城を包囲《ほうい》し、これを攻《せ》めおとした。劉敏は捕《と》らえられ、打ち首にされた。

二

宋江《そうこう》はさらに兵《へい》を南にすすめ、山南《さんなん》の城《しろ》を攻《せ》めとった。そこから兵を二手《ふたて》にわけ、宋江は南の荊南《けいなん》へ、盧俊義《ろしゅんぎ》は北の西京《せいけい》へ進軍《しんぐん》し、みごとこの二つの城《しろ》をもおとした。

いきおいにのった梁山泊軍《りょうざんぱくぐん》は、王慶《おうけい》のいる南豊《なんほう》の城《しろ》へ兵《へい》をすすめ、これをも攻《せ》めとった。

王慶《おうけい》は血路《けつろ》をひらいて城《しろ》をぬけだし、南の雲安《うんあん》の城に逃《に》げこもうとするも、そこの城壁《じょうへき》の上には、すでに梁山泊軍《りょうざんぱくぐん》の旗《はた》がならんでいた。

王慶《おうけい》は東川《とうせん》の城《しろ》をめざして逃《に》げた。*

川のそばにさしかかったとき、漁師《りょうし》が小舟《こぶね》を漕《こ》いでやってきた。

「のせてくれ！　金《かね》はいくらでもやるぞ！」

舟《ふね》は岸辺《きしべ》までやってきて、王慶《おうけい》をのせた。だがその舟をあやつるのは、混江竜《こんこうりゅう》・李俊《りしゅん》。王慶は生《い》け捕《ど》りにされたのである。また王慶の支配下《しはいか》の県や州府《しゅうふ》も、王慶《おうけい》がつかまったことをきくと、ことごとく梁山泊軍《りょうざんぱくぐん》に投降《とうこう》した。

公孫勝《こうそんしょう》と喬道清《きょうどうせい》は宋江《そうこう》の命令《めいれい》で、南豊《なんほう》の城《しろ》で七日七夜、いくさで亡《な》くなった者たちの弔《とむら》いをおこなった。

そののちに、喬道清《きょうどうせい》はいった。

「ついさきほど、わたくしの同郷《どうきょう》の友人、孫安《そんあん》が病《やまい》にたおれ、命《いのち》をうしないました。わたくしは彼《かれ》の推挙《すいきょ》によって宋江《そうこう》どののもとではたらかせていただいたのですが、彼がいなくなったいま、この世《よ》への執着《しゅうちゃく》がなくなってしまいました。ねがわくば、野《や》に帰って俗《ぞく》をすて、

東川の城［とうせんのしろ］
位置不明《いちふめい》。東川は益州《えきしゅう》（三国時代《さんごくじだい》の蜀《しょく》）東部を指《さ》す。

徽宗［きそう］
宋《そう》の八代目天子《てんし》。

余生《よせい》をおくりたいと思います。」

そばでそれをきいていた妖術使《ようじゅつつか》いの馬霊《ばれい》も、

「どうかわたくしも、喬道清《きょうどうせい》どのといっしょに去ることをおゆるしください。」

と、宋江《そうこう》にねがいでる。

宋江は二人をとめることができず、わかれの宴《えん》をもよおした。二人は宋江のもとを去ったのち、公孫勝《こうそんしょう》の師匠《ししょう》・羅《ら》真人《しんじん》に弟子入《でしい》りをして、天寿《てんじゅ》をまっとうしたという。

梁山泊軍《りょうざんぱくぐん》は、うばいかえした地を朝廷《ちょうてい》の役人たちにまかせたのち、王慶《おうけい》を檻車《かんしゃ》にのせ、一《いち》路《ろ》、都《みやこ》・開封府《かいほうふ》をめざした。

開封府《かいほうふ》にたどりつくと、宋江《そうこう》たち一〇八人の好漢《こうかん》は城内《じょうない》にはいり、徽宗《きそう》にお目どおりした。

徽宗《きそう》は功績《こうせき》をほめたたえた。

「おまえたちには官職《かんしょく》をあたえるゆえ、しばし待《ま》つがよい。」

宋江《そうこう》たちは、これでやっといくさから解放《かいほう》され、役人になることができるとよろこび、叩《こう》頭《とう》して徽宗《きそう》に礼をいった。

だが宋江《そうこう》が去ったのち、四人の奸臣《かんしん》の二人、蔡京《さいけい》と童貫《どうかん》は、徽宗《きそう》に上奏《じょうそう》した。

「田虎《でんこ》、王慶《おうけい》の二賊《ぞく》が滅《ほろ》びたとはいえ、天下《てんか》が完全《かんぜん》に鎮《しず》まったとはいえません。ここで宋江《そうこう》たちに官職《かんしょく》をあたえ、各地《かくち》の任《にん》につかせるとすると、またなにか乱《らん》があったときに、彼《かれ》らをあつめるのは困難《こんなん》になりましょう。」

「うむ。おまえたちのいうことはもっともだ。どうすればよい？」

「ここはとりあえず、宋江《そうこう》を保義郎《ほうぎろう》（下級官職《かきゅうかんしょく》）・帯御器械《たいぎょきかい》（天子の侍従《じじゅう》）・正受皇城使《せいじゅこうじょうし》（宮廷所属《きゅうていしょ》の名誉職《めいよしょく》）に、盧俊義《ろしゅんぎ》を宣武郎《せんぶろう》（無所属《むしょぞく》の武官《ぶかん》）・帯御器械《たいぎょきかい》・行宮団練使《あんぐうだんれんし》（行宮所属《あんぐうしょぞく》の民兵司令《みんぺいしれい》官《かん》）に封《ほう》じればよろしいかとぞんじます。またほかの者には将軍《しょうぐん》や偏将軍《へんしょうぐん》（副《ふく》将軍）の位《くらい》をあたえておけば問題はありません。」

蔡京《さいけい》たちが宋江《そうこう》と盧俊義《ろしゅんぎ》にあたえたのは、いずれも有名無実《ゆうめいむじつ》の名誉職《めいよしょく》である。

徽宗《きそう》は蔡京たちのことばをききいれ、宋江たちにそれらの位《くらい》をさずけることにした。また王慶《おうけい》を市中で処刑《しょけい》し、その首をさらした。

宿舎《しゅくしゃ》にもどった宋江《そうこう》のもとに、道士《どうし》の入雲竜《にゅううんりゅう》・公孫勝《こうそんしょう》がやってきた。

「このたび宋江どのは二賊《ぞく》を討《う》ち、都《みやこ》へ凱旋《がいせん》なされて、天子《てんし》より官職《かんしょく》をたまわることになりました。わたくしは官職に興味《きょうみ》はございませんので、山へもどり、師匠《ししょう》のもとで道《どう》を学び、老母《ろうぼ》につくしたいとぞんじます。」

こうして公孫勝《こうそんしょう》は、わかれを惜《お》しみながらも、宋江《そうこう》のもとを離《はな》れることになった。

一〇八人の好漢《こうかん》が、一人へったのである。

年があけ、元旦《がんたん》になった。文武百官《ぶんぶひゃっかん》は大殿《たいでん》にでて、徽宗《きそう》に新年のあいさつをした。梁山泊《りょうざんぱく》の好漢《こうかん》たちのなかでは、宋江《そうこう》と盧俊義《ろしゅんぎ》だけが拝賀《はいが》の列にくわわることをゆるされた。しかし彼《かれ》らは列のいちばんはしに立たされ、殿上《でんじょう》にのぼることは許可《きょか》されなかった。殿上をあおぎみれば、きらびやかな衣装《いしょう》に身《み》をつつんだ大臣《だいじん》たちがさかずきをあげ、天子《てんし》にあいさつをする。宋江たちには目もくれなかった。

拝賀《はいが》の儀《ぎ》がおわると、宋江《そうこう》と盧俊義《ろしゅんぎ》は陣営《じんえい》にもどった。梁山泊《りょうざんぱく》の仲間《なかま》たちは新年のあいさつをしたが、宋江はずっとふさぎこんだままだった。

軍師《ぐんし》の智多星《ちたせい》・呉用《ごよう》がいう。

「今日《きょう》は拝賀《はいが》に参列《さんれつ》できたというのに、なぜふさぎこんでおられるのですか？」

「多くの仲間《なかま》をうしない、辛苦《しんく》のすえに賊《ぞく》を討《う》ちやぶったというのに、おまえたち義兄弟《きょうだい》をとりたててやれない自分のふがいなさを情《なさ》けなく思っているからだ。」

呉用［ごよう］
天機星《てんきせい》。あだ名は智多星《ちたせい》。
兵法《へいほう》に長《た》けている。

李逵［りき］
天殺星《てんさつせい》。
あだ名は黒旋風《こくせんぷう》。
二挺斧《にちょうふ》の使い手。

呉用《ごよう》がなぐさめると、黒旋風《こくせんぷう》・李逵《りき》もいう。

「そうですよ、宋江《そうこう》の兄貴《あにき》。なやむことなどなにもありません。だいたい招安《しょうあん》をうけてこんな都《みやこ》にきたから、いろいろといまいましいことがあるのです。いっそのこと、皆《みな》で梁山泊《りょうざんぱく》にひきあげ、自由に暮《く》らしましょうよ。」

「なにをいうか！　いまやわれわれは国家の良臣《りょうしん》だ。忠義《ちゅうぎ》をうしなうわけにはいかぬ。」

しかし翌日《よくじつ》になると、朝廷《ちょうてい》から通達《つうたつ》があった。

〈梁山泊《りょうざんぱく》の者は城外《じょうがい》に陣営《じんえい》を築《きず》き、勅令《ちょくれい》をまつようにせよ。城内《じょうない》に立ち入ってはならない。これに反する者は、軍法《ぐんぽう》にてらして処罰《しょばつ》する。〉

梁山泊の頭目《とうもく》たちは腹《はら》をたてたが、宋江《そうこう》は「がまんせよ。」というだけである。

混江竜《こんこうりゅう》・李俊《りしゅん》は、水軍《すいぐん》の頭目《とうもく》をひきつれ、呉用《ごよう》に相談した。

「朝廷《ちょうてい》は信用《しんよう》ならぬ。奸臣《かんしん》どもが権力《けんりょく》をほしいままにし、人材《じんざい》が世《よ》にでるのをさまたげている。われわれは多くの犠牲《ぎせい》をはらって遼《りょう》とたたかい、田虎《でんこ》、王慶《おうけい》を討《う》ったというのに、なんの褒美《ほうび》もないどころか、城内《じょうない》にはいってはならぬといわれるしまつだ。軍師《ぐんし》どの、どうか梁《りょう》

宋江［そうこう］
天魁星《てんかいせい》。あだ名は及時雨《きゅうじう》。
義《ぎ》を重んじ慈悲《じひ》ぶかい。

山泊《ざんぱく》へひきかえすよう、宋江《そうこう》どのに相談してはいただけないか。もし承知《しょうち》されなければ、われわれはここで反乱《はんらん》を起こして都《みやこ》を攻《せ》め、そののちに、梁山泊《りょうざんぱく》へもどるつもりでいる。」

「わたくしがそれとなく宋江《そうこう》どのにきいてみます。それまでは、勝手《かって》な行動はひかえてください。」

呉用《ごよう》はそういうと、宋江《そうこう》のもとへむかった。そして雑談《ざつだん》をしながら、こういった。

「われわれが梁山泊《りょうざんぱく》にいたころは、皆《みな》、心から楽しくすごしていました。しかしいまは、国家の臣《しん》になったことで、かえっていろいろと拘束《こうそく》され、しかもなんの任《にん》にもつかせてもらえません。義兄弟《きょうだい》たちのあいだから不満《ふまん》がでています。反乱《はんらん》が起こるかもしれませんぞ。」

「わたしはひとりでも忠義《ちゅうぎ》をまもるつもりだ。」

翌朝《よくあさ》、宋江《そうこう》は、梁山泊《りょうざんぱく》の頭目《とうもく》をあつめていった。

「わたしはもとは小役人《こやくにん》で、妾《めかけ》を殺《ころ》して追われる身《み》となった。また梁山泊《りょうざんぱく》のなかには、罪《つみ》のある粗野《そや》な者がすくなからずいる。朝廷《ちょうてい》がわれわれを城内《じょうない》にいれようとしないのも、とうぜんのことだろう。古来《こらい》、『自由は人をつくらず、不自由《ふじゆう》は人をつくる。』というが、われわれがこの境遇《きょうぐう》におかれたのは、まさに、みずからの罪《つみ》を反省《はんせい》するよい機会《きかい》にめぐまれたというもの。もしどうしても反乱《はんらん》を起こすというのなら、まずわたしを殺してから、好《す》きなように

宿元景［しゅくげんけい］
殿司太尉《でんしたいい》。宮中の長官《ちょうかん》。

せよ。おまえたちがわたしを殺せないのなら、わたしはみずからこの首をはねよう。」

宋江《そうこう》にそういわれてしまっては、頭目《とうもく》たちはどうしようもない。彼《かれ》らは宋江にしたがうほかなかった。だが、だれもが朝廷《ちょうてい》のやり方に、不満《ふまん》をおぼえていた。

三

元宵節《げんしょうせつ》（一月十五日）になった。都《みやこ》・開封府《かいほうふ》の沿道《えんどう》には灯籠《とうろう》がかざられ、夜になると明かりがともされ人びとの目を楽しませた。

都はこのように平和《へいわ》であったが、江南《こうなん》では、方臘《ほうろう》という者が謀反《むほん》を起こし、八州《しゅう》二十五県《けん》を手に入れた。

方臘《ほうろう》はもとは樵《きこり》で、谷川のほとりで水に映《うつ》った自分の姿《すがた》を見たとき天子《てんし》のいでたちをしていたため、自分は天子になるさだめとして、朝廷《ちょうてい》に不満《ふまん》をもつ民《たみ》をあつめて反乱《はんらん》を起こした。ちかく長江《ちょうこう》を越《こ》え、揚州《ようしゅう》に攻《せ》めのぼってくるとのことだ。いずれは都もおそうだろう。

その情報《じょうほう》を耳にした宋江《そうこう》は、頭目《とうもく》たちにいった。

「われわれはここでむだな日々《ひび》をすごすより、賊《ぞく》の討伐《とうばつ》へむかうべきだろう。功《こう》をたてれば、こんどこそ朝廷《ちょうてい》もわれわれを重くもちいるはずだ。」

李逵《りき》たち頭目《とうもく》は、朝廷うんぬんよりも、大あばれできることをよろこんでいたので、出陣《しゅつじん》することに賛同《さんどう》した。

翌日《よくじつ》になると、宋江《そうこう》は変装《へんそう》して城内《じょうない》にしのびこみ、殿司《でんし》太尉《たいい》の宿元景《しゅくげんけい》の屋敷《やしき》へむかった。

そして方臘討伐《ほうろうとうばつ》へでかけたい旨《むね》をつたえた。

「朝廷《ちょうてい》の軍《ぐん》は四人の奸臣《かんしん》に支配《しはい》され、将《しょう》も兵《へい》も腐敗《ふはい》しております。宋江《そうこう》どのがたたかってくだされば、宋朝《そうちょう》も安泰《あんたい》というものです。」

宿元景《しゅくげんけい》は翌朝《よくあさ》、参内《さんだい》して徽宗《きそう》につたえた。

「江南《こうなん》では方臘《ほうろう》が乱《らん》を起こし、国家の大患《たいかん》となっております。宋江たちを討伐《とうばつ》にむかわせれば、かならずや大功《たいこう》をたてることでしょう。」

徽宗《きそう》はそれをきいておおいによろこび、ただちに宋江《そうこう》と盧俊義《ろしゅんぎ》をよびだし、方臘討《ほうろうとう》

方臘［ほうろう］
もとは樵《きこり》。江南《こうなん》で反乱《はんらん》を起こし、八州《しゅう》二十五県を手に入れる。

伐《ばつ》を命《めい》じた。また彼《かれ》らに金銀《きんぎん》や名馬などをあたえた。

宋江《そうこう》が退出《たいしゅつ》しようとしたとき、徽宗《きそう》はいった。

「おまえたちのもとに、玉石《ぎょくせき》の印《いん》を彫《ほ》るのが得意《とくい》な男がいたであろう。またよい馬を見ぬくのに長《た》けた男もいたはずだ。この二人をのこしていくように。」

その二人は、玉臂匠《ぎょくひしょう》・金大堅《きんたいけん》と、紫髯伯《しぜんはく》・皇甫端《こうほたん》である。

宋江《そうこう》は承知《しょうち》し、盧俊義《ろしゅんぎ》とともに陣営《じんえい》にもどり、出陣《しゅつじん》の準備《じゅんび》をはじめた。諸将《しょしょう》のなかでは、瓊英《けいえい》が没羽箭《ぼつうせん》・張清《ちょうせい》の子を身《み》ごもったので、開封府《かいほうふ》においていくことにした。

南船北馬《なんせんほくば》ということばがあるように、江南《こうなん》の地《ち》は水路《すいろ》が多く、船が必要《ひつよう》になる。宋江《そうこう》は水《すい》軍《ぐん》の将《しょう》に船の準備《じゅんび》をさせた。

いざ出発というときに、四人の奸臣《かんしん》のひとり、太師《たいし》の蔡京《さいけい》が使いをおくってきて、聖手書《せいしゅしょ》生《せい》・蕭譲《しょうじょう》を文書係《ぶんしょがかり》にしたいといってきた。また大臣《だいじん》のひとりが鉄叫子《てっきょうし》・楽和《がくわ》をひきとりたいとたのんできた。楽和は歌がうまいので、屋敷《やしき》でつかいたいとのことである。

宋江《そうこう》はしかたなしに、二人をのこしていくことにした。

梁山泊《りょうざんぱく》の好漢《こうかん》は、脱退《だったい》した公孫勝《こうそんしょう》のほかに四人を欠《か》いた一〇三人で江南《こうなん》をめざすことに

呂師嚢［りょしのう］
方臘《ほうろう》の枢密使《すうみつし》。潤州《じゅんしゅう》をまもる。

なった。

これが宋江《そうこう》にとっての、さいごのたたかいになる。

四

江南《こうなん》の地《ち》は、長江《ちょうこう》が天然《てんねん》の要害《ようがい》となっている。ここをわたらなければ、江南の地に攻《せ》めこむことはできない。

宋江《そうこう》は長江の北、揚州《ようしゅう》の城《しろ》に兵《へい》をおき、長江《ちょうこう》南岸《なんがん》の潤州《じゅんしゅう》（鎮江《ちんこう》）をねらった。潤州をとり、そこを拠点《きょてん》に江南各地《こうなんかくち》を攻《せ》めるという作戦《さくせん》だ。

潤州《じゅんしゅう》をまもるのは、方臘《ほうろう》の枢密使《すうみつし》、呂師嚢《りょしのう》である。蛇矛《だぼう》を得意《とくい》の武器《ぶき》とし、兵法《へいほう》にも通《つう》じていた。

梁山泊軍《りょうざんぱくぐん》が攻《せ》めてくると知った呂師嚢《りょしのう》は、長江南岸に五万の兵《へい》を配置《はいち》し、さらには三千の軍船《ぐんせん》をならべた。

宋江《そうこう》も軍船を用意して、これを攻《せ》めたてる。

激《はげ》しいいくさのすえ、梁山泊軍《りょうざんぱくぐん》は多くの敵兵《てきへい》を討《う》ちとり、潤州《じゅんしゅう》を手にいれた。

だがこのいくさのさなか、三人の好漢《こうかん》の命《いのち》がうしなわれた。雲裏金剛《うんりこんごう》・宋万《そうまん》、没面目《ぼつめんもく》・焦挺《しょうてい》、九尾亀《きゅうびき》・陶宗旺《とうそうおう》の三人である。

ふかく悲しむ宋江《そうこう》を、呉用《ごよう》がなだめた。

「われわれの生死《しょうじ》は、天《てん》よりさだめられたもの。それに潤州《じゅんしゅう》は江南《こうなん》の要所《ようしょ》であり、これをとれたことは大きな勝利《しょうり》かとぞんじます。気に病《や》んで国家の大事《だいじ》をあやまってはなりませぬぞ。」

「一〇八人の義兄弟《きょうだい》は、すでに公孫勝《こうそんしょう》が去り、金大堅《きんたいけん》、皇甫端《こうほたん》、蕭譲《しょうじょう》、楽和《がくわ》もわたしの手からはなれた。それだけでもつらいというのに、このたびはいちどに三人もうしなった。悲しむなといわれても、無理《むり》なことだ。」

宋江《そうこう》はみずから葬儀《そうぎ》の祭礼《さいれい》をとりおこない、宋万《そうまん》たちを潤州《じゅんしゅう》の東門外で手厚《てあつ》くほうむった。

いっぽう呂師嚢《りょしのう》は命《いのち》からがら潤州《じゅんしゅう》を逃《に》げだし、丹徒県《たんとけん》にしりぞく。そして蘇州《そしゅう》をまもる方貌《ほうぼう》にたすけをもとめた。彼《かれ》は方臘《ほうろう》の弟だ。

方貌《ほうぼう》は連絡《れんらく》をうけると、猛将《もうしょう》の邢政《けいせい》を呂師嚢《りょしのう》のもとにつかわせた。

邢政《けいせい》は呂師嚢《りょしのう》に会うと、いった。

「呂枢密《りょすうみつ》どのを打ち負かしたとあらば、相手にとって不足《ふそく》はありませぬ。明日《あす》はわたくしが出陣《しゅつじん》いたし、潤州《じゅんしゅう》をとりかえしましょう。」

翌日《よくじつ》になると、邢政《けいせい》は軍《ぐん》をひきいて城《しろ》をでた。宋江《そうこう》も五千の軍をひきいて丹徒県《たんとけん》へむかう。関勝《かんしょう》、林冲《りんちゅう》、秦明《しんめい》、呼延灼《こえんしゃく》、董平《とうへい》、花栄《かえい》、徐《じょ》寧《ねい》、朱仝《しゅどう》、索超《さくちょう》、楊志《ようし》の十将《しょう》がこれにしたがった。

両軍《りょうぐん》はぶつかりあう。関勝《かんしょう》は大刀《だいとう》を手に、邢政《けいせい》にむかっていった。十五合《ごう》も打ちあわないうちに、関勝の大刀が邢政を斬《き》りすてた。

「敵将《てきしょう》、この関勝が討《う》ちとった！　このまま丹徒県《たんとけん》に攻《せ》めこむぞ！」

梁山泊軍《りょうざんぱくぐん》は敵兵《てきへい》をけちらし、丹徒県城《たんとけんじょう》になだれこむ。呂師囊《りょしのう》は逃《に》げだし、常州府《じょうしゅうふ》へとおちのびた。

丹徒県をとった宋江《そうこう》は、盧《ろ》俊義《しゅんぎ》と協議《きょうぎ》して軍《ぐん》を二手《ふたて》にわける。

宋江は常州《じょうしゅう》と蘇州《そしゅう》を、盧《ろ》俊義《しゅんぎ》は宣州《せんしゅう》と湖州《こしゅう》を攻《せ》めることになった。

宋江《そうこう》は鉄面孔目《てつめんこうもく》・裴宣《はいせん》に命《めい》じ、将兵《しょうへい》をひとしく二分《ぶん》させた。だがこのとき、青面獣《せいめんじゅう》・楊志《ようし》は病《やまい》にかかっていたため、丹徒県《たんとけん》においていくことにした。ここにおいて従軍《じゅうぐん》している頭目《とうもく》は九十九人、――百人に満《み》たなくなっていた。やがて楊志《ようし》は、病で亡《な》くなることになる。

さて、常州《じょうしゅう》にいる呂師囊《りょしのう》は、宋江《そうこう》が攻《せ》めこんできたときくや、常州守将《しゅしょう》の銭振鵬《せんしんほう》に、どうすべきか相談した。

「ご安心くだされ、呂枢密《りょすうみつ》。すぐさま宋江《そうこう》を大破《たいは》し、長江《ちょうこう》のむこうへひきあげさせてみせましょう。」

「もしそれができたのならば、おまえが高位《こうい》につけるよう、とりはからおう。」

やがて宋江《そうこう》が攻《せ》めこんでくる。

大刀《だいとう》・関勝《かんしょう》が三千の騎兵《きへい》をしたがえて先陣《せんじん》をきり、常州《じょうしゅう》の城下《じょうか》までおしよせた。

「だれぞ、この関勝とたたかう者はおるか！」

「調子《ちょうし》にのるでない！　この銭振鵬《せんしんほう》が斬《き》りすててくれるわ！」

銭振鵬《せんしんほう》は五千の兵《へい》をひきい、馬にまたがって城《しろ》をでる。そして陣形《じんけい》をととのえ、関勝軍《かんしょうぐん》とむきあった。

「きさまら梁山泊《りょうざんぱく》は、山賊《さんぞく》でありながら、無道暗愚《むどうあんぐ》な天子《てんし》にくだり、わが国と討《う》ちあおうというのか！　いまからきさまらを斬《き》りまくり、鎧《よろい》の一片《いっぺん》ものこさぬぞ！」

関勝《かんしょう》はかっとなり、大刀《だいとう》をふりかざして銭振鵬《せんしんほう》に打ちかかった。

三十合《ごう》ほど打ちあうと、銭振鵬はうけきれなくなる。

城壁《じょうへき》の上でこのようすを見ていた呂師嚢《りょしのう》は、

「これはいかん！　すぐに援軍《えんぐん》をだせ！」

金節［きんせつ］
常州《じょうしゅう》の武将《ぶしょう》。

と、命《めい》じた。許定《きょてい》、金節《きんせつ》の二将《しょう》が兵《へい》をひきいて城外《じょうがい》に出《で》、関勝《かんしょう》におそいかかる。だがこれを、関勝軍にいた百勝将《ひゃくしょうしょう》・韓滔《かんとう》と、天目将《てんもくしょう》・彭玘《ほうき》がとめた。四将《しょう》は入りみだれてたたかう。

金節《きんせつ》はもとより方臘《ほうろう》をこころよく思っておらず、いずれ宋朝《そうちょう》に帰順《きじゅん》しようと思っていた。彼《かれ》はわざと負けたふりをして、馬をかえして自陣《じじん》にもどっていく。韓滔《かんとう》は追いかける。

これを見た銭振鵬軍《せんしんほうぐん》の将《しょう》、高可立《こうかりつ》は、金節《きんせつ》をたすけるため、韓滔《かんとう》にむかって矢《や》を放《はな》った。矢はほおをつらぬき、韓滔は落馬《らくば》する。そこをおなじく銭振鵬軍の武将《ぶしょう》、張近仁《ちょうきんじん》がかけつけ、韓滔ののどを槍《やり》でつらぬき、絶命《ぜつめい》させた。

「韓滔《かんとう》！」

彭玘《ほうき》がさけぶ。彼《かれ》は韓滔《かんとう》とともにたたかってきた義兄弟《ぎきょうだい》の仲《なか》だ。韓滔《かんとう》が殺《ころ》されたのを見てわれをわすれ、敵軍《てきぐん》に突撃《とつげき》する。だがそこを、張近仁《ちょうきんじん》の槍《やり》につらぬかれて絶命《ぜつめい》した。

こうしてまた二将《しょう》が命《いのち》をうしなったのである。

これを見た関勝《かんしょう》は怒《いか》り、大刀《だいとう》をふりまわして敵兵《てきへい》をけちらし、銭振鵬《せんしんほう》を一刀《とう》のもとに斬《き》りすてた。だが関勝ののっていた赤兎馬《せきとば》が足をくじき、地面になげだされた。兵士《へいし》たちは関勝をすくって敗走《はいそう》する。この日は梁山泊軍《りょうざんぱくぐん》の敗北《はいぼく》となったのである。

宋江《そうこう》は二将が亡《な》くなったとの報告《ほうこく》をきき、大声で泣《な》いた。

「長江《ちょうこう》をわたってから、戦《いくさ》ですでに五人もの義兄弟《きょうだい》をうしなってしまった。もしや天《てん》が、わたしに方臘《ほうろう》を捕《と》らえることをゆるさないのではなかろうか。」

呉用《ごよう》がいう。

「そのようなことはございませぬ。勝敗《しょうはい》は兵家《へいか》の常《つね》。どうか大事《だいじ》をまちがえませぬよう。」

「明日《あす》はわたしがみずから常州《じょうしゅう》へ攻《せ》めいる。かならずや勝敗《しょうはい》を決《けっ》しようぞ。」

翌日《よくじつ》、宋江《そうこう》は大軍《たいぐん》をひきい、常州城《じょうしゅうじょう》へむかった。

先陣《せんじん》の五百の兵《へい》を指揮《しき》するのは、黒旋風《こくせんぷう》・李逵《りき》である。

呂師囊《りょしのう》は、関勝軍《かんしょうぐん》をしりぞけたとはいえ、銭振鵬《せんしんほう》をうしなってしまっている。彼《かれ》は蘇州《そしゅう》の方貌《ほうぼう》へ書簡《しょかん》をおくり、援軍《えんぐん》をもとめた。そこへ李逵《りき》到来《とうらい》の報告《ほうこく》がはいる。

「黒旋風《こくせんぷう》・李逵《りき》といえば、梁山泊《りょうざんぱく》でもっとも凶悪《きょうあく》な漢《おとこ》だ。だれぞ、あやつを捕《と》らえられる者はいるか。」

「われわれがまいりましょう。」

そういったのは、韓滔《かんとう》、彭玘《ほうき》の二将《しょう》を協力《きょうりょく》してたおした高可立《こうかりつ》と張近仁《ちょうきんじん》である。彼《かれ》らは、兵《へい》一千をひきいて出陣《しゅつじん》する。

李逵《りき》は、韓滔《かんとう》・彭玘《ほうき》のかたきが城《しろ》からでてきたと見るや、雄《お》たけびをあげ、二挺斧《にちょうふ》を手にして敵陣《てきじん》へ斬《き》りこんでいった。喪門神《そうもんしん》・鮑旭《ほうきょく》、八臂那吒《はっぴなた》・項充《こうじゅう》、飛天大聖《ひてんたいせい》・李袞《りこん》もあとにつづき、それぞれの武器《ぶき》で敵《てき》をたおしていく。

「なんというやつだ！　まさに悪鬼《あっき》ではないか！」

高可立《こうかりつ》が李逵《りき》の武勇《ぶゆう》におどろいていると、李逵は高可立にちかづき、その馬の足を斧《おの》でたたき切る。高可立は馬からころがりおち、李逵に首を斬《き》られてしまった。

「まずい！」

張近仁《ちょうきんじん》は逃《に》げようとする。が、鮑旭《ほうきょく》につかまって馬からひきずりおろされ、首をはねられた。こうして李逵《りき》たちは、韓滔《かんとう》、彭玘《ほうき》のかたきを討《う》ったのである。

やがて宋江《そうこう》の部隊《ぶたい》が到着《とうちゃく》した。宋江は、李逵《りき》たちが高可立《こうかりつ》、張近仁《ちょうきんじん》の二将《しょう》を討《う》ったときいてよろこび、彼《かれ》らに褒美《ほうび》をあたえた。

城内《じょうない》にいる呂師嚢《りょしのう》たちは、李逵《りき》のたたかいぶりを見ておそれおののいた。梁山泊軍《りょうざんぱくぐん》はすでに城《しろ》の三方をかこんでおり、なすすべもない。

以前《いぜん》から宋《そう》にくだりたいと考えていた金節《きんせつ》は、屋敷《やしき》にもどると妻《つま》に相談した。妻は、

「これはよい機会《きかい》です。あなたは明日《あす》、負けたふりをして宋江《そうこう》たちを城内《じょうない》にひきいれるのです。」

と、助言《じょげん》した。

翌日《よくじつ》になると、宋江《そうこう》は三方より城《しろ》を攻《せ》めたてた。

金節《きんせつ》は宋江軍《そうこうぐん》とたたかうも、わざと負けたふりをして城《しろ》へひきかえしていく。梁山泊軍《りょうざんぱくぐん》はこれを機《き》に、城内《じょうない》へなだれこんだ。常州城《じょうしゅうじょう》の住民《じゅうみん》は方臘《ほうろう》の圧政《あっせい》にたえかねていたので、宋江がきたときくや、大よろこびでこれにくわわる。城はあっという間《ま》に、宋江軍によって占《せん》領《りょう》された。

「おぼえておれ、梁山泊《りょうざんぱく》め！」

呂師嚢《りょしのう》は血路《けつろ》をひらき、南門より城外《じょうがい》へと逃《に》げていった。

宋江《そうこう》は部下《ぶか》たちにじゅうぶんな褒美《ほうび》をとらせ、そののちに金節《きんせつ》に会った。宋江《そうこう》は金節が好《こう》漢《かん》であることを知ると、朝廷《ちょうてい》に書簡《しょかん》をおくって推挙《すいきょ》した。金節は、のちに宋の行軍都《こうぐんと》統《とう》（征《せい》討官《とうかん》）となり、北方異民族《ほっぽういみんぞく》の侵入《しんにゅう》から宋《そう》をまもって数々《かずかず》の手柄《てがら》をたて、やがて陣没《じんぼつ》することになるが、それはまたべつの話である。

宋江《そうこう》は常州《じょうしゅう》に軍《ぐん》をとどめ、神行太保《しんこうたいほう》・戴宗《たいそう》に命《めい》じて、盧《ろ》俊義《しゅんぎ》の消息《しょうそく》をしらべさせた。盧俊義は宣州《せんしゅう》をとったとのことである。だが、そのいくさにおいて、白面郎君《はくめんろうくん》・鄭天寿《ていてんじゅ》、操刀《そうとう》鬼《き》・曹正《そうせい》、活閃婆《かつせんば》・王定六《おうていろく》の三将《しょう》をうしなってしまった。

「なんということだ。また三人の義兄弟《きょうだい》の命《いのち》がうしなわれるとは……。」

宋江《そうこう》は悲しみのあまり、気をうしなってたおれた。諸将《しょしょう》は宋江をたすけおこす。

気をとりなおした宋江は、諸将にいった。

「われわれはすでに八人の義兄弟《きょうだい》をうしなってしまっている。遼《りょう》とたたかったときには、このようなことはなかった。ほんとうに方臘《ほうろう》に勝つことができるのだろうか。」

呉用《ごよう》はいう。

「なにをおっしゃられますか。われわれはすでに、潤州《じゅんしゅう》・常州《じょうしゅう》・宣州《せんしゅう》の、三つの要所《ようしょ》を手にいれたのです。いまは無錫《むしゃく》をとることを考えるべきです。」

宋江《そうこう》はうなずき、さっそく無錫県《むしゃくけん》に軍《ぐん》をうごかし、これを攻《せ》めおとした。

呂師囊《りょしのう》はまたもや命《いのち》からがらに逃《に》げのび、方貌《ほうぼう》のまもる蘇州《そしゅう》へのがれた。

方貌《ほうぼう》は、呂師囊がなんども梁山泊《りょうざんぱく》に敗《やぶ》れたことを知って怒《おこ》った。

「いくたびも援軍《えんぐん》をおくってやったというのに、それでも負けたともうすのか！　ただちにこの者を斬《き》れ！」

すると部下《ぶか》たちが命乞《いのちご》いをした。

「宋江《そうこう》の軍《ぐん》は勇猛《ゆうもう》な武将《ぶしょう》が多く、一筋縄《ひとすじなわ》ではいきませぬ。呂枢密《りょすうみつ》は梁山泊《りょうざんぱく》とたたかったゆえ、その知識《ちしき》が役にたつはずです。」

「ならば、その首はひとまず、あずけておこう。――呂枢密《りょすうみつ》よ。おまえに五千の兵《へい》をさずける。いそぎ先陣《せんじん》をきって梁山泊軍《りょうざんぱくぐん》とたたかってこい。」

呂師囊《りょしのう》はふかく頭をさげる。それから軍備《ぐんび》をととのえ、五千の兵《へい》をひきいて出陣《しゅつじん》した。方《ほう》貌《ぼう》も五万の兵をひきい、中軍《ちゅうぐん》としてそのあとにつづいた。

無錫県《むしゃくけん》にちかづくと、宋江《そうこう》の軍《ぐん》がまちかまえていた。

「だれぞ、あの賊《ぞく》を捕《と》らえる者はおるか。」

宋江《そうこう》のことばがおわらないうちに、金鎗手《きんそうしゅ》・徐寧《じょねい》が槍《やり》をかまえ、馬を走らせて敵陣《てきじん》へむかう。呂師囊《りょしのう》と二十合《ごう》ばかり打ちあったのち、槍で突《つ》きころした。

「呂師囊《りょしのう》を討《う》ちとったぞ！　つづけ！」

宋江《そうこう》が命《めい》じると、李逵《りき》、鮑旭《ほうきょく》、項充《こうじゅう》、李袞《りこん》の四将《しょう》が敵陣《てきじん》に斬《き》りこむ。李逵は二挺斧《にちょうふ》をふりまわし、右に左に敵兵《てきへい》を殺《ころ》していく。敵軍《てきぐん》はおおいに混乱《こんらん》した。

宋江《そうこう》の軍《ぐん》は、やがて方貌《ほうぼう》の軍と対峙《たいじ》した。

「さっさと降伏《こうふく》するがよい！　賊《ぞく》が天子《てんし》を名のるとは、不届《ふとど》き千万《せんばん》。きさまらを皆殺《みなごろ》しにするまでは、けっして兵《へい》はひかぬぞ！」

「やれるものならやってみるがよい！」

宋江軍《そうこうぐん》は方貌軍《ほうぼうぐん》とぶつかる。関勝《かんしょう》、花栄《かえい》、徐寧《じょねい》、秦明《しんめい》、朱仝《しゅどう》、黄信《こうしん》、孫立《そんりつ》、郝思文《かくしぶん》の八将《しょう》の活躍《かつやく》により、宋江軍は方貌軍をしりぞけた。

方貌《ほうぼう》は城《しろ》へと逃《に》げもどり、かたく門をとざした。

宋江軍《そうこうぐん》は追撃《ついげき》の手を休めず、蘇州《そしゅう》の城《しろ》を包囲《ほうい》して、陸路《りくろ》と水路《すいろ》から攻《せ》めこんだ。方貌《ほうぼう》は勝てないと見るや、城をすてて逃《に》げだそうとする。そこに立ちふさがったのは、花和尚《かおしょう》・魯智《ろち》深《しん》である。

「ここまでだ、方貌《ほうぼう》！」

魯智深《ろちしん》は禅杖《ぜんじょう》をふりまわし、方貌におそいかかる。

方貌《ほうぼう》は魯智深と打ちあわず、馬をとばしてさらに逃《に》げた。

「賊徒《ぞくと》、どこへ行く！」

その声とともにあらわれたのは、行者《ぎょうじゃ》・武松《ぶしょう》である。彼《かれ》は馬の足を刀《かたな》で斬《き》り、ころがりおちた方貌《ほうぼう》の首をとった。

「方貌、討《う》ちとった！」

武松《ぶしょう》はさけび、方貌の首を腰《こし》にさげて陣営《じんえい》にもどる。

宋江《そうこう》は武松の功績《こうせき》をたたえ、褒美《ほうび》をあたえた。

こうして蘇州《そしゅう》も、梁山泊軍《りょうざんぱくぐん》の手におちたのである。

しかし、このいくさで、またもや好漢《こうかん》のひとりが戦死《せんし》した。醜郡馬《しゅうぐんば》・宣賛《せんさん》である。宋江《そうこう》は悲しみ、彼《かれ》を手厚《てあつ》くほうむった。

さらには、宋江軍《そうこうぐん》の別動隊《べつどうたい》である水軍《すいぐん》からも訃報《ふほう》がはいった。金眼彪《きんがんひょう》・施恩《しおん》、独火星《どくかせい》・孔亮《こうりょう》が戦死《せんし》したとのことである。この二人は水軍に所属《しょぞく》していたにもかかわらず泳げなかったため、戦乱《せんらん》のなか、水中におちて溺死《できし》してしまったのだ。

武松《ぶしょう》は放浪中《ほうろうちゅう》、施恩《しおん》に世話《せわ》になったので、その死をいたく悲しんだ。

蘇州《そしゅう》がおちたことで、周辺《しゅうへん》の県を占領《せんりょう》していた賊《ぞく》たちは、つぎは自分たちの番だとおそれおののき、ちりぢりに逃《に》げさっていった。秀州《しゅうしゅう》の守将《しゅしょう》は、梁山泊軍《りょうざんぱくぐん》がくるときくと、たたかわずに城《しろ》をひきわたしたのである。

盧俊義《ろしゅんぎ》が湖州《こしゅう》をおとしたとの知らせもはいった。宋江《そうこう》はこれから杭州《こうしゅう》を攻《せ》めるので、杭州でおちあおうときめた。

そこへ、朝廷《ちょうてい》からの使者《ししゃ》がやってきた。徽宗《きそう》が病《やまい》にかかったため、神医《しんい》・安道全《あんどうぜん》を都《みやこ》によびもどしたいとのことである。

宋江《そうこう》はことわるわけにもいかず、安道全《あんどうぜん》を都におくりかえすことにした。

こうしてまた一人の好漢《こうかん》が、戦線《せんせん》を離《はな》れたのである。

五

杭州《こうしゅう》をまもるのは、方臘《ほうろう》の太子《たいし》、方天定《ほうてんてい》である。彼《かれ》は諸将《しょしょう》をあつめ、軍議《ぐんぎ》をおこなった。

「梁山泊《りょうざんぱく》はすでに蘇州《そしゅう》をとった。やつらは南下《なんか》し、この杭州《こうしゅう》をねらうことだろう。はたして勝ち目はあるだろうか。」

すると、諸将《しょしょう》たちはいう。

「まだこちらには、多くの精兵《せいへい》が無《む》傷《きず》のままのこっています。それにくらべ、梁山泊軍《りょうざんぱくぐん》は連《れん》戦《せん》で疲《つか》れ、将《しょう》も多数うしなっております。殿下《でんか》が城《しろ》をかたくまもり、われわれは城外《じょうがい》でやつらをむかえうちましょう。」

方天定《ほうてんてい》はよろこび、九万の兵《へい》を三手にわけ、梁山泊軍《りょうざんぱくぐん》をむかえうつことにした。

やがて宋江《そうこう》の軍とぶつかり、一進一退《いっしんいったい》のたたかいとなる。

そのさなか、金鎗手《きんそうしゅ》・徐寧《じょねい》が、毒矢《どくや》をうけてたおれた。軍医《ぐんい》は徐寧から矢《や》をぬき、傷薬《きずぐすり》をぬったが治《なお》らない。神医《しんい》・安道全《あんどうぜん》はつい先日《せんじつ》、宋江《そうこう》のもとを離《はな》れてしまった。どうすることもできず、徐寧《じょねい》は毒がまわって死んでしまった。

さらには、井木犴《せいぼくかん》・郝思文《かくしぶん》も、敵将《てきしょう》に斬《き》られて戦死《せんし》した。二将《しょう》をうしなった宋江《そうこう》は悲しみ、軍《ぐん》をすすめるのをやめ、街道《かいどう》で陣《じん》をとった。

いっぽう、方天定《ほうてんてい》もむりに梁山泊軍《りょうざんぱくぐん》を攻《せ》めることはせず、城《しろ》のまもりをかためた。

ある日、水軍《すいぐん》の浪裏白跳《ろうりはくちょう》・張順《ちょうじゅん》が、水軍指揮官《しきかん》である混江竜《こんこうりゅう》・李俊《りしゅん》に相談した。

「兄貴《あにき》、このままでは埒《らち》があかない。杭州《こうしゅう》の周辺《しゅうへん》は水路《すいろ》にかこまれていて、西湖《せいこ》という大きな湖もあるし、城内《じょうない》へもいくつかの水路がのびている。おれが湖をもぐって水門《すいもん》から城内にしのびこみ、火をつけて合図《あいず》をする。兄貴はすぐに水軍《すいぐん》をひきい、水門をうばいとってくれ。それから宋江《そうこう》どのに知らせ、城《しろ》をいっきに攻《せ》めおとすんだ。」

「名案《めいあん》だが、おまえひとりでは危険《きけん》すぎる。」

「なあに。たとえ命《いのち》をうしなうことになろうと、宋江《そうこう》どののからうけた恩《おん》はかえしきれねえ。」

張順《ちょうじゅん》は短刀《たんとう》をふところにひそませ、夜になると西湖《せいこ》へむかった。

西湖《せいこ》の水面はおだやかである。

「おれの住んでいた潯陽江《じんようこう》は、いつも荒波《あらなみ》だった。こんなおだやかな水面は見たことがない。たとえ命《いのち》をうしなったとしても、ここならおだやかな霊《れい》になれるだろう。」

張順《ちょうじゅん》は湖にもぐり、城《しろ》の水門をめざした。

だが水門《すいもん》は、がんじょうな鉄格子《てつごうし》があって、とおることができない。

張順は夜更《よふ》けまでまってから、城壁《じょうへき》をのぼった。

しかしそのなかばで、城壁の上の兵士《へいし》に発見された。

「敵襲《てきしゅう》だ！」

兵士《へいし》たちは矢《や》を射《い》かけ、石をおとす。張順はあわてて水のなかへとびこもうとしたが、まにあわない。矢をくらっておち、水中で絶命《ぜつめい》した。

張順《ちょうじゅん》の訃報《ふほう》を知った宋江《そうこう》は、みずから軍《ぐん》をひきいて杭州城《こうしゅうじょう》のそばにおしよせる。彼《かれ》はまず張順の供養《くよう》をしてから、杭州攻略《こうりゃく》の協議《きょうぎ》をはじめた。

そこへ盧俊義《ろしゅんぎ》の使者《ししゃ》がやってきた。盧俊義は敵軍《てきぐん》を討《う》ちやぶったが、小覇王《しょうはおう》・周通《しゅうとう》、没羽箭《ぼつうせん》・張清《ちょうせい》、双鎗将《そうそうしょう》・董平《とうへい》の三将《しょう》が戦死《せんし》したとのことである。

さらには別働隊《べつどうたい》の双鞭《そうべん》・呼延灼《こえんしゃく》からも、徳清県《とくせいけん》挿翅虎《そうしこ》・雷横《らいおう》、花項虎《かこうこ》・龔旺《きょうおう》の二将《しょう》が討《う》ち死《じ》にしたと報告《ほうこく》がはいった。

呉用《ごよう》が宋江《そうこう》にいう。

「仲間《なかま》の死をむだにしてはなりませぬ。いまこそ盧《ろ》俊義《しゅんぎ》どのと協力《きょうりょく》し、杭州城《こうしゅうじょう》をうちやぶるのです。」

宋江《そうこう》はうなずき、盧《ろ》俊義《しゅんぎ》と軍《ぐん》をあわせ、杭州城に攻《せ》めこんだ。

何日にもわたるたたかいのすえ、ついには方天定《ほうてんてい》を討《う》ちとることができたが、六将《しょう》をうしなった。急先鋒《きゅうせんぽう》・索超《さくちょう》、火眼狻猊《かがんしゅんげい》・鄧飛《とうひ》、赤髪鬼《せきはつき》・劉唐《りゅうとう》、喪門神《そうもんしん》・鮑旭《ほうきょく》、通臂猿《つうひえん》・侯健《こうけん》、金《きん》毛犬《もうけん》・段景住《だんけいじゅう》である。宋江は七日七夜、彼《かれ》らの霊《れい》をとむらうために法事《ほうじ》をおこなった。

杭州《こうしゅう》を手にいれた宋江《そうこう》は、盧《ろ》俊義《しゅんぎ》と兵《へい》をわけて南下《なんか》した。宋江は睦州《ぼくしゅう》、盧俊義は歙州《きゅうしゅう》をめざした。この両州のあいだにあるのが、方臘《ほうろう》の宮殿《きゅうでん》がある清渓県《せいけいけん》だ。両州をおとしたのち、清渓県を挟撃《きょうげき》する作戦《さくせん》である。

だが出発のときに、不運《ふうん》にも六将《しょう》が疫病《えきびょう》にたおれた。船火児《せんかじ》・張横《ちょうおう》、没遮攔《ぼつしゃらん》・穆弘《ぼくこう》、毛頭《もうとう》星《せい》・孔明《こうめい》、旱地忽律《かんちこつりつ》・朱貴《しゅき》、錦豹子《きんひょうし》・楊林《ようりん》、白日鼠《はくじつそ》・白勝《はくしょう》である。

宋江《そうこう》は彼《かれ》らを休ませて出陣《しゅつじん》するが、楊林《ようりん》以外《いがい》の五将《しょう》は病《やまい》が治《なお》らず命《いのち》をうしなった。

また兄・朱貴《しゅき》を看病《かんびょう》するためにのこった笑面虎《しょうめんこ》・朱富《しゅふう》も、疫病《えきびょう》にかかって亡《な》くなった。

包道乙［ほうどういつ］
妖術使《ようじゅつつか》い。霊応天師《れいおうてんし》のあだ名をもつ。

睦州《ぼくしゅう》の守将《しゅしょう》は、右丞相《うじょうしょう》の祖士遠《そしえん》である。宋江軍《そうこうぐん》とぶつかりあうも、なかなか決着《けっちゃく》がつかない。そしてそのいくさで、宋江はまたもや四将《しょう》をうしなった。立地太歳《りっちたいさい》・阮小二《げんしょうじ》、玉播竿《ぎょくはんかん》・孟康《もうこう》、両頭蛇《りょうとうだ》・解珍《かいちん》、双尾蝎《そうびかつ》・解宝《かいほう》である。

祖士遠《そしえん》は宋江《そうこう》たちのいきおいがおとろえないと見て、方臘《ほうろう》に援軍《えんぐん》を要請《ようせい》する。方臘《ほうろう》は、包道乙《ほうどういつ》という妖術使《ようじゅつつか》いをよび、梁山泊軍《りょうざんぱくぐん》をたおすよう命《めい》じた。

包道乙《ほうどういつ》は妖術《ようじゅつ》の使い手で、方臘《ほうろう》が挙兵《きょへい》したときから彼《かれ》をたすけてたたかってきた。玄天混元剣《げんてんこんげんけん》という宝剣《ほうけん》をもち、人からは〈霊応天師《れいおうてんし》〉とよばれた。

包道乙は、弟子《でし》の鄭彪《ていひょう》、武将《ぶしょう》の夏侯成《かこうせい》をつれ、梁山泊軍討伐《りょうざんぱくぐんとうばつ》にむかった。鄭彪が先鋒《せんぽう》、包道乙が中軍《ちゅうぐん》、夏侯成が殿軍《でんぐん》（しんがり、後軍）である。

宋江《そうこう》は包道乙《ほうどういつ》の軍《ぐん》がやってきたと知り、一丈青《いちじょうせい》・扈三娘《こさんじょう》、矮脚虎《わいきゃくこ》・王英《おうえい》の夫婦《ふうふ》を先鋒《せんぽう》にしてこれにあたらせた。

「きたな、梁山泊《りょうざんぱく》の山賊《さんぞく》どもめ！」

鄭彪《ていひょう》は王英《おうえい》に打ちかかる。九合《ごう》ほど打ちあったときに、鄭彪は呪文《じゅもん》をとなえた。とたん、天に黒い気が流れ、降魔杵《ごうましょ》をもった天神《てんじん》が王英をおそう。

王英《おうえい》はおどろき、とりみだしたところへ、鄭彪《ていひょう》の槍《やり》の一撃《いちげき》で絶命《ぜつめい》した。

夫《おっと》が殺《ころ》されたのを見た扈三娘《こさんじょう》は、二本の刀《かたな》をふって鄭彪に斬《き》りかかる。

鄭彪《ていひょう》は十合《ごう》ほど打ちあうと、馬をかえして逃《に》げだした。

「まて！　どこへ逃げる！」

扈三娘《こさんじょう》はあとを追う。

鄭彪《ていひょう》は金磚《きんせん》（金色《こんじき》のレンガ）をとりだし、ふりかえって扈三娘《こさんじょう》になげつける。金磚《きんせん》は顔にあたり、扈三娘も落馬《らくば》して死んだ。

「どうした！　梁山泊《りょうざんぱく》はこのていどか！」

鄭彪《ていひょう》は軍《ぐん》をひきい、突撃《とつげき》をかける。

梁山泊軍《りょうざんぱくぐん》は総崩《そうくず》れとなり、兵士《へいし》たちは本陣《ほんじん》へと逃《に》げもどった。

宋江《そうこう》は二将《しょう》をうしなったとの報告《ほうこく》をきくと、みずから五千の兵をひきいて鄭彪軍《ていひょうぐん》にあたった。そして大声でどなりつける。

「逆賊《ぎゃくぞく》め！　よくもわが二将《しょう》を殺《ころ》してくれたな！」

「兄貴《あにき》！　ここはおれにまかせろ！」

李逵《りき》が宋江《そうこう》のそばからとびだす。項充《こうじゅう》、李袞《りこん》とともに、敵軍《てきぐん》に打ちかかった。

武松［ぶしょう］
天傷星《てんしょうせい》。あだ名は行者《ぎょうじゃ》。
虎殺《とらごろ》しで有名。

「加勢《かせい》するぞ！」

魯智深《ろちしん》、武松《ぶしょう》がそういって、鄭彪《ていひょう》におそいかかる。それを見た包道乙《ほうどういつ》は、玄天混元剣《げんてんこんげんけん》をぬき、宙《ちゅう》になげた。とたん、剣が武松《ぶしょう》にむかってとび、その左腕《ひだりうで》を斬《き》りおとしてしまった。

「ぐあっ！」

武松《ぶしょう》は出血《しゅっけつ》がはげしく、気をうしなってたおれた。

「皆《みな》の者《もの》、武松をたすけよ！」

宋江《そうこう》の命令《めいれい》で、兵士《へいし》たちは武松をまもって陣営《じんえい》へひきかえす。

「逃《に》がさぬぞ！」

夏侯成《かこうせい》は追いかけようとする。が、魯智深《ろちしん》が立ちふさがった。

「ここはとおさん！」

二人は数合《すうごう》打ちあい、夏侯成《かこうせい》が逃《に》げだした。

「まて！　逃《に》がしはせぬぞ！」

魯智深《ろちしん》は夏侯成《かこうせい》のあとを追い、山のなかへはいっていった。

この日のいくさがおわると、宋江《そうこう》は将兵《しょうへい》の数をしらべた。八臂那吒《はっぴなた》・項充《こうじゅう》、飛天大聖《ひてんたいせい》・李《り》袞《こん》の二将《しょう》は討《う》ちとられ、魯智深《ろちしん》は行方不明《ゆくえふめい》。武松《ぶしょう》は左腕《ひだりうで》をうしない、もはやいくさにでるこ

包道乙［ほうどういつ］
妖術《ようじゅつ》使《つか》い。
霊応天《れいおうてん》師《し》の
あだ名をもつ。

樊瑞［はんずい］
地然星《ちぜんせい》。あだ名は
混世魔王《こんせいまおう》。道術《どうじゅつ》使《つか》い。

とはできなかった。

翌日《よくじつ》になると、関勝《かんしょう》が鄭彪《ていひょう》にたたかいをいどんだ。鄭彪は、打ちあいでは関勝にかなわないと見ると、呪文《じゅもん》をとなえて天神《てんじん》をよびだす。

「そうはさせぬぞ！」

そういってあらわれたのは、混世魔王《こんせいまおう》・樊瑞《はんずい》である。彼《かれ》が呪文《じゅもん》をとなえると、ひとすじの白雲がまきおこり、天神があらわれた。

天神《てんじん》どうしがたたかいだす。このすきに、関勝《かんしょう》は大刀《だいとう》をふり、鄭彪《ていひょう》を馬から斬《き》りおとした。

「なんと！　敵《てき》にも術《じゅつ》をつかう者がいたか！」

包道乙《ほうどういつ》がおどろくと、とたん、轟音《ごうおん》が鳴りひびいた。

轟天雷《ごうてんらい》・凌振《りょうしん》が、火砲《かほう》を撃《う》ったのである。

包道乙はよける間《ま》もなく直撃《ちょくげき》をくらい、全身ばらばらになって絶命《ぜつめい》した。

「敵軍《てきぐん》はくずれた！　いまこそ城《しろ》に攻《せ》めこめ！」

宋江《そうこう》の命令《めいれい》で、梁山泊軍《りょうざんぱくぐん》は睦州城《ぼくしゅうじょう》になだれこむ。そして祖士遠《そしえん》を生け捕《い》りにし、城をおとした。

だがこのたたかいで、鉄笛仙《てってきせん》・馬麟《ばりん》、錦毛虎《きんもうこ》・燕順《えんじゅん》が命《いのち》をおとした。

六

休む間《ま》もなく宋江《そうこう》は、方臘《ほうろう》の本拠地《ほんきょち》である清渓県《せいけいけん》へ軍《ぐん》をむけた。

敵《てき》の攻撃《こうげき》ははげしさをまし、道中《どうちゅう》で小温侯《しょうおんこう》・呂方《りょほう》、賽仁貴《さいじんき》・郭盛《かくせい》の二将《しょう》が戦死《せんし》した。

いっぽう、盧俊義《ろしゅんぎ》の軍《ぐん》も歙州《きゅうしゅう》をおとし、清渓県《せいけいけん》に迫《せま》っていた。だがその代償《だいしょう》として、十三もの将《しょう》の命《いのち》がうしなわれたのである。

九紋竜《くもんりゅう》　史進《ししん》　　摔命三郎《へんめいさんろう》　石秀《せきしゅう》　　跳澗虎《ちょうかんこ》　陳達《ちんたつ》　　白花蛇《はくかだ》　楊春《ようしゅん》
打虎将《だこしょう》　李忠《りちゅう》　　病大虫《びょうたいちゅう》　薛永《せつえい》　　摩雲金翅《まうんきんし》　欧鵬《おうほう》　　菜園子《さいえんし》　張青《ちょうせい》
中箭虎《ちゅうせんこ》　丁得孫《ていとくそん》　　聖水将《せいすいしょう》　単廷珪《ぜんていけい》　　神火将《しんかしょう》　魏定国《ぎていこく》　　青眼虎《せいがんこ》　李雲《りうん》
石将軍《せきしょうぐん》　石勇《せきゆう》

梁山泊軍《りょうざんぱくぐん》は戦闘《せんとう》つづきで、将《しょう》も兵《へい》も少なくなっていた。だが多くの好漢《こうかん》たちの命《いのち》がうしなわれたいま、もはや退《ひ》くことはできない。宋江《そうこう》は打倒方臘《だとうほうろう》を誓《ちか》い、軍をすすめる。

やがて清渓県《せいけいけん》の城《しろ》にたどりついた。

「これがさいごのたたかいだ！　皆《みな》の者《もの》、行くぞ！」

宋江《そうこう》は城《しろ》を攻《せ》めたてる。盧俊義《ろしゅんぎ》もべつの方角《ほうがく》から軍をひきいて城をおそう。宋江がまえもって部下《ぶか》の者を清渓県《せいけいけん》にしのびこませていたため、城内《じょうない》でも火の手があがった。

三方からの攻撃《こうげき》にたえきれず、方臘《ほうろう》は逃走《とうそう》した。

方臘が山に逃《に》げこむと、そこには体の大きな僧侶《そうりょ》がいた。

行方不明《ゆくえふめい》だった花和尚《かおしょう》・魯智深《ろちしん》である。

「おまえの命運《めいうん》は、ここまでのようだな。」

魯智深《ろちしん》は方臘《ほうろう》をひっとらえてしばりあげ、宋江《そうこう》のもとへとつれていく。宋江《そうこう》はおおいによろこび、方臘《ほうろう》を檻車《かんしゃ》にいれて都《みやこ》へ護送《ごそう》することにした。

方臘《ほうろう》とのいくさはこうして勝利《しょうり》をおさめたものの、さらに九将《しょう》の命《いのち》がうしなわれていた。

霹靂火《へきれきか》　秦明《しんめい》　険道神《けんどうしん》　郁保四《いくほうし》　母夜叉《ぼやしゃ》　孫二娘《そんじじょう》　出林竜《しゅつりんりゅう》　鄒淵《すうえん》
摸着天《もちゃくてん》　杜遷《とせん》　催命判官《さいめいはんがん》　李立《りりつ》　金銭豹子《きんせんひょうし》　湯隆《とうりゅう》　鉄臂膊《てつひはく》　蔡福《さいふく》
短命二郎《たんめいじろう》　阮小五《げんしょうご》

方臘《ほうろう》討伐《とうばつ》まえに一〇三人いた梁山泊《りょうざんぱく》の好漢《こうかん》は、宋江《そうこう》をいれてわずか三十六人しかのこっていなかったのである。

(天罡星《てんこうせい》・十八名)

天魁星《てんかいせい》　呼保義《こほうぎ》　宋江《そうこう》
天罡星《てんこうせい》　玉麒麟《ぎょくきりん》　盧俊義《ろしゅんぎ》
天機星《てんきせい》　智多星《ちたせい》　呉用《ごよう》
天勇星《てんゆうせい》　大刀《だいとう》　関勝《かんしょう》
天雄星《てんゆうせい》　豹子頭《ひょうしとう》　林冲《りんちゅう》
天威星《てんいせい》　双鞭《そうべん》　呼延灼《こえんしゃく》
天英星《てんえいせい》　小李広《しょうりこう》　花栄《かえい》
天貴星《てんきせい》　小旋風《しょうせんぷう》　柴進《さいしん》
天富星《てんふうせい》　撲天鵰《はくてんちょう》　李応《りおう》
天満星《てんまんせい》　美髯公《びぜんこう》　朱仝《しゅどう》
天孤星《てんこせい》　花和尚《かおしょう》　魯智深《ろちしん》

天傷星《てんしょうせい》　行者《ぎょうじゃ》　武松《ぶしょう》
天速星《てんそくせい》　神行太保《しんこうたいほう》　戴宗《たいそう》
天殺星《てんさつせい》　黒旋風《こくせんぷう》　李逵《りき》
天牢星《てんろうせい》　病関索《びょうかんさく》　楊雄《ようゆう》
天寿星《てんじゅせい》　混江竜《こんこうりゅう》　李俊《りしゅん》
天敗星《てんはいせい》　活閻羅《かつえんら》　阮小七《げんしょうしち》
天巧星《てんこうせい》　浪子《ろうし》　燕青《えんせい》

（地煞星《ちさつせい》・十八名）

地魁星《ちかいせい》　神機軍師《しんきぐんし》　朱武《しゅぶ》
地煞星《ちさつせい》　鎮三山《ちんさんざん》　黄信《こうしん》
地勇星《ちゆうせい》　病尉遅《びょううつち》　孫立《そんりつ》
地然星《ちぜんせい》　混世魔王《こんせいまおう》　樊瑞《はんずい》
地軸星《ちじくせい》　轟天雷《ごうてんらい》　凌振《りょうしん》
地正星《ちせいせい》　鉄面孔目《てつめんこうもく》　裴宣《はいせん》

地会星《ちかいせい》　神算子《しんさんし》　蔣敬《しょうけい》
地全星《ちぜんせい》　鬼臉児《きれんじ》　杜興《とこう》
地俊星《ちしゅんせい》　鉄扇子《てつせんし》　宋清《そうせい》
地角星《ちかくせい》　独角竜《どくかくりゅう》　鄒潤《すうじゅん》
地損星《ちそんせい》　一枝花《いっしか》　蔡慶《さいけい》
地暗星《ちあんせい》　錦豹子《きんひょうし》　楊林《ようりん》
地鎮星《ちちんせい》　小遮攔《しょうしゃらん》　穆春《ぼくしゅん》
地進星《ちしんせい》　出洞蛟《しゅつどうこう》　童威《どうい》
地退星《ちたいせい》　翻江蜃《はんこうしん》　童猛《どうもう》
地賊星《ちぞくせい》　鼓上蚤《こじょうそう》　時遷《じせん》
地数星《ちすうせい》　小尉遅《しょううつち》　孫新《そんしん》
地陰星《ちいんせい》　母大虫《ぼたいちゅう》　顧大嫂《こだいそう》

（いくさには勝てたが、多くの義兄弟《きょうだい》をうしなった。天命《てんめい》といえど、あまりにつらいことだ。）

のこった将兵《しょうへい》をつれて都《みやこ》へむかうとちゅう、宋江《そうこう》は馬上でそうなげいた。

十九

魔《ま》星《せい》、天に帰《き》す

一

杭州《こうしゅう》までたどりついた宋江《そうこう》は、六和寺《ろくわじ》で兵《へい》を休ませた。

寺内《じない》において、魯智深《ろちしん》は自分の天命《てんめい》がつきたことをさとり、体を清《きよ》めて座禅《ざぜん》をくんだ。そしてそのまましずかに大往生《だいおうじょう》をした。

宋江《そうこう》と盧俊義《ろしゅんぎ》はこれを知り、三日三晩《みっかみばん》、寺で供養《くよう》をおこなった。

武松《ぶしょう》は宋江にいった。

「おれはいくさで腕《うで》をうしないました。それに、都《みやこ》へ行って官職《かんしょく》につこうなどという気も、もとよりありません。この寺でしずかに暮《く》らしたいと思います。」

宋江《そうこう》はうなずいた。

武松《ぶしょう》は出家《しゅっけ》して六和寺《ろくわじ》に身《み》をおいた。

宋江《そうこう》はしばらく杭州《こうしゅう》にとどまり、いよいよ都《みやこ》へむかおうというときに、病関索《びょうかんさく》・楊雄《ようゆう》と、鼓上蚤《こじょうそう》・時遷《じせん》が病《やまい》で亡《な》くなった。また豹子頭《ひょうしとう》・林冲《りんちゅう》も中風《ちゅうふう》にかかり、うごけなくなった。

宋江《そうこう》は林冲《りんちゅう》を六和寺《ろくわじ》にのこし、武松《ぶしょう》に世話《せわ》をさせた。半年後、林冲は亡《な》くなることになる。

いっぽう武松は、八十歳《さい》で天命《てんめい》をまっとうしたという。


さて、宋江《そうこう》が杭州《こうしゅう》から出発しようとしたときに、燕青《えんせい》はこっそり盧俊義《ろしゅんぎ》に会って、いった。

「わたくしはちいさいころから旦那《だんな》さまのお世話《せわ》になり、そのご恩《おん》は一生《いっしょう》かかってもかえしきれないほどです。しかしこのたび天下《てんか》の害悪《がいあく》をとりのぞき、宋江《そうこう》どのも朝廷《ちょうてい》で重くもちいられるようになりました。わたくしはさずかった官爵《かんしゃく》を返上《へんじょう》し、どこかしずかな土地で暮《く》らしたいと思います。旦那《だんな》さまもご一緒《いっしょ》しませんか？」

「これから錦《にしき》を着て故郷《こきょう》にもどろうというときだ。なのになぜ、これまでの苦労《くろう》をすべてむだにするのか。」

「わたくしのえらぶ道こそが、むだではないと思うのです。漢《かん》の高祖《こうそ》に仕《つか》えた韓信《かんしん》は、大きな功績《こうせき》をいくつもたてました。しかし高祖が天下《てんか》統一《とういつ》をしたのち、じゃま者あつかいされ、天子の一族に殺《ころ》されました。」

「韓信《かんしん》が殺されたのは、やつが反乱《はんらん》をもくろんだからだ。わたしはそのようなことはしない。」

「そうですか。わかりました。――ならば、わたくしはここでおいとまいたします。宋江《そうこう》どのによろしくおつたえくださ い。」

「どこへ行くつもりだ？」

燕青《えんせい》はなにもいわず、盧俊義《ろしゅんぎ》を八拝《はちはい》（八度拝《はい》すること）した。それから夜のうちに荷物《にもつ》をととのえ、だれにも気づかれることなくどこかへ去ってしまった。

水軍《すいぐん》の混江竜《こんこうりゅう》・李俊《りしゅん》、出洞蛟《しゅつどうこう》・童威《どうい》、翻江蜃《はんこうしん》・童猛《どうもう》の三将《しょう》も、宋江のもとを離《はな》れた。彼《かれ》らは海にのりだして異国《いこく》にわたり、のちに李俊《りしゅん》は暹羅国《せんらこく》（シャム）*の国王になる。童威《どうい》、童猛《どうもう》もそれぞれ役人になり、余生《よせい》を楽しんだ。

都《みやこ》にたどりついたとき、好漢《こうかん》の数は、宋江《そうこう》をふくめて二十七人だった。彼《かれ》らは城門《じょうもん》をくぐって凱旋《がいせん》し、ともに宮殿《きゅうでん》へむかった。

徽宗《きそう》は、あれほどたくさんいた義兄弟《ぎきょうだい》たちがわずか二十七名だけになったのを見て、いた

シャム
シャムは現在《げんざい》のタイ。だが、暹羅国《せんらこく》はシャムではなく架空《かくう》の国の可能性《かのうせい》もある。

たまれなくなった。

「そちたちが江南《こうなん》に出兵《しゅっぺい》し、多くの苦難《くなん》をのりこえてきたことを、朕《ちん》はよく知っている。そちの義兄弟《きょうだい》の大半《たいはん》が亡《な》くなってしまったことは、まことに悲しいことである。それでも、よくぞもどってきてくれた。」

宋江《そうこう》は、はらはらと涙《なみだ》をながし、ふかく頭をさげた。

「わたくしは無才《むさい》ながら、こうして国家のお役《やく》にたてたことを、心よりうれしく思っております。思えば、わたくしたち一〇八人の義兄弟《きょうだい》は、生死《しょうじ》をともにすることを誓《ちか》ったのですが、このたび十のうち八までをも、うしないました。ここに義兄弟《きょうだい》全員の名を記《しる》しましたので、なにとぞお目とおしのほどを。」

宋江《そうこう》は上奏書《じょうそうしょ》をさしだした。

「うむ。亡《な》くなった忠臣《ちゅうしん》たちにも官爵《かんしゃく》をあたえ、それぞれの墓《はか》に刻《きざ》ませよう。けっして功《こう》を埋《う》もれさせるようなことはせぬ。」

徽宗《きそう》はいい、上奏書《じょうそうしょ》をうけとった。そして亡《な》くなった者たちに官爵《かんしゃく》をあたえ、彼らに子孫《しそん》があれば都《みやこ》によびよせ、その官爵をうけつがせた。また子孫のない者には勅令《ちょくれい》によって廟《びょう》を建《た》て、祭祀《さいし》をおこなわせた。

生きのこった宋江《そうこう》たちにも官爵《かんしゃく》があたえられ、それぞれ任地《にんち》の役所へ派遣《はけん》されることになった。兵士《へいし》たちにも褒美《ほうび》があたえられ、不自由《ふじゆう》なく暮《く》らせるように配慮《はいりょ》された。方臘《ほうろう》は都の市中で、見せしめとして処刑《しょけい》された。

天子《てんし》は宴会《えんかい》をもうけ、宋江《そうこう》たちをねぎらった。

こうして官職《かんしょく》をあたえられた宋江たちは、それぞれの任地へむかうことになった。

出発のさい、戴宗《たいそう》が宋江のもとをたずねてきた。

「宋江《そうこう》どの。わたしは兗州《えんしゅう》に派遣《はけん》されることになりましたが、これを辞《じ》し、退職《たいしょく》したいとぞんじます。そして出家《しゅっけ》して、泰山《たいざん》の廟《びょう》につとめ、しずかに余生《よせい》をすごすつもりです。」

「そうか。わかれは悲しいことだが、わたしはもう、だれもひきとめたりはせぬ。あなたはすでに神行太保《しんこうたいほう》（神のように速《はや》く走れる妖術使《ようじゅつつか》い）なのだから、いずれは霊験《れいげん》あらたかな神になるはずだ。どうか、お達者《たっしゃ》で。」

こうして戴宗《たいそう》は宋江《そうこう》とわかれ、出家して泰山《たいざん》の廟《びょう》につかえた。彼《かれ》は毎日、廟で香《こう》をささげ、その信心《しんじん》がゆらぐことはなかった。数か月たった日の夜、戴宗は道士《どうし》たちをよびあつめ、笑《わら》いながら大往生《だいおうじょう》をとげた。こののち、泰山《たいざん》の廟《びょう》でしばしば霊験《れいげん》をあらわしたので、ちかくの住人は、戴宗《たいそう》の神像《しんぞう》をつくって拝《はい》したのである。

滄州《そうしゅう》に赴任《ふにん》した小旋風《しょうせんぷう》・柴進《さいしん》も、辞職《じしょく》して庶民《しょみん》になり、自由気ままな生活をした。そして、ある日とつぜん、病《やまい》にもかからずに死んでいった。

呼延灼《こえんしゃく》は都《みやこ》で天子の護衛《ごえい》をつとめたが、のちに金国《きんこく》（北方異民族《ほっぽういみんぞく》の国）討伐《とうばつ》の指揮官《しきかん》に任命《にんめい》された。大軍《たいぐん》をひきいて金国の太子《たいし》を討《う》ちとったが、淮西《わいせい》（淮河西方《わいが》）へ軍をすすめたときに討《う》ち死《じ》にした。

阮小七《げんしょうしち》は都統制《ととうせい》（軍指揮官《ぐんしきかん》）の任《にん》についたが、謀反《むほん》のうたがいをかけられ、官職《かんしょく》を剝奪《はくだつ》された。しかし本人《ほんにん》はそのことをよろこび、故郷《こきょう》の村にもどると、以前《いぜん》とおなじように漁師《りょうし》をした。老《お》いた母を養《やしな》って天寿《てんじゅ》をまっとうさせ、自身も六十になるまで生きたという。

二

蔡京《さいけい》、高俅《こうきゅう》、童貫《どうかん》、楊戩《ようせん》の四人の奸臣《かんしん》は、宋江《そうこう》たちが官爵《かんしゃく》を手にいれたことを、こころよく思っていなかった。高俅《こうきゅう》がいった。

「やつらめ、山賊《さんぞく》の身《み》でありながら、いまは役職《やくしょく》について、民《たみ》を治《おさ》める身分《みぶん》になってしまった。生かしておけば、いずれは、われわれの身が危険《きけん》にさらされるかもしれん。いまのうちになんとかせねば。」

すると、楊戩《ようせん》がいった。

「まず盧俊義《ろしゅんぎ》をかたづけましょう。この男は梁山泊《りょうざんぱく》の副首領《ふくしゅりょう》です。さきに宋江《そうこう》をかたづければ、盧俊義が反乱《はんらん》を起こすかもしれません。」

そこで高俅《こうきゅう》たちは、盧俊義《ろしゅんぎ》が反乱を起こすとのうわさをながした。そのいっぽうで、盧州《ろしゅう》に赴任《ふにん》した盧俊義に都《みやこ》へくるよう、手紙をだした。うたがわれることをおそれた盧俊義は、すぐに都へやってきた。

徽宗《きそう》は高俅《こうきゅう》たちのたくらみとは知らず、盧俊義《ろしゅんぎ》をよろこんでむかえいれ、宴席《えんせき》をもうけてもてなした。このとき、盧俊義にだされた食事に、水銀《すいぎん》が盛《も》られていたのである。

酒をたくさんのんで酔《よ》っぱらった盧俊義《ろしゅんぎ》は、宴《えん》がおわると、船で盧州《ろしゅう》へむかった。彼《かれ》は船《せん》首《しゅ》にいたが、水銀の毒《どく》がきいて体がいうことをきかなくなり、足をすべらせ、川のなかにおちて命《いのち》をうしなった。

このことはすぐに、都《みやこ》へつたえられた。徽宗《きそう》は盧俊義《ろしゅんぎ》の死を悲しんだ。

しかしそこで、蔡京《さいけい》がいった。

「盧俊義《ろしゅんぎ》は謀反《むほん》のうたがいをかけられ、申《もう》し開《ひら》きをするために都《みやこ》へまいりました。彼《かれ》の死は

事故《じこ》ですが、宋江《そうこう》はそうとらえないかもしれません。われわれが殺《ころ》したと思われては一大事《いちだいじ》です。陛下《へいか》はできるだけはやく、御酒《ぎょしゅ》を楚州《そしゅう》へおくられ、宋江をなぐさめるのがよろしいでしょう。」

「うむ。」盧俊義《ろしゅんぎ》は宋江《そうこう》の義兄弟《きょうだい》だ。きっとふかく悲しんでいるにちがいない。すぐに酒を二樽《たる》用意し、使者《ししゃ》を楚州《そしゅう》におくれ。」

天子《てんし》の命令《めいれい》で、二樽《たる》の御酒《ぎょしゅ》が用意された。高俅《こうきゅう》はこっそりと、その御酒のなかに毒《どく》をいれておいた。

いっぽうの宋江《そうこう》だが、任地《にんち》の楚州《そしゅう》で民《たみ》と兵《へい》をたいせつにしたので、楚州の人びとは彼《かれ》を父母のごとく慕《した》った。

城《しろ》の南門の外には、〈蓼児洼《りょうじわ》〉とよばれる場所がある。そこには一座《いちざ》の山があり、周囲《しゅうい》は川にかこまれ、まるで梁山泊《りょうざんぱく》のようなみごとな景色《けしき》であった。

宋江《そうこう》はこれを見てよろこび、

（もし自分が死んだら、ここに埋葬《まいそう》してもらおう。）

と、いつも思っていた。

天子《てんし》から御酒《ぎょしゅ》がとどいたのは、宋江《そうこう》が赴任《ふにん》してから半年後のことである。知らせをきいた宋江《そうこう》は、城外《じょうがい》まででて使者《ししゃ》をむかえた。使者は役所《やくしょ》で聖旨《せいし》をよみあげたのち、御酒《ぎょしゅ》をさかずきにそそいで宋江にあたえた。宋江は拝《はい》してうけとり、これをのんだ。それから宴《えん》を用意し、使者をもてなしてから都《みやこ》にかえした。

しばらくして、宋江《そうこう》は体のぐあいがすぐれなくなり、腹《はら》が痛《いた》みだした。酒に毒《どく》がまざっていることに気づいたが、もう後《あと》の祭《まつ》りである。

宋江《そうこう》は、嘆息《たんそく》した。

「天子は奸臣《かんしん》たちにたぶらかされ、毒酒《どくしゅ》をわたしにたまわったのか。もうすでに、多くの義兄弟《きょうだい》が亡《な》くなった。いま死ぬことをわたしはおそれぬが、ただ、潤州《じゅんしゅう》に赴任《ふにん》した李逵《りき》のことが気がかりだ。もしあいつがこのことを知ったら、きっと仲間《なかま》をあつめ、怒《いか》りでこの天《てん》下《か》をみだすことになるだろう。そんなことになれば、われわれが遼《りょう》から国をまもり、田虎《でんこ》、王慶《おうけい》、方臘《ほうろう》の賊《ぞく》をたおして大義《たいぎ》をしめした意味がなくなる。」

宋江《そうこう》はしばらく考え、やがて決心《けっしん》すると、いそいで潤州《じゅんしゅう》へ使いをやって李逵《りき》をよんだ。

さて、潤州《じゅんしゅう》にいる李逵《りき》は、仕事をする気などなく、一日じゅう、役所《やくしょ》で酒ばかりのんで

宋江［そうこう］
天魁星《てんかいせい》。あだ名は及時雨《きゅうじう》。
義《ぎ》を重んじ慈悲《じひ》ぶかい。

いた。

梁山泊《りょうざんぱく》にいたころには、まだ不浄役人《ふじょうやくにん》たちとたたかうという目的《もくてき》があったが、いまはそんなものはない。役人に追われることもなく、お金にもこまらないが、目的もなく、ただ空虚《くうきょ》な毎日をすごすだけだった。

そこへ、宋江《そうこう》からの使者《ししゃ》がきた。

「兄貴《あにき》がおれをよびつけるなんて、きっとだいじな話があるにちがいない。」

李逵《りき》はさかずきをなげすてると、使者《ししゃ》とともに船にのって楚州《そしゅう》へむかい、役所にはいって宋江《そうこう》と会った。

「兄貴！　いったいなんの用だ！」

李逵《りき》は、梁山泊《りょうざんぱく》にいたときのような口調《くちょう》できいた。

宋江《そうこう》はちいさく笑《わら》った。

「ひさしぶりだな、李逵《りき》。このところ、わかれた義兄弟《きょうだい》たちのことばかりを考えている。軍《ぐん》師《し》どのは武勝軍《ぶしょうぐん》に赴任《ふにん》したし、花栄《かえい》は応天府《おうてんふ》にいるが、なんの連絡《れんらく》もない。おまえは潤州《じゅんしゅう》で、ここから比較的《ひかくてき》ちかいから、こうしてよんだのだ。——まあ、酒をのみながら語ろう。」

宋江《そうこう》は宴席《えんせき》をもうけ、李逵《りき》とともに酒を酌《く》み交《か》わした。

李逵［りき］
天殺星《てんさつせい》。
あだ名は黒旋風《こくせんぷう》。
二挺斧《にちょうふ》の使い手。

酔《よ》いがまわったころに、宋江《そうこう》がいった。

「じつをいうと、朝廷《ちょうてい》が使者《ししゃ》をつかわし、わたしに毒酒《どくしゅ》をおくろうとしているようだ。のめば死ぬだろうが、天子からの御酒《ぎょしゅ》なので、のまないわけにもいくまい。どうすればよいだろうか。」

李逵《りき》はそれをきくと、どんっと卓《たく》をたたき、大声でいった。

「朝廷《ちょうてい》のくそ野郎《やろう》どもめ！　どうせあの奸臣《かんしん》どもの考えたことだろうが、ゆるしておくものか！　兄貴《あにき》、反乱《はんらん》を起こすぞ！　これ以上《いじょう》、なめられてたまるか！」

「しかし、すでに梁山泊《りょうざんぱく》は解散《かいさん》した。義兄弟《きょうだい》たちは離《はな》ればなれになったし、兵《へい》はいない。どうやって反乱など起こせるのだ。」

「安心しろ。おれの州《しゅう》に三千の兵《へい》がある。兄貴《あにき》のいる楚州《そしゅう》にだって兵はあるだろ？　それをぜんぶあつめ、住民《じゅうみん》ものこらず徴兵《ちょうへい》すれば、じゅうぶんな戦力《せんりょく》になる。そしてもういちど、梁山泊《りょうざんぱく》にこもろう。あの奸臣《かんしん》どもの下にいるより、そのほうがいいにきまってる！」

「そうだな。まあ、そのことは、また後日《ごじつ》考えよう。今日《きょう》は存分《ぞんぶん》にのんでくれ。」

李逵《りき》は宋江《そうこう》にすすめられて酒をのみ、その日は宋江の屋敷《やしき》に泊《と》まった。

翌朝《よくあさ》、李逵《りき》は船にのって、楚州《そしゅう》を去ることにした。宋江が船のそばまで見おくりにくる。

李逵《りき》は、わかれぎわにいった。

「兄貴《あにき》、反乱《はんらん》を起こすときになったら言ってくれ。おれは準備《じゅんび》して、いつでもうごけるようにしておく。」

「ありがとう、李逵《りき》。」

宋江《そうこう》はほほえんだが、目からあふれる涙《なみだ》がとまらなくなった。

李逵《りき》はふしぎに思い、

「……なにを泣《な》いているんだ、兄貴《あにき》。」

「おまえに謝《あやま》りたいことがある。先日《せんじつ》、天子がおくってきた毒酒《どくしゅ》を、わたしはのんでしまった。わたしの命《いのち》は、今日明日《きょうあした》で尽《つ》きるだろう。」

「兄貴、冗談《じょうだん》はよしてくれよ。」

宋江《そうこう》は、首を横にふる。

「冗談《じょうだん》ではない。さいごまできけ。わたしは生涯《しょうがい》、忠義《ちゅうぎ》の二字をかかげ、それにそむいたことはなかった。朝廷《ちょうてい》が毒酒《どくしゅ》をわたしにおくったが、わたしは朝廷にそむくことはしない。ただ、わたしが死んだあと、おまえが怒《いか》って反乱《はんらん》を起こし、多くの無辜《むこ》の民《たみ》を殺《ころ》してしまうことが心配だった。だから、わたしは昨夜《さくや》、おまえにあの毒酒《どくしゅ》をのませたのだ。」

「えっ……。」

李逵《りき》は、なにをいえばいいのかわからず、口をぽっかりとあけたままでいた。

「すまない、李逵。だが、こうするしかなかった。〈替天行道《たいてんこうどう》〉の旗《はた》のもとで、梁山泊《りょうざんぱく》がまもってきたものを、おまえにこわされたくなかった。われわれはあくまで義賊《ぎぞく》であり、私心《ししん》でたたかったわけではない。」

沈黙《ちんもく》ののち、李逵《りき》がしずかにきいた。

「……おれの命《いのち》は、あとどれぐらいもつんだ。」

「潤州《じゅんしゅう》にたどりついたら、おそらく命はないだろう。」

「そうか……。」

「李逵《りき》よ。死んだあと、この楚州《そしゅう》にきてほしい。南門の外に、蓼児洼《りょうじわ》という場所がある。風《ふう》景《けい》が梁山泊《りょうざんぱく》にそっくりで、わたしはそこにほうむってもらう予定《よてい》だ。おまえの霊魂《れいこん》とは、そこで会うことにしよう。」ほんとうに、すまないことをした……。」

宋江《そうこう》はそこまでいうと、雨のように涙《なみだ》をながした。

李逵《りき》も目に涙《なみだ》をためて、

「かまわんよ、兄貴《あにき》。かまわんとも。生きているときも兄貴に仕《つか》えてきたんだ。死んでも兄

貴に仕えてやらァ。」

と涙《なみだ》をこぼした。

そして宋江《そうこう》にわかれをいって船にのり、潤州《じゅんしゅう》にたどりつくと従者《じゅうしゃ》に、

「おれが死んだら、遺体《いたい》を楚州《そしゅう》の南門外にある蓼児洼《りょうじわ》にはこんで、兄貴《あにき》のとなりに埋《う》めてくれ。」

といい、まもなく亡《な》くなった。従者《じゅうしゃ》はいいつけをまもり、李逵《りき》の遺体《いたい》を棺《ひつぎ》におさめたのち、楚州《そしゅう》へはこんだ。

いっぽう宋江《そうこう》は、自分の臨終《りんじゅう》のときがちかくなると、そばづかえの者をよんで、自分の遺体《い》を蓼児洼《りょうじわ》に埋《う》めるようたのんでから、息《いき》をひきとった。宋江の死には、住民《じゅうみん》たちは皆《みな》悲しみ、彼《かれ》の棺《ひつぎ》が蓼児洼《りょうじわ》にはこばれると、泣《な》きながらそのあとについていった。

数日ののち、李逵《りき》の棺《ひつぎ》も潤州《じゅんしゅう》からはこばれてきたので、宋江の墓《はか》のとなりに埋《う》められることになった。

武勝軍《ぶしょうぐん》に赴任《ふにん》した呉用《ごよう》だが、夢《ゆめ》のなかで宋江《そうこう》に会い、彼が亡《な》くなったことを知らされた。呉用《ごよう》は目をさますと、宋江の死を確認《かくにん》するために、いそいで楚州《そしゅう》へむかった。そして宋江

呉用［ごよう］
天機星《てんきせい》。あだ名は智多《ちた》星《せい》。兵法《へいほう》に長《た》けている。

花栄［かえい］
天英星《てんえいせい》。あだ名は小李広《しょうりこう》。弓《ゆみ》の名手《めいしゅ》。

の墓《はか》があることをその目で確認《かくにん》すると、塚《つか》をたたいて慟哭《どうこく》した。

「わたしは田舎《いなか》の学者でしたが、宋江《そうこう》どのにたすけられ、いま朝廷《ちょうてい》より栄誉《えいよ》をうけております。これもすべて、宋江どののおかげです。わたしはなにも恩《おん》がえしができないので、あの世《よ》でご一緒《いっしょ》したいとぞんじます。」

呉用《ごよう》はそういって泣《な》いたのち、みずから首をくくって死のうとした。

そこへ、頭目《とうもく》のひとりだった小李広《しょうりこう》・花栄《かえい》がかけつけてきた。彼《かれ》は応天府《おうてんふ》に赴任《ふにん》したが、宋江《そうこう》の夢《ゆめ》を見て、ここへやってきたのである。彼らは、たがいにおなじ夢を見たことにおどろいた。

呉用《ごよう》はいった。

「わたしは宋江《そうこう》どのの恩《おん》にむくいるため、魂魄《こんぱく》となって一緒《いっしょ》にいようと考えている。そこでたのみたいのだが、わたしが死んだあと、遺体《いたい》をここへ埋《う》めてはもらえないか。」

「わたしもおなじことを考えていたところだ。このまま生きていても、いずれは奸臣《かんしん》どもの迫害《はくがい》にあうだろう。やつらに無実《むじつ》の罪《つみ》をきせられ、刑罰《けいばつ》にかけられるぐらいなら、ここで清《きよ》らかな身《み》として死んだほうがいい。」

こうして二人はともに首をくくり、遺体《いたい》は従者《じゅうしゃ》が棺《ひつぎ》におさめて蓼児洼《りょうじわ》に埋《う》めた。

徽宗［きそう］
宋《そう》の八代目天子《てんし》。

三

宋江《そうこう》たちが死んだことは、高俅《こうきゅう》たち奸臣《かんしん》によって隠《かく》され、徽宗《きそう》の耳にはとどかなかった。ある夜のこと、徽宗《きそう》は李師師《りしし》の屋敷《やしき》をおとずれ、おそくまで酒を酌《く》み交《か》わした。そして、酔《よ》って卓《たく》に伏《ふ》せ、そのまま眠《ねむ》ってしまった。

とつぜん冷風《れいふう》が吹《ふ》き、徽宗《きそう》はおどろいて顔をあげた。すると目の前には、黄色い服を着た男が立っていた。

「おまえは何者だ！　なんの用でここへきた！」

徽宗《きそう》がどなりつけると、黄色い服の男はふかく頭をさげた。

「わたくしは梁山泊《りょうざんぱく》の神行太保《しんこうたいほう》・戴宗《たいそう》という者です。宋江《そうこう》どのが陛下《へいか》をおむかえするようもうされたので、こうしてまいった次第《しだい》にございます。」

「朕《ちん》をどこへつれていこうというのだ？」

「すばらしいところです。どこぞこちらへ。」

徽宗《きそう》は立ちあがり、戴宗《たいそう》のあとを追った。そこには、馬車《ばしゃ》が用意されていた。

徽宗がのると、馬車がとぶように走りだした。あたりいちめんに雲がいきおいよく流れ、耳には風雨《ふうう》の音がきこえる。

やがて、馬車がとまった。そこはどこかの山のふもとで、そばには大きな湖《みずうみ》が見える。そのみごとな景色《けしき》に、徽宗《きそう》は感心した。

「ここはいったい、どこなのだ。なぜこのようなところへ、朕《ちん》をつれてきたのだ。」

「山の上まで行けばわかります。」

戴宗《たいそう》はそういい、馬車《ばしゃ》をすすめて山道をのぼっていった。とちゅうにある三つの関所《せきしょ》をこえ、山寨《さんさい》のなかにはいると、りっぱな鎧《よろい》を身《み》にまとった男たちが、平伏《へいふく》してまっていた。男たちは百人ほどいた。

徽宗《きそう》はあわてていった。

「この者たちはなんなのだ。いったい、朕《ちん》をどうするつもりなのだ。」

すると男たちのなかから、宋江《そうこう》があらわれてひざまずいた。

「おひさしゅうございます、陛下《へいか》。梁山泊《りょうざんぱく》の宋江です。」

「そちは楚州《そしゅう》に赴任《ふにん》したのではないのか？　なぜここにいる。」

すると宋江《そうこう》は、涙《なみだ》をながした。

「なにゆえに泣《な》くのだ。」

「わたくしどもは忠義《ちゅうぎ》を胸《むね》に、外は遼《りょう》を討《う》ち、内《うち》は田虎《でんこ》、王慶《おうけい》、方臘《ほうろう》を誅《ちゅう》し、国に尽《つ》くしてまいりました。しかしこのたび、陛下《へいか》は毒酒《どくしゅ》をわたくしにたまわられ、わたくしはそれをのみました。」

徽宗《きそう》はおおいにおどろき、

「朕《ちん》は酒をおくったが、毒《どく》などいれてはおらぬぞ。いったい、どういうことだ。」

「それは酒をとどけた使者《ししゃ》におききになるのがよろしいでしょう。」

すると、そこへ李逵《りき》があらわれ、

「天子《てんし》よ！　なにゆえにおまえは奸臣《かんしん》どもにそそのかされ、おれたちの命《いのち》をとるようなまねをしたんだ！　いまこそうらみを晴らしてやるぞ！」

と、二挺斧《にちょうふ》をふりあげ、天子におそいかかった。

「うわっ！」

天子《てんし》はさけび声をあげ、目をさました。

まわりを見れば、李師師《りしし》の屋敷《やしき》の部屋《へや》のなかである。そばには李師師がいた。

「朕《ちん》は、どこへでかけていたのだろう？」

宿元景 [しゅくげんけい]
殿司太尉《でんしたいい》。宮中の長官《ちょうかん》。

「陛下《へいか》はずっとここでお眠《ねむ》りになっておられました。」

天子《てんし》は、さきほど夢《ゆめ》で見たことを李師師《りしし》に話した。

李師師《りしし》はいった。

「ただしい行《おこな》いをする者は、かならず神になるといいます。夢《ゆめ》のとおり、宋江《そうこう》は亡《な》くなったのではないでしょうか。」

「うむ。明日《あす》、このことを問《と》いただしてみよう。もしほんとうであれば、宋江たちのために廟《びょう》を建《た》て、忠義《ちゅうぎ》の臣《しん》として祭《まつ》ろう。」

翌日《よくじつ》になると天子は登殿《とうでん》し、蔡京《さいけい》、高俅《こうきゅう》、童貫《どうかん》、楊戩《ようせん》の四人をよんできいた。

「楚州《そしゅう》にいる宋江《そうこう》はどうなっておるのだ？」

蔡京《さいけい》たちはただ、

「ぞんじませぬ。」

とだけいった。

そこで天子《てんし》は、殿司《でんし》太尉《たいい》の宿元景《しゅくげんけい》に命《めい》じて楚州《そしゅう》へ使いをやらせ、しらべさせたところ、朝廷《ちょうてい》からおくられた酒に毒《どく》がはいっていたために、宋江《そうこう》がそれをのんで亡《な》くなったこと、呉用《ごよう》、花栄《かえい》、李逵《りき》の三人も、宋江のあとを追って死んだこと、四人の墓《はか》が蓼児洼《りょうじわ》にあることなどがわかった。

宿元景《しゅくげんけい》から報告《ほうこく》をうけた天子《てんし》は、蔡京《さいけい》たち四人をよびつけ、どなりつけた。

「この奸臣《かんしん》どもめ！　国を滅《ほろ》ぼす気か！」

蔡京《さいけい》たちはおそれ、平伏《へいふく》してその場をひきさがった。しかし彼《かれ》らはしかられただけで、それ以上罰《いじょうばつ》されることはなかった。

天子は宋江《そうこう》たちのために、梁山泊《りょうざんぱく》に大きな廟《びょう》を建《た》てさせた。そして宋江たちの神像《しんぞう》をつくり、〈靖忠之廟〉という額《がく》をかかげさせた。

宋江《そうこう》の霊《れい》はしばしば霊験《れいげん》をあらわし、住民《じゅうみん》は四季《しき》の供物《くもつ》を絶《た》やさなかった。梁山泊《りょうざんぱく》では、風を祈祷《きとう》すれば風が吹《ふ》き、雨を祈祷すれば雨が降《ふ》った。

宋江《そうこう》の墓《はか》がある楚州《そしゅう》の蓼児洼《りょうじわ》も霊験あらたかで、住民は大きな廟《びょう》を建《た》て、一〇八人の英傑《えいけつ》たちの神像《しんぞう》をなかにかざり、毎年、祭りを欠《か》かさなかった。その古跡《こせき》は、今日《こんにち》にいたるまでのこっている。


〈『水滸伝』㊦　魔星帰天　おわり〉

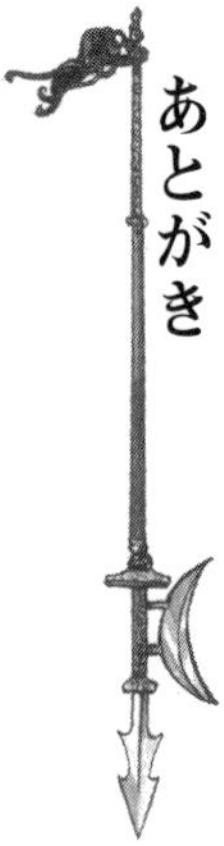

あとがき

中国の「四大奇書《しだいきしょ》」といわれる『三国演義《さんごくえんぎ》』『西遊記《さいゆうき》』『水滸伝《すいこでん》』『金瓶梅《きんぺいばい》』のなかで、古くから日本人にとって一番なじみぶかい作品は『水滸伝』といわれています。『水滸伝』がいつ日本に入ってきたのか正確《せいかく》な年代はわかっていませんが、江戸《えど》時代にはすでに日本国内にひろまっていたようです。現在《げんざい》でも日本では「梁山泊《りょうざんぱく》」ということばが「すごい能力《のうりょく》をもった人たちの集まり」の代名詞《だいめいし》としてつかわれることがあり、『〇〇水滸伝』のようなタイトルの作品も多く見られます。

それでは、『水滸伝』の魅力《みりょく》とはなんでしょうか？

まず挙《あ》げられるのは、「梁山泊《りょうざんぱく》」という山につどう一〇八人の好漢《こうかん》（官軍《かんぐん》からすれば山賊《さんぞく》ですが）の存在《そんざい》です。彼《かれ》らは一人ひとりが個性《こせい》あふれる能力《のうりょく》をもっています。武術《ぶじゅつ》にすぐれた者（豹子頭《ひょうしとう》・林冲《りんちゅう》など）、知略《ちりゃく》に秀《ひい》でた者（智多星《ちたせい》・呉用《ごよう》など）、道術《どうじゅつ》に長《た》けた者（入雲竜《にゅううんりゅう》・公孫勝《こうそんしょう》など）、計算の得意《とくい》な者（神算子《しんさんし》・蔣敬《しょうけい》）、筆蹟模写《ひっせきもしゃ》のうまい者（聖手書生《せいしゅしょせい》・蕭譲《しょうじょう》）、印《いん》を彫《ほ》るのが巧《たく》みな者（玉臂匠《ぎょくひしょう》・金大堅《きんたいけん》）、そして、医者（神医《しんい》・安道全《あんどうぜん》）や獣医《じゅうい》（紫髯伯《しぜんはく》・皇甫端《こうほたん》）、大砲《たいほう》の発明家（轟天雷《ごうてんらい》・凌振《りょうしん》）など――戦場《せんじょう》で活躍《かつやく》する武将《ぶしょう》から、後方《こうほう》で軍《ぐん》をささえる者まで、その能力は多岐《たき》にわたっています。さらには各人物《かくじんぶつ》の特徴《とくちょう》をあらわす「入雲竜《にゅううんりゅう》・公孫勝《こうそんしょう》」「智多星《ちたせい》・呉用《ごよう》」など、おぼえやすくてかっこいいあだ名が皆《みな》についているのです。また男性《だんせい》だけでなく女性《じょせい》もいて、「一丈青《いちじょうせい》・扈三娘《こさんじょう》」などは男顔負《かおま》けの強さを誇る女将《じょしょう》です。彼《かれ》ら（もしくは彼女《かのじょ》ら）はそれぞれの運命《うんめい》に導《みちび》かれ、あるときは敵味方《てきみかた》になってたたかったりしながらも、さいごには天命《てんめい》にしたがって「梁山泊」に集結《しゅうけつ》します。

【『水滸伝《すいこでん》』の成《な》り立《た》ち】

『水滸伝』は中国の明代《みんだい》（一三六八〜一六四四年）の嘉靖《かせい》年間（一五二二〜一五六六年）に書かれた作品といわれています。この時期《じき》には『三国演義《さんごくえんぎ》』『封神演義《ほうしんえんぎ》』『西遊記《さいゆうき》』など現在《げんざい》でも有名な作品が数多く誕生《たんじょう》し、中国古典文学《ちゅうごくこてんぶんがく》が大きく花開いた時期でもあります。

『水滸伝』の作者は施耐庵《したいあん》、あるいは羅貫中《らかんちゅう》とされていますが、両名に関する資料は少なく、あっても後世に捏造《ねつぞう》された疑いのあるものが多く、実在したかどうかさえ怪しいとされています。

昔の中国では、さまざまな講談師《こうだんし》が人びとに物語《ものがたり》をきかせ、それらの物語が統合《とうごう》・編集《へんしゅう》されて『三国演義』や『西遊記』『水滸伝』などになっていったというのが一般的《いっぱんてき》な考え方です。ひとりの作者によって、これらの作品が書かれたわけではないのです。

これらの前身《ぜんしん》になる作品は、すでに明代以前《みんだいいぜん》から存在《そんざい》しています。たとえば『三国演義』であれば元代《げんだい》（一二七一〜一三六八年）の『三国志平話《さんごくしへいわ》』など、『封神演義』であれば元代の『武王伐紂平話《ぶおうばっちゅうへいわ》』など。また

『西遊記』であれば宋代《そうだい》（九六〇〜一二七九年）の『大唐三蔵取経詩話《だいとうさんぞうしゅきょうしわ》』などや、唐代《とうだい》（六一八〜六九〇年、七〇五〜九〇七年）の、そもそものおもとである玄奘《げんじょう》（いわゆる三蔵法師《さんぞうほうし》）の書いた旅行記《りょこうき》『大唐西域記《だいとうせいいきき》』などです（『三国演義』『封神演義』『西遊記』の成《な》り立《た》ちについては拙著《せっちょ》『三国志』『封神演義』『西遊記』――いずれも偕成社《かいせいしゃ》――のあとがきに詳《くわ》しく書いているので参照《さんしょう》してください）。こうしたことから、さまざまな人の手によって年月をかけて形成《けいせい》されていった作品に対し、「作者が誰《だれ》か」と詮索《せんさく》すること自体《じたい》が適切《てきせつ》であるかどうか疑問《ぎもん》にもなります。

『水滸伝』も、もとになる物語《ものがたり》が以前《いぜん》から存在《そんざい》し、それらを統合《とうごう》・編集《へんしゅう》して、次第《しだい》に形づくられていったと考えられています。たとえば宋代《そうだい》の『酔翁談録《すいおうだんろく》』という小説《しょうせつ》（短編《たんぺん》の物語《ものがたり》のこと。現在《げんざい》の小説とは意味が違《ちが》う）の題目《だいもく》リストには「花和尚《かおしょう》（おそらく花和尚《かおしょう》・魯智深《ろちしん》）」「武行者《ぶぎょうじゃ》（おそらく行者《ぎょうじゃ》・武松《ぶしょう》）」「青面獣《せいめんじゅう》（おそらく青面獣《せいめんじゅう》・楊志《ようし》）」などが記載《きさい》されています。当時はそれぞれが独立《どくりつ》した物語だったようで、それが後世《こうせい》になって「梁山泊《りょうざんぱく》につどう好漢《こうかん》たちの物語」の一部として利用《りよう》され、『水滸伝』として統合《とうごう》していったものと思われます。

『水滸伝』の原文《げんぶん》を読むと、いくつもの物語をむりにつぎはぎしたような印象《いんしょう》をうけるのは、じっさいにまるで関連性《かんれんせい》のない物語をあちらこちらからとってきているからなのです。そのため、はじめて『水滸伝』を読む人にとっては、きゅうに物語の主人公《しゅじんこう》がかわったり、話が本筋《ほんすじ》からそれて長ながと別《べつ》の話がつづいたりして、とまどってしまうことがあるのではないかと思います。本著《ほんちょ》では、本筋《ほんすじ》を中心にした構成《こうせい》にし、物語を追いやすくしています。

『水滸伝』における宋江《そうこう》たちの人物像《じんぶつぞう》ですが、宋末《そうまつ》には『宋江《そうこう》三十六賛《さん》』という、宋江をふくめた三十六人の好漢《こうかん》たちの肖像画《しょうぞうが》がつくられています。「賛《さん》」とは人物評価《じんぶつひょうか》のことで、肖像画自体《しょうぞうがじたい》は現《げん》存《そん》していませんが、その肖像画に書かれていたコメントの一覧《いちらん》は残っていて、宋江《そうこう》や魯智深《ろちしん》など『水滸伝』でおなじみの人物の名前もふくまれています。

元代《げんだい》には宋江《そうこう》や李逵《りき》の活躍《かつやく》する劇《げき》も上演《じょうえん》され、「水滸戯《すいこぎ》」といわれていました。内容《ないよう》の多くは現《げん》在《ざい》知られる『水滸伝』とは異《こと》なっていますが、一部の物語は『水滸伝』の題材《だいざい》になっています。

北宋末《ほくそうまつ》の逸話《いつわ》や歴史《れきし》をまとめた書物『宣和遺事《せんないじ》』には、宋江《そうこう》ら三十六人の盗賊《とうぞく》たちが登場《とうじょう》します。『水滸伝』に登場する人物と一致《いっち》する名前が多いことや、宋江たちがさいごには朝廷《ちょうてい》に帰順《きじゅん》し、方《ほう》臘《ろう》の討伐《とうばつ》で功績《こうせき》をあげることなど、かなり『水滸伝』に近い内容《ないよう》になっています。

『水滸伝』という名が最初《さいしょ》にあらわれるのは、明代《みんだい》・嘉靖《かせい》十九年（一五四〇年）の『百川書志《ひゃくせんしょし》』です。これは高儒《こうじゅ》という人物の所有《しょゆう》する書物の目録《もくろく》なのですが、そのなかに「忠義水滸伝一百巻」という記述《きじゅつ》があり、施耐庵《したいあん》と羅貫中《らかんちゅう》の名も見られます。この目録の存在が『水滸伝』が書かれたのは嘉《か》靖年間《せいねんかん》」という説《せつ》の根拠《こんきょ》になっているのですが、ただ嘉靖年間に出版《しゅっぱん》された『水滸伝』自体は現存《げんそん》しないため、確実《かくじつ》なのは「嘉靖《かせい》十九年には存在《そんざい》していた」ということだけです。

中国ではいまだに「作者は施耐庵《したいあん》」説《せつ》が根強《ねづよ》く、その根拠《こんきょ》となるのが中華人民共和国《ちゅうかじんみんきょうわこく》成立後、きゅうに数多く見つかった施耐庵に関《かん》する詳細《しょうさい》な資料《しりょう》です。しかし、これらの資料《しりょう》はどれも問題点が多く、研究者《けんきゅうしゃ》のあいだでは捏造《ねつぞう》だとされています。本著《ほんちょ》では、このような経緯《けいい》により、拙著《せっちょ》の『封神演義』『西遊記』『三国志』『白蛇伝《はくじゃでん》』（偕成社）同様《どうよう》、著者《ちょしゃ》の名前を記載《きさい》していません。

【『水滸伝《すいこでん》』の種類《しゅるい》】

『水滸伝』は大きくわけて〈七十回本〉〈百回本〉〈百二十回本〉の三種類《しゅるい》があります。

〈七十回本〉は一〇八人の好漢《こうかん》が梁山泊《りょうざんぱく》に集結《しゅうけつ》したところで完結《かんけつ》します。

〈百回本〉は〈七十回本〉の内容《ないよう》にくわえ、後半《こうはん》の遼国《りょうこく》・方臘討伐《ほうろうとうばつ》の話がはいります。

〈百二十回本〉は〈百回本〉の内容にくわえ、後半に田虎《でんこ》・王慶討伐《おうけいとうばつ》の話がはいります。

成立時期《せいりつじき》から見ると、『百川書志《ひゃくせんしょし》』に「忠義水滸伝一百巻」との記述《きじゅつ》があることから、〈百回本〉が最初に登場《とうじょう》したのではないかと考えられています。まとまった形で現存《げんそん》している〈百回本〉は、万暦《ばんれき》年間（一五七三～一六二〇年）のものです。

天啓《てんけい》・崇禎《すうてい》年間（一六二一～一六四四年）には、遼国《りょうこく》・方臘《ほうろう》の話のあいだに田虎《でんこ》・王慶《おうけい》の二十回分の話をさしこんだ〈百二十回本〉が登場します。『水滸伝』の完全版《かんぜんばん》ともいわれるもので、現在《げんざい》中国の書店で『水滸全伝《すいこぜんでん》』というタイトルででている本は〈百二十回本〉です。

崇禎《すうてい》十四年（一六四二年）には、金聖嘆《きんせいたん》という人物がこの〈百二十回本〉から後半《こうはん》五十回分を切りとって、好漢《こうかん》が梁山泊《りょうざんぱく》に集結《しゅうけつ》したところで物語《ものがたり》をおわらせた〈七十回本〉を刊行《かんこう》します。回数がへったことで書店であつかいやすくなったのか、これがこののち中国における『水滸伝』の主流《しゅりゅう》になり、〈百回本〉〈百二十回本〉は存在《そんざい》すら忘《わす》れさられてしまいます。毛沢東《もうたくとう》が愛読《あいどく》したのもこの〈七十回本〉で、〈百回本〉〈百二十回本〉は専門家《せんもんか》ぐらいしか読みませんでした。

日本では〈七十回本〉の評価《ひょうか》はわかれ、幸田露伴《こうだろはん》は痛烈《つうれつ》に批判《ひはん》していました。また〈七十回本〉がでたあとも、日本人には〈百回本〉〈百二十回本〉のほうが好《この》まれていたようです。物語の「結《けっ》末《まつ》」にたどりつかない〈七十回本〉は『水滸伝』のおもしろさやそのスケールの大きさを伝《つた》えきれず、物足《ものた》りないように感じます。そのため本著《ほんちょ》では〈百二十回本〉をベースにして編訳《へんやく》しています。

【実在《じつざい》の人物としての宋江《そうこう》】

『三国演義《さんごくえんぎ》』『封神演義《ほうしんえんぎ》』『西遊記《さいゆうき》』は歴史的事実《れきしてきじじつ》をもとにしてつくられたフィクションで、『水滸伝』もその例にもれず、北宋《ほくそう》（九六〇年〜一一二七年）末《すえ》の、宋江《そうこう》という実在《じつざい》の人物の反乱《はんらん》をもとにしてつくられています。

当時、朝廷《ちょうてい》の腐敗《ふはい》政治から治安《ちあん》は乱《みだ》れ、天下各地《かくち》では盗賊団《とうぞくだん》が反乱《はんらん》を起こし、街《まち》や村を荒《あ》らしまわっていました。北方からは異民族《いみんぞく》の遼《りょう》（契丹族《きったんぞく》の国）の南下《なんか》圧力《あつりょく》も強まり、内も外も不安定《ふあんてい》な状態《じょうたい》でした。朝廷の弱体化《じゃくたいか》により、国内で盗賊が闊歩《かっぽ》する時期《じき》だったのでしょう。

宋代《そうだい》の歴史《れきし》を記《しる》した史書《ししょ》『宋史《そうし》』には、宋江《そうこう》たち三十六人の仲間《なかま》が反乱《はんらん》を起こして各地を荒らしたとの記述《きじゅつ》があります。この三十六人が、さきほど述《の》べた『宋江三十六賛《そうこうさん》』の三十六人のもとになっており、『水滸伝』においては天罡星《てんこうせい》の三十六人のもとになっているものと考えられています。

また『水滸伝』のさいごにでてきた方臘《ほうろう》も実在《じつざい》の人物で、彼が反乱を起こしたときには、『水滸伝』では悪役《あくやく》だった宦官《かんがん》・童貫《どうかん》が大軍《たいぐん》をひきいてこれを討《う》ち、方臘を捕《と》らえて処刑《しょけい》しました。このときの官軍《かんぐん》の将軍《しょうぐん》のなかに宋江《そうこう》の名前もあります。一般的《いっぱんてき》には「賊軍《ぞくぐん》だった宋江が朝廷《ちょうてい》に帰順《きじゅん》し、方臘討伐《ほうろうとうばつ》にくわわった」と考えられており、『水滸伝』の物語もこれをなぞって書かれています。

いっぽう、「盗賊団《とうぞくだん》の首領《しゅりょう》・宋江《そうこう》と、討伐軍《とうばつぐん》の将軍《しょうぐん》・宋江《そうこう》は別人《べつじん》」という説《せつ》をとる研究者もいます。「宋江は二人いた」説《せつ》については、『水滸伝　虚構《きょこう》のなかの史実《しじつ》』（宮崎市定《みやざきいちさだ》・著　中公文庫）に詳《くわ》しく書かれています。

「宋江《そうこう》たちが梁山泊《りょうざんぱく》にこもった」ことについては、じつは史書《ししょ》にははっきりとした記述《きじゅつ》がありません。『宋江三十六賛《さん》』においては、「太行山《たいこうざん》（大行山）にいた」というような記述が賛《さん》（人物評価）のうちの何人かにありますが、梁山泊という名称《めいしょう》は出てきません。太行山は現在《げんざい》の太行山脈《たいこうさんみゃく》のことで、北京《ペキン》市、山西省《さんせいしょう》、河北《かほく》省、河南《こうなん》省にまたがる山脈です（ちなみに山東《さんとう》省、山西省の名前の由来《ゆらい》は、太行山脈の東西に位置《いち》することからです）。梁山泊は山東省にあるので、河北省の太行山からは、だいぶ離《はな》れています。

いっぽう、元代《げんだい》の『所安遺集補遺《しょあんいしゅうほい》』という書物には、「船頭《せんどう》の話によると梁山泊《りょうざんぱく》に宋江《そうこう》がいた」という伝聞的《でんぶんてき》な記述《きじゅつ》があり、太行山説《たいこうざんせつ》と梁山泊説の二つができあがったのではないかと考えられます。さらには、『宣和遺事《せんないじ》』ではどちらの説《せつ》も採用《さいよう》したようで、結果《けっか》、「太行山梁山泊」という実在《じつざい》しない地名になっています。

『水滸伝』では太行山説《たいこうざんせつ》は削除《さくじょ》され、梁山泊説《りょうざんぱくせつ》が採用《さいよう》されました。ちなみに〈水滸伝〉とは「水の滸《ほとり》の伝説《でんせつ》」という意味です。太行山説《たいこうざんせつ》の名残《なごり》として、副首領《ふくしゅりょう》の盧俊義《ろしゅんぎ》が、太行山のある河北出身《かほくしゅっしん》ということになっています。

梁山泊についてですが、もともとは梁山《りょうざん》という山があって、黄河《こうが》の氾濫《はんらん》によってそのまわりに河《か》水《すい》が流れこみ、『水滸伝』にあるような地形ができあがったといわれています。ただ現在《げんざい》では河水は干《ひ》上《あ》がってしまい、『水滸伝』で描写《びょうしゃ》されるような景色《けしき》を見ることはできません。

【『水滸《すいこ》伝《でん》』の時代背景《じだいはいけい》とその後《ご》の歴史《れきし》】

『水滸伝』は宋《そう》の時代の物語《ものがたり》です。首都《しゅと》は開封《かいほう》（現在《げんざい》の河南省開封市《かなんしょうかいほうし》）で、印刷技術《いんさつぎじゅつ》の発展《はってん》から出版《しゅっぱん》業《ぎょう》もさかんになり、民衆《みんしゅう》文化が花開いた時代《じだい》でもありました。

しかしそのいっぽうで、文官主導《ぶんかんしゅどう》の政治体制《せいじたいせい》は軍事的《ぐんじてき》な弱体化《じゃくたいか》をまねき、北方異民族《ほっぽういみんぞく》の国・遼《りょう》（契丹《きったん》）からたびたび侵略《しんりゃく》をうけることになります。宋《そう》はこれをさけるため、一〇〇四年に遼《りょう》と〈澶《せん》淵《えん》の盟《めい》〉という条約《じょうやく》をむすびました。これは遼が宋に攻《せ》めこまないかわりに、宋は銀《ぎん》十万両・絹《きぬ》二十万匹（両《りょう》・匹《ひき》については『ハンドブック』の「行政単位と度量衡《ぎょうせいたんいとどりょうこう》」の項《こう》を参照《さんしょう》）といった莫大《ばくだい》な額《がく》の歳幣《さいへい》（毎年支払《しはら》う金品《きんぴん》）を遼《りょう》に贈《おく》るという内容《ないよう》でした。

こうして遼《りょう》の侵略《しんりゃく》をさけることはできたのですが、北方異民族《ほっぽういみんぞく》は遼だけではありません。中国の北西にはチベット系《けい》タングート族《ぞく》の建《た》てた西夏《せいか》という国もあり、宋《そう》への侵入《しんにゅう》をくりかえしていました。これもやはり多額《たがく》の歳幣《さいへい》を支払《しはら》うことによって解決《かいけつ》しようとしたのですが、条約締結後《じょうやくていけつご》も国境で侵入をくりかえす西夏との小《こ》ぜりあいはつづき、軍事費削減《ぐんじひさくげん》にはつながりませんでした。しかも遼はその小ぜりあいに乗《じょう》じ、宋に対してさらに歳幣《さいへい》の額《がく》をつりあげていったのです。

こうして宋《そう》が疲弊《ひへい》していったときに、北方では女真族《じょしんぞく》の国〈金《きん》〉が力をもちはじめました。宋《そう》は遼《りょう》を牽制《けんせい》するため、この金《きん》と同盟《どうめい》をむすびます。金は遼を滅《ほろ》ぼし、さらには西夏《せいか》をも滅ぼしました。しかし、宋は新興国《しんこうこく》の金《きん》を軽視《けいし》し、歳幣《さいへい》を支払《しはら》うという盟約《めいやく》をまもりませんでした。これに怒《おこ》った金《きん》は宋への侵攻《しんこう》をはじめます。このときの宋の天子《てんし》（皇帝《こうてい》）は、『水滸伝』にも登場する徽宗《きそう》です。金の侵攻《しんこう》は、時期的には『水滸伝』の物語の少しあとになります。

この徽宗《きそう》という人物ですが、『水滸伝』では優柔不断《ゆうじゅうふだん》な性格《せいかく》で、奸臣《かんしん》たちにいいようにあしらわれていました。じっさいの徽宗も、文章や絵画などの芸術方面《げいじゅつほうめん》にはすぐれた才能《さいのう》を発揮《はっき》していたのですが、政治《せいじ》には疎《うと》く、庭園《ていえん》をつくるために多額《たがく》の費用《ひよう》をかけて全国からめずらしい木や石、花などを調達《ちょうたつ》させ、労働《ろうどう》を強《し》いたため、民衆《みんしゅう》から怨嗟《えんさ》の声があがっていました（この花や石の調達を〈花石綱《かせきこう》（「綱《こう》」は貨物《かもつ》のこと）〉といいます）。これをきっかけに、各地《かくち》で反乱《はんらん》が起こります。宋江《そうこう》や方臘《ほうろう》の乱《らん》もこの時期です。

金《きん》の南下《なんか》が本格的《ほんかくてき》にはじまると、徽宗《きそう》はあわてて〈花石綱〉を中止し、自分の長男に帝位《ていい》をゆずり、自身は側近《そっきん》たちとともに都《みやこ》・開封府《かいほうふ》から逃《に》げだしてしまいます。この徽宗の長男が欽宗《きんそう》で、北《ほく》宋《そう》さいごの天子です（北宋・南宋については後述）。

宋は多額《たがく》の歳幣《さいへい》を支払《しはら》うことで金《きん》と講和《こうわ》し、欽宗《きんそう》はこのような事態《じたい》をまねいた蔡京《さいけい》、童貫《どうかん》たち奸《かん》臣《しん》を流罪《るざい》や処刑《しょけい》にします。しかしこののちも、宋は金《きん》に対して背信行為《はいしんこうい》をつづけ、ついには怒《おこ》った金に開封を占領《せんりょう》されてしまいます。徽宗《きそう》・欽宗《きんそう》やその臣下《しんか》はことごとく捕《と》らえられ、北へつれさられます。これを〈靖康《せいこう》の変《へん》（一一二六年。靖康は年号）〉といいます。

いっぽう欽宗《きんそう》の弟の趙構《ちょうこう》は南の応天府《おうてんふ》（現在《げんざい》の河南省《かなんしょう》商丘市《しょうきゅうし》）へ逃《に》げのび、一一二七年、宋の天子として即位《そくい》します。彼が南宋《なんそう》最初の天子・高宗《こうそう》です。それから一一三二年に臨安府《りんあんふ》（現在の杭州市《こうしゅうし》）へうつり、そこを都にさだめます。

北宋《ほくそう》・南宋《なんそう》の区分についてはいろいろ議論《ぎろん》があるのですが、都《みやこ》が臨安府《りんあんふ》になってから、もしくは高宗《こうそう》が天子《てんし》になってからを南宋とするのが一般的《いっぱんてき》かと思います。ちなみに北宋・南宋という時代区分は後世《こうせい》のものであって、当時の人たちにとってはどちらも宋でした。

宋《そう》は、中国の北半分を金《きん》にうばわれてしまったので、支配領域《しはいりょういき》は中国の南半分となりました。ただ金のほうも、予想外《よそうがい》に宋がよわかったので、まさか中国の北半分がすべて手にはいるとは思っていなかったため、準備不足《じゅんびぶそく》でこれ以上南へすすむわけにもいかない状況《じょうきょう》でした。また高宗には岳飛《がくひ》などの愛国《あいこく》の名将《めいしょう》がいて、主戦派《しゅせんは》が力をもっていたため、和平《わへい》をむすぶこともできません。

しかし、やがて宰相《さいしょう》・秦檜《しんかい》を中心とする和平派《わへいは》が、岳飛《がくひ》たち主戦派を弾圧《だんあつ》し、岳飛は謀反《むほん》の濡《ぬ》れ衣《ぎぬ》を着せられて処刑《しょけい》されてしまいます。岳飛は、愛国《あいこく》の英雄《えいゆう》としていまでも中国で根強《ねづよ》い人気《にんき》があります。いっぽう、徽宗《きそう》は金《きん》に囚《とら》われたまま、一一三五年に異国《いこく》の地《ち》で亡《な》くなりました。

『水滸伝』のなかでは、宋江《そうこう》たちは遼国《りょうこく》に勝利《しょうり》していますが、じっさいの歴史《れきし》ですと、そうかんたんに勝てるような相手ではありませんでした。しかし遼《りょう》とのたたかいが物語《ものがたり》のなかにはいってくるというのは、やはり「遼にひと泡吹《あわふ》かせてやりたい」という民衆《みんしゅう》の願望《がんぼう》が込《こ》められていたからなのかもしれません。それに官軍《かんぐん》が大苦戦《だいくせん》した敵《てき》を宋江たちがたおしてしまうというのが、民衆たちには痛快《つうかい》だったのでしょう。

【『水滸伝《すいこでん》』に登場《とうじょう》する四人の奸臣《かんしん》たち】

『水滸伝』では悪役《あくやく》として、高俅《こうきゅう》という人物がでてきます。彼は実在《じつざい》の人物で、蹴鞠《けまり》の才能《さいのう》で徽宗《きそう》にみとめられて出世《しゅっせ》していきました。宦官《かんがん》の童貫《どうかん》とともに朝廷《ちょうてい》の軍事《ぐんじ》を掌握《しょうあく》し、その兵《へい》を自宅《じたく》の改《かい》装工事《そうこうじ》につかったり、軍事費《ぐんじひ》を横領《おうりょう》したり、私用《しよう》で各地に軍を派遣《はけん》したりしていたため、宋の軍事的な弱体化《じゃくたいか》をまねいたといわれています。しかし、どちらかといえば小《こ》悪党《あくとう》で、『水滸伝』のなかで語《かた》られているような存在感《そんざいかん》はありません。『宋史《そうし》』の「奸臣《かんしん》（姦臣《かんしん》）伝《でん》」にも名前はありません。

また宋代の政治家《せいじか》であり有名な詩人でもある蘇軾《そしょく》（蘇東坡《そとうば》）に仕《つか》えていたことがあり、蘇軾の一族が朝廷《ちょうてい》から冷遇《れいぐう》されるようになってからも、高俅《こうきゅう》は生涯《しょうがい》、援助《えんじょ》を怠《おこた》らなかったといわれています。

宦官《かんがん》の童貫《どうかん》は、史書《ししょ》でも記述《きじゅつ》の多い人物です。軍人《ぐんじん》でもあり、軍をひきいて方臘《ほうろう》の乱《らん》をおさめるなどの功績《こうせき》もあります。高俅《こうきゅう》と結託《けったく》して軍事費をふところにいれたりと、悪党《あくとう》であったことはまちがいないでしょう。また金《きん》が攻《せ》めこんできたときは部下《ぶか》をおいて逃《に》げたので、欽宗《きんそう》は彼を処刑《しょけい》してしまいます。

宰相《さいしょう》の蔡京《さいけい》ですが、書家《しょか》としては一流で、宋代の四大書家のひとりとされています。科挙《かきょ》に合格《ごうかく》して官吏《かんり》になったのち、童貫《どうかん》に美術品《びじゅつひん》に対する鑑識眼《かんしきがん》を買われ、徽宗《きそう》にもその才《さい》がつたえられます。芸術家《げいじゅつか》でもある徽宗と馬《うま》が合《あ》ったのでしょう、徽宗に気にいられたことで朝廷内《ちょうていない》で権力《けんりょく》をにぎり、ついには宰相の位《くらい》にまでのぼりつめます。徽宗が造園《ぞうえん》のために〈花石綱《かせきこう》〉をおこない、臣下《しんか》から反対がでたときも、蔡京《さいけい》は徽宗の味方をしてこれをおしすすめます。金《きん》が開封《かいほう》に攻《せ》め入ってきたときには、民《たみ》や部下のことなどかまわずに徽宗とともに都を脱出《だっしゅつ》します。欽宗《きんそう》は蔡京を流罪《るざい》に処《しょ》し、蔡京は流罪地で病死しました。

さいごに宦官《かんがん》の楊戩《ようせん》ですが、他《ほか》の三人とくらべてかなり影《かげ》が薄《うす》い存在《そんざい》です。管理下《かんりか》の地域《ちいき》で水害《すいがい》があったときに減税措置《げんぜいそち》をとらなかったので農民に恨《うら》まれていましたが、徽宗《きそう》には気にいられていたようで、一一二四年に亡《な》くなったときには、徽宗から太師《たいし》（最高官職）・呉国公《ごこくこう》（「公」は「王」の下の位）の位《くらい》を授《さず》けられています。

『水滸伝』にでてくる四人の奸臣《かんしん》は、当時の民衆《みんしゅう》には嫌《きら》われていたようです。『水滸伝』にもそれが反映《はんえい》されたのでしょう。

【方臘《ほうろう》について】

方臘は〈喫菜事魔《きっさいじま》〉の信徒《しんと》といわれています。喫菜事魔というのは、三世紀《せいき》ごろにササン朝《ちょう》ペルシアのマニがひらいたマニ教《きょう》の一派《ぱ》で、中国南部に多くの信者《しんじゃ》がいました。不殺《ふさつ》を教義《きょうぎ》にし、菜食《さいしょ》主義《くしゅぎ》だったようです。この宗教は秘密結社化《ひみつけっしゃか》していて、団結力《だんけつりょく》が強く、また塩《しお》などの密売《みつばい》にも手を染《そ》めていたため（塩は朝廷《ちょうてい》の専売物《せんばいぶつ》）、朝廷《ちょうてい》が危険視《きけんし》して弾圧《だんあつ》していました。「喫菜事魔《きっさいじま》」は朝廷がわのつけた蔑称《べっしょう》で、「魔《ま》（邪教《じゃきょう》）に仕《つか》える菜食主義者」の意味です。方臘《ほうろう》はこの信徒《しんと》たちをひきいて反《はん》乱《らん》を起こすと、朝廷に不満《ふまん》をもつ周辺《しゅうへん》の民衆《みんしゅう》もつぎつぎにくわわって大勢力《だいせいりょく》になりました。『水滸伝』で登場する方臘の部下《ぶか》・呂師囊《りょしのう》も実在《じつざい》の人物です。

方臘《ほうろう》は江南《こうなん》の六州《しゅう》五十二県を落として「聖公《せいこう》」と名のり、「永楽《えいらく》」という年号《ねんごう》をさだめます。年号は天子のみが定めるべきものなので、彼は徽宗《きそう》にとってかわろうとしたのでしょう。しかしちょうど朝廷《ちょうてい》は遼《りょう》とたたかうために何十万もの兵をあつめていたので、宦官《かんがん》の童貫《どうかん》がこれをひきいて反乱を鎮圧《ちんあつ》しました。

宋朝《そうちょう》は、方臘とのたたかいで疲弊《ひへい》しきったまま、すぐに遼とのたたかいに突入《とつにゅう》して敗《やぶ》れます。そのあと金《きん》に都《みやこ》・開封《かいほう》をとられます。方臘の乱は北宋滅亡《ほくそうめつぼう》のきっかけをつくった一因《いちいん》ともいえるでしょう。

【好漢《こうかん》たちのその後《ご》と『水滸後伝《すいここうでん》』について】

『水滸伝』において一〇八人の好漢は、さいごにはそれぞれの人生をあゆみはじめます。戦場《せんじょう》で命をおとした者、生きて帰って官職《かんしょく》に就《つ》いた者、故郷《こきょう》にもどった者、自由《じゆう》をもとめて旅立《たびだ》った者等々。

とくに印象的《いんしょうてき》な人物としては、混江竜《こんこうりゅう》・李俊《りしゅん》があげられるでしょう。彼は長江《ちょうこう》をなわばりとする塩《しお》の密売人《みつばいにん》で、梁山泊《りょうざんぱく》では水軍《すいぐん》の大将《たいしょう》をつとめていました。宋江《そうこう》が梁山泊をおりて朝廷《ちょうてい》のために方《ほう》臘《ろう》とたたかうときには、李俊は水軍の頭目《とうもく》たちとともに、呉用《ごよう》を通《つう》じて宋江に「梁山泊へもどろう」ともちかけますが、宋江はこれをうけいれません。義理《ぎり》がたい李俊は、しかたなしに宋江にしたがいました。

しかし、方臘《ほうろう》とのたたかいがおわると、「もう義理《ぎり》は果《は》たした」とばかりに、李俊《りしゅん》はさっさと宋《そう》江《こう》のもとを離《はな》れてしまいます。そして彼は、気のあう仲間《なかま》たちとともに異国《いこく》にわたり、暹羅国《せんらこく》で国王になったというのです。暹羅国というのは、一般的《いっぱんてき》にはシャム（現在《げんざい》のタイ）のことです。江戸《えど》時代に山田長政《やまだながまさ》が暹羅国《せんらこく》（シャム）にわたって活躍《かつやく》した話は有名ですが、『水滸伝』における暹羅国は、そのシャムかどうかは不明《ふめい》です。というのも、『水滸伝』には、その続編《ぞくへん》として『水滸後伝《すいここうでん》』というのがあり、そこでは暹羅国は南方の島々ということになっています。

この『水滸後伝』というのは、明末《みんまつ》から清初《しんしょ》にかけて、陳忱《ちんしん》という文人《ぶんじん》が『水滸伝』の続編《ぞくへん》として書いたものです。いわゆる『水滸伝』ファンがつくりあげた二次創作《じそうさく》で、正式な続編といっていいかどうかは、むずかしいところです。『水滸後伝』の内容《ないよう》は、『水滸伝』のように民間伝承《みんかんでんしょう》などをもとにして書いたわけでなく、陳忱《ちんしん》の想像《そうぞう》──いわば、『水滸伝』ファンにとって「こうなったらいいな」という願望《がんぼう》によって書かれているからです。

『水滸後伝』は全四十回で、物語《ものがたり》の中心人物は李俊《りしゅん》です。金《きん》は遼《りょう》を滅《ほろ》ぼし、さらに宋《そう》にも攻《せ》めこんで徽宗《きそう》を捕《と》らえます（このあたりはさきほど説明したじっさいの歴史の流れとおなじです）。そのため好漢《こうかん》たちの新《あら》たな敵《てき》は金《きん》になります。燕青《えんせい》や呼延灼《こえんしゃく》など、生き残った好漢たちも皆《みな》登場し、しかも呼延灼《こえんしゃく》の子・呼延鈺《こえんぎょく》など好漢の子どもたちまで登場《とうじょう》します。流罪《るざい》になった高俅《こうきゅう》たちは好漢たちに殺され、『水滸伝』屈指《くっし》の強さを誇《ほこ》る武将《ぶしょう》、祝家荘《しゅくかそう》の武術師《ぶじゅつし》範《はん》・欒廷玉《らんていぎょく》は好漢たちの味方《みかた》になり（『水滸伝』では梁山泊に負けてどこかへ逃《に》げたあとは登場しなくなります）、さらには九紋竜《くもんりゅう》・史《し》進《しん》の師匠《ししょう》・王進《おうしん》までが活躍《かつやく》するなど（『水滸伝』では史進に武術を教えたあと登場しなくなります）、『水滸伝』ファンが大よろこびしそうな展開《てんかい》がこれでもかと詰《つ》めこまれています。

やがて金《きん》に対抗《たいこう》できなくなった好漢たちは暹羅国《せんらこく》にわたり、そこで国をみだす奸臣《かんしん》たちとたたかい、日本の関白《かんぱく》（名前は書かれていないのですが、豊臣秀吉をモデルにしたものと思われます）までもが介入《かいにゅう》してきて、日本軍ともたたかいます。そしてさいごには、好漢たちは暹羅国でしあわせに暮《く》らしましたというハッピーエンドで、『水滸伝』における悲惨《ひさん》さはありません。ファンによるファンのための痛快《つうかい》な二次創作といった内容です。

『水滸伝《すいこでん》』は滝沢馬琴《たきざわばきん》の代表《だいひょう》作『南総里見八犬伝《なんそうさとみはっけんでん》』のもとになったといわれていますが、『水滸《すいこ》後《こう》伝《でん》』も馬琴《ばきん》の『椿説弓張月《ちんせつゆみはりづき》』の後半、琉球《りゅうきゅう》王国建国《けんこく》の物語のもとになっています。

『水滸後伝』は『水滸伝』ファンのために書かれたエンターテインメント作品で、『水滸伝』よりおもしろいという人もいるぐらいです。機会《きかい》があれば編訳したいと思います。

【江湖《こうこ》について】

中国の武侠小説《ぶきょうしょうせつ》にはよく〈江湖《こうこ》〉という言葉がでてきます。それは『水滸伝』に出てくる梁山泊《りょうざんぱく》の好漢《こうかん》たちのように法《ほう》に縛《しば》られず〈自由〉に生きている者たちや、その者たちの住む世界を指《さ》しています。朝廷《ちょうてい》の支配《しはい》のおよばない法の外で暮《く》らす人たち、そんな人たちが江湖の住人です。

本著《ほんちょ》では「アウトロー」と注釈《ちゅうしゃく》に書きましたが、ごちゃごちゃ説明《せつめい》するよりもこのひとことがいちばんしっくりくるかと思います。まさに法《ほう》の外の世界、日本でいえば任俠《にんきょう》の世界のようなものでしょう。

彼らは法にはしたがいませんが、江湖《こうこ》には江湖のルールがあります。なわばりのようなものや、やってはいけないことなども暗黙《あんもく》の了解《りょうかい》で存在《そんざい》します。そして彼らは義理《ぎり》や面子《めんつ》、江湖での評判《ひょうばん》などを重んじます。『水滸伝』では、江湖において宋江は義人《ぎじん》とされ、彼を殺すことは不名誉《ふめいよ》なこととされていました。

【『水滸伝《すいこでん》』に登場《とうじょう》する女性《じょせい》たち】

「一〇八人の好漢《こうかん》」といいますが、一〇八人のなかには女性《じょせい》が三人います。一丈青《いちじょうせい》・扈三娘《こさんじょう》、母大虫《ぼたいちゅう》・顧大嫂《こだいそう》、母夜叉《ぼやしゃ》・孫二娘《そんじじょう》です。

扈三娘《こさんじょう》は扈家荘《こかそう》の令嬢《れいじょう》ですが剣《けん》の達人《たつじん》で、梁山泊《りょうざんぱく》の頭目《とうもく》たちも太刀打《たちう》ちできないほどの強さを誇《ほこ》っています。彼女《かのじょ》のあだ名の〈一丈青《いちじょうせい》〉の意味ですが、一丈《じょう》の青竜《せいりゅう》、一丈（全身）の刺青《いれずみ》、美男・美女のことなど、諸説《しょせつ》があります。『宋江《そうこう》三十六賛《さん》』の燕青《えんせい》の人物評価《ひょうか》にも「有一丈青」とあるので、刺青のことかもしれません。また『水滸伝』の前身《ぜんしん》ともいわれる『宣和《せんな》遺事《いじ》』においては、「一丈青《いちじょうせい》・張横《ちょうおう》」という、一丈青・扈三娘《こさんじょう》と船火児《せんかじ》・張横の名前のもとになったかのような人物が登場します。彼は海賊《かいぞく》なので、やはり刺青だと考えるのが妥当《だとう》とも思えます。

ただ令嬢《れいじょう》の扈三娘《こさんじょう》が刺青《いれずみ》というのは、どうにもイメージが合わないように思えます。南宋《なんそう》のはじめに、もと盗賊《とうぞく》の妻《つま》で、のちに官軍《かんぐん》のためにたたかう「一丈青」とよばれる女将軍《じょしょうぐん》がいたようです。扈三娘との関連《かんれん》は不明《ふめい》ですが、こちらのほうは刺青があっても違和感《いわかん》がありません。

扈三娘《こさんじょう》のような女将軍《じょしょうぐん》としては、田虎《でんこ》の部下《ぶか》の瓊英《けいえい》があげられます。十六歳《さい》の美少女で、武術《ぶじゅつ》の腕《うで》が立ち、扈三娘にも勝っています。のちに梁山泊にくわわり、没羽箭《ぼつうせん》・張清《ちょうせい》と結婚《けっこん》しますが、方《ほう》臘《ろう》とのたたかいでは、妊娠《にんしん》していたので参戦《さんせん》できませんでした。田虎の話は〈百回本〉にはないので、つじつまをあわせるために参戦させなかったのでしょう。

顧大嫂《こだいそう》は小尉遅《しょううつち》・孫新《そんしん》が、孫二娘《そんじじょう》は菜園子《さいえんし》・張青《ちょうせい》が夫《おっと》で、どちらも夫婦《ふうふ》で居酒屋《いざかや》を営《いとな》んでいます。居酒屋といっても、酒を飲みにきた旅人を殺して金品《きんぴん》をうばったりなど、普通《ふつう》の居酒屋ではありません。育ちのよい扈三娘とはちがって、こちらは文字どおり江湖《こうこ》の人間です。

ほかの女性《じょせい》としては、林冲《りんちゅう》の妻《つま》がでてきます。花花太歳《かかたいさい》に目をつけられ、林冲は妻をまもるために奔走《ほんそう》しますが、高俅《こうきゅう》の奸計《かんけい》にあって流罪《るざい》にされてしまいます。しかも彼女《かのじょ》はその後、花花太歳との縁組《えんぐみ》を強要《きょうよう》され、自害《じがい》することになります。

このような淑女《しゅくじょ》がいるいっぽう、悪女《あくじょ》もいます。宋江《そうこう》の妾《めかけ》・閻婆惜《えんばしゃく》は、宋江から梁山泊の手紙をうばい、それで宋江をおどして大金《たいきん》をせしめようとします。また武松《ぶしょう》の兄・武大《ぶだい》の妻《つま》である潘金蓮《はんきんれん》は、浮気《うわき》相手である西門慶《さいもんけい》といっしょになるために武大を毒殺《どくさつ》します。彼女《かのじょ》は『金瓶梅《きんぺいばい》』にも登場し、西門慶に関係《かんけい》する女性《じょせい》たちを死に追いやるなど『水滸伝』以上《いじょう》の悪女を演《えん》じています。

徽宗《きそう》のお気に入りの妓女《ぎじょ》に李師師《りしし》がいます。教養《きょうよう》があって梁山泊《りょうざんぱく》への理解《りかい》もあり、都《みやこ》いちばんの美女とされています。『宋史《そうし》』にはでてきませんが、南宋《なんそう》のころの『貴耳集《きじしゅう》』という逸話集《いつわしゅう》には、徽宗が李師師のもとに通《かよ》っていたとの記述《きじゅつ》があるので、もしかしたら実在《じつざい》したのかもしれません。

【『水滸伝《すいこでん》』とのであい】

私が『水滸伝』とであったのは小学生のころです。当時《とうじ》私は、父の仕事の関係《かんけい》で北京《ペキン》に住んでいましたが、そのとき連環画《れんかんが》（中国の漫画。紙芝居《かみしばい》のように一ページに絵が一枚《まい》ある）の『水滸伝』を読んでいました。中国は〈七十回本〉が主流《しゅりゅう》なので、梁山泊《りょうざんぱく》に一〇八人の好漢《こうかん》があつまったところで物語《ものがたり》がおわっていて、それ以降《いこう》の話は知りませんでした。そのころは話の内容《ないよう》よりも、さまざまな能力《のうりょく》をもつ好漢たちに興味《きょうみ》がありました。

中学一年生になったころには、北京《ペキン》日本人学校の私のクラスでは〈水滸伝トランプゲーム〉が流行《はや》りました。当時、中国に「水滸伝トランプ」というものが売られていて、二組《ふたくみ》のトランプの一枚《まい》いちまいに人物画が印刷《いんさつ》されていました。一組《ひとくみ》五十四枚（ジョーカーが二枚）で、それが二組なので、ちょうど一〇八枚——つまり一〇八人の好漢《こうかん》が描《か》かれています。これをつかって四人で遊びます。

ルールは単純《たんじゅん》で、まずこの一〇八枚《まい》のカードを四人にすべてくばります。各《かく》カードには好漢《こうかん》の絵がありますが、まえもってその下に攻撃力《こうげきりょく》を鉛筆《えんぴつ》で書きこんでおきます。たとえば豹子頭《ひょうしとう》・林冲《りんちゅう》は攻撃力一〇〇（一〇〇が最高値《さいこうち》）、双鞭《そうべん》・呼延灼《こえんしゃく》は九十六、燕青《えんせい》は八十九など。この数字は『水滸伝』の内容《ないよう》から、「林冲は強いから一〇〇」「燕青は八十九ぐらいで」などと皆《みな》で相談してきめたものです。絵のイメージで攻撃力《こうげきりょく》をきめてしまったものも多く、「金鎗手《きんそうしゅ》・徐寧《じょねい》」は金色の鎧《よろい》を着ていてかなり強そうに描《か》かれていたので攻撃力が九十八もありましたが、いま考えると評価《ひょうか》が高すぎたように思えます。

カードをくばりおえたら、「せーの！」のかけ声とともに、好《す》きなカードを一枚《まい》、全員同時《どうじ》に出します。攻撃力《こうげきりょく》のいちばん高い人が勝ちで、負けた人たちは出したカードを勝者《しょうしゃ》にわたします。勝者は自分の出したカードと、負けた人たちのカードをひとまとめにして、自分のそばにおきます（これを「控《ひか》えカード」とよびます）。そしてまた「せーの！」でカードを出します。

これをくりかえし、手札《てふだ》のカードがなくなったら、控《ひか》えカードを手札《てふだ》にして、またゲームをつづけます。手札も控えカードもなくなったら負けです。さいごにのこった一人がゲームの勝者《しょうしゃ》です。

この「勝ったら相手のカードをすべてもらうことができる（のちに仲間《なかま》としてつかえる）」というのが、まさに『水滸伝』においてたたかった敵《てき》がのちに仲間になるという物語《ものがたり》展開《てんかい》をあらわしています。

「攻撃力《こうげきりょく》一〇〇の林冲《りんちゅう》を出されたらぜったいに勝てない」と思う方《かた》がいるかもしれませんが、たとえば手札《てふだ》に「阮小二《げんしょうじ》、阮小五《しょうご》、阮小七《しょうしち》」のカードがすべてそろっている場合は、この三枚《まい》を同時《どうじ》に出すことで攻撃力が三人の攻撃力の合計値《ごうけいち》になり、一〇〇を超《こ》えますので、林冲《りんちゅう》をたおすことができます。ほかにも「孔明《こうめい》、孔亮《こうりょう》」の兄弟ペア、「盧俊義《ろしゅんぎ》、燕青《えんせい》」の主従《しゅじゅう》ペア、「王英《おうえい》、扈三娘《こさんじょう》」の夫《ふう》婦《ふ》ペア、「林冲《りんちゅう》、魯智深《ろちしん》」の義兄弟《ぎきょうだい》ペア、「宋万《そうまん》、杜遷《とせん》」の元祖《がんそ》梁山泊《りょうざんぱく》ペアなど、『水滸伝』の物語《ものがたり》にちなんだ組み合わせで攻撃力を増加《ぞうか》させられます。

また攻撃力《こうげきりょく》の書かれていない特殊能力《とくしゅのうりょく》の持《も》ち主《ぬし》もいます。宋江《そうこう》は場《ば》に出た相手のカードをすべてとることができます。相手が「林冲《りんちゅう》、魯智深《ろちしん》」のペアを出してきたときはこの二枚のカードをもらえるのです。また石秀《せきしゅう》は場に出たカードを、自分もふくめてゲームから除外《じょがい》します（石秀のあだ名は〈拚命三郎《へんめいさんろう》（命知《いのちし》らずの三男《さんなん》）〉なので、自分の命を犠牲《ぎせい》にしてすべてのカードをたおすということです）。ほかにもこそどろの時遷《じせん》は、場《ば》に出たカードをどれでも一枚《まい》、自分の手札《てふだ》にくわえることができますし（カードを「盗《ぬす》む」ということです。盗まれなかったカードは出した人の手札《てふだ》にもどります）、軍師《ぐんし》の呉用《ごよう》は場に出た特殊能力《とくしゅのうりょく》カードをすべて自分の手札にくわえることができ、道《どう》術使《じゅつつか》いの公孫勝《こうそんしょう》は場に出た特殊能力カードをゲームから除外《じょがい》し、しかも攻撃力《こうげきりょく》五十以上《いじょう》のすべてのカードに勝つことができる（五十以下《いか》の場合は公孫勝が負けるので、攻撃力のひくいカードもつかいどころがあります）など、それぞれの人物の特徴《とくちょう》を活《い》かしたカード効果《こうか》になっています。

休み時間によくこのゲームで遊んでいたので、私やクラスメイトたちはいつのまにか一〇八人のあだ名と名前をすべておぼえていました。中国での『水滸伝』の思い出というのは、この水滸伝トランプゲームの印象《いんしょう》がいまでもかなり強くのこっています。やはり〈七十回本〉の読者にとっては、『水滸伝』は「物語性《ものがたりせい》」よりも「登場人物の個性《こせい》」を楽しむものなのだろうと思います。

〈百二十回本〉を本格的《ほんかくてき》に読んだのは中学三年になってからで、そのときから「物語としての『水滸伝』」も楽しめるようになりました。

本著《ほんちょ》は〈百二十回本〉がベースになっていますので、ぜひ「物語」も「登場人物の個性」も楽しんでください。またこれをきっかけに『水滸伝』に関《かん》するほかの本も読めば、『水滸伝』の世界がもっとひろがると思います。

二〇一六年一月

渡辺《わたなべ》 仙州《せんしゅう》

参考文献

【中国】

水滸全伝：施耐庵：岳麓書社
水滸伝　一〜四：施耐庵：中華書局
水滸伝：施耐庵　羅貫中：上海古籍出版社
水滸伝：傅錫壬・編：時報文化出版（台湾）
翫・水滸：何梅琴　范桂紅・編：珈琲田文化館
水滸英雄画賛：馬驥：上海辞書出版
宋明話文：胡萬川・編：時報出版（台湾）
中国風俗概観：楊存田：北京大学出版社
水滸伝連環画　一〜六十：張加勉・編　于紹文・画：任済日報出版
水滸後伝連環画　一〜十：陳忱：内蒙古人民出版社
水滸連環画　上・下：陳元山・編　楊秋宝・画：少年児童出版
清明上河図：国立故宮博物院・編：国立故宮博物院（台湾）
図説天下　宋：龔書鋒　劉徳鱗・編：吉林出版集団
古代交通地理叢書：王文楚：中華書局
中国古代任官資格与官僚政治：杭州大学出版社
簡明中国歴史地図集：中国地図出版社
中華人民共和国分省地図集：中国地図出版社
明史　一〜二十八：朱元寅：中華書局
宋史　一〜四十：脱脱：中華書局
漢語大詞典　一〜十：上海辞書出版社
漢語大字典　一〜八：四川辞書出版社・湖北辞書出版社
中国大百科全書・中国文学：中国大百科全書出版

【日本】

水滸伝　上・中・下：駒田信二：平凡社
完訳水滸伝　一〜十：清水茂・訳：岩波文庫
水滸伝の世界：高島俊男：ちくま文庫
水滸伝と日本人：高島俊男：ちくま文庫
水滸伝人物事典：高島俊男：講談社
水滸伝　虚構のなかの史実：宮崎市定：中公文庫
水滸伝　一〇八星のプロフィール：草野巧
宋代中国の国家と経済：宮沢知之：創文社
漂泊のヒーロー　中国武侠小説への道：岡崎由美：大修館書店
絵巻水滸伝：正子公也・絵：グラフィック社
画本水滸伝　一〜六：駒田信二：中央公論社
中国五千年史　地図年表：陳舜臣：集英社
中国の歴史　一〜七：講談社
中国の城郭都市：愛宕元：中公新書
詳細世界史図録：山川出版社
道教の神々：窪徳忠：平河出版社
道教の本：学研
風水の本：学研
新字源：角川書店

編訳

渡《わた》辺《なべ》仙《せん》州《しゅう》

一九七五年、東京に生まれる。小中学生時代を北京ですごす。同志社大学大学院工学研究科を経て、京都大学大学院工学研究科博士後期課程満期退学。日本地下水学会会員。著書に『北京わんぱく物語』『闘竜伝』シリーズ『文学少年と運命の書』など、編訳書に『封神演義』『西遊記』『白蛇伝』『三国志』などがある。現在中国河南省在住。河南農業大学で日本語教師を勤めている。

画家

佐《さ》竹《たけ》美《み》保《ほ》

一九五七年、富山県に生まれる。デザイン科を卒業後、上京。ＳＦファンタジーの分野で多数の作品を手がける。おもな仕事に『九年目の魔法』『宝島』『タイムマシン』『幽霊の恋人たち』『モロー博士の島』『千の風になって』『不思議を売る男』『封神演義』『西遊記』『三国志』『虚空の旅人』など多数。

水滸伝《すいこでん》 (下) 魔星帰天《ませいきてん》

２０１６年４月　初版第１刷

編訳者――渡辺仙州

画家――佐竹美保

発行者――今村正樹

発行所――株式会社偕成社

東京都新宿区市谷砂土原町３-５

電話０３-３２６０-３２２１（販売）

０３-３２６０-３２２９（編集）

http://www.kaiseisha.co.jp/

印刷・製本――中央精版印刷株式会社

小宮山印刷株式会社

ＮＤＣ９２３　３４２ページ　２０センチ

ＩＳＢＮ９７８-４-０３-７４４８９０-５

乱丁本・落丁本はおとりかえいたします。

本のご注文は電話、ファックスまたはＥメールでお受けしています。

電話０３-３２６０-３２２１（代）　ＦＡＸ０３-３２６０-３２２２

e-mail sales@kaiseisha.co.jp

空前絶後の戦記物語

三国志《さんごくし》

劉備が、曹操が、孔明が
天命を信じて戦う戦国の世

(一) 英傑雄飛《えいけつゆうひ》の巻
(二) 臥竜出廬《がりゅうしゅつろ》の巻
(三) 三国鼎立《さんごくていりつ》の巻
(四) 天命帰一《てんめいきいつ》の巻
(別巻) 三国志早わかりハンドブック

古代中国のファンタジー戦記

封神演義《ほうしんえんぎ》

商と周との戦いにさまざまな妖術を使う仙人が入り乱れての混戦を描く幻想戦記

(上) 妖姫乱国《ようきらんこく》の巻
(中) 仙人大戦《せんにんたいせん》の巻
(下) 降魔封神《こうまほうじん》の巻

合わせて読むと
10倍
おもしろい!!

石から生まれたスーパーモンキー、悟空の活躍

西遊記《さいゆうき》

(上) 悟空誕生《ごくうたんじょう》の巻
(中) 破邪遍歴《はじゃへんれき》の巻
(下) 西天取経《さいてんしゅきょう》の巻

渡辺仙州＝編訳
佐竹美保＝絵

ルビや注がわかりやすい。
小学生から大人までの
決定版!

一〇八の魔星が天下に解きはなたれる

水滸伝《すいこでん》

梁山泊に集まった一〇八人の強者が国を救う伝奇歴史小説

(上) 替天行道《たいてんこうどう》
(下) 魔星帰天《ませいきてん》
(別巻) 水滸伝早わかりハンドブック

偕成社販売部
Tel.03(3260)3221
Fax.03(3260)3222